我的**阿拉丁神灯，**在复旦

郑方贤　徐红　主编

复旦大学

出版社

读《我的阿拉丁神灯，在复旦》有感

（代序）

在庆祝复旦百年华诞之际，《我的阿拉丁神灯，在复旦》出版了，它记载的大学生活，真实生动，读来亲切感人。

就人生而言，大学生活很短暂，又很有意义。对这种意义的认识，有个过程。考生会把大学看得很重，但没有感受。离开大学以后的校友，会有真切的体会，但这已经成为回忆。

大学有太多可以给人启发的东西，一次辩论，一本书，一次讲座，一次活动，都可能会撞击心灵，深刻难忘，甚至成了人生的一种导向。学生在大学里有太多的事情需要去做，一个严厉的规训，一堂枯燥的课程，一个艰深的课题，看起来就是学生的负担和压力，有的学生会设法回避它们，而经历过这些事情的人，可能会得到长久而美好的回忆。

有人把大学比喻成"染缸"或"老汤"，说的是大学教育的效果，来自于多样化的资源，来自于熏陶的过程，就像滋补和营养品对健康的作用，就像环境对人的影响一样，不能简单地就事论事，不能单一地、功利地追求收获。但这般感知，不要说考生，就是在校生也不易领悟和把握。所以，大学天地，可以驰骋，也需要引导。

《我的阿拉丁神灯，在复旦》不仅让我分享了大学生活的美妙，而且给我启发和反思。作为在校教师，自己努力的目标可能与成为学生留恋的东西并不对称，怎样提高教育的有效性，改进自身的作用，使在校学生可以更好地认识大学，更有效地汲取大学生活的营养，把短暂的大学生活变成自身发展的力量源泉，这未必不是有价值的

1

课题。

　　为此，我感谢这本书的作者和组织编写出版的同志，如果在校的学生和即将要进校的学生都能够读到更多这样的文章，那一定是很有意义的事情。

蔡达峰

2005 年 5 月 15 日

前 言

我从事本科教育教学管理工作多年,亲身体会到复旦大学在本科教育上倾注了极大的热情和心血。从学年制到学分制,从专业教育、按类教育到文理平台教育,从以课堂学习为主到鼓励参与科学研究,从以本地为主的社会实践到拓展海外交流学习等等。从设计者的角度来看,我们的培养理念、方案日趋科学,但却难以知晓学生的感受或感觉。当一一读完这些文章,我相信我们所做的一切,其受益者确确实实是我们的学生!

我一直认为不同的大学,有不同的生活;不同的年代,也有不同的生活。从复旦校园里走出来的这些普通学生向我们展示了多姿多彩的校园生活,无论是专注于学习、研究、讲座、实践,还是交流、娱乐,喜怒哀乐不一而足。他们的文章既充满了对母校和师长的爱,又实实在在地介绍了各自学习、研究、生活的经验体会。篇篇文章饱含着求学的艰辛与虔诚的追求,充满着青春的活力与美好的理想。这便是当今复旦人的生活!

对于离开校园多年的校友们,本书可以激发他们对母校的怀念,并从中看到自己的影子;对于尚未进入复旦园的莘莘学子,可以从中了解丰富多彩的象牙塔生活并感受中国"江南第一学府"那常青藤的魅力、理念和精神。

献给复旦大学百年校庆!

郑方贤

2005 年 5 月 14 日

目　录

> 我们都从自己的童年一步步走出来,每一步都是经历坎坷,认识坎坷,然后排除坎坷的过程;每一步都是抛弃童话和幻想,然后认清现实和真相的过程。

> 生的意义在于给我机会做我想做的事。我不愿因失败或挫折而放弃自己的追求退而求其次甚至沉沦落寞,这样的生命是打折商品!

> 清晨到黄昏,春天到冬天……青春渐渐沉浸在古人的沧桑里,也看着越来越年少的孩子们渐渐沉浸入来。

> 我想我自己在这一万字中写下了我认为最重要的:我最敬爱的老师,我最重要的朋友,我最喜欢的书,以及自己的学习经验。

> 我学会了如何去认识这个世界的纷繁芜杂,学会了如何去面对生活的酸甜苦辣,学会了如何去选择脚下的路,学会了如何去追求一种适合自己,同时也是自己喜欢的生活。

1

现在这样的时间和空间都已经远离,这样的距离,更加能够让我从远处注视着成人的开端,这树木长成的种子,就是这种子渐渐的变化,才从均质的物质中慢慢变成叶,变成了茎,变成了根,决定了成株叶子的大小、花朵的模样和果实的味道。

他们在离开复旦以后的路途可能颇不平坦,也没有取得预想的光鲜与精彩,在与各种现实的碰撞中他们与原先设计的轨迹出现了偏离,出现了时断时续,他们还带着三分迷惘、七分倔强在继续摸索……

感谢复旦,她没有给我什么——没有给我沉重的课业负担,没有给我一个模子让我变成千篇一律的"优秀生"的形象,没有给我名牌大学学生所谓的傲气……阿拉丁的神灯是什么?我想,是自由。

真的,如果让你一生只做一件事,你会做什么呢?你其实说不出来,但你还是狡猾地回答,我的一生尚没有完,如何决定?不过我肯定尽心尽责,无愧于心。

大学里面最重要的一件事情是要找到自己的方向……有了方向,就会有前行的动力,也可以有的放矢地做一些准备,少走一些岔路……大学里的生活是丰富多彩的,培养一定的兴趣爱好,挖掘一下自己的潜力,生活将更加绚丽多姿。

在校园的时候,找不到一个理由可以让自己从舞蹈中走出来,于是我们选择了继续;而如今,活在物质的世界里。给我一个理由吧,让我停下来,让我忘记过去的自由,让我忘记舞蹈赋予我的一切! ……我无法做到,所以我再次选择继续。

恕我直言:1. 趁年轻,尝试生命的多种可能性。年轻没有失败。2. 尽管去做喜欢的事情。认准的事,Just do it. 3. 一味患得患失,必将一事无成。

复旦是知识的宝库、智慧的银河,在这里,学无止境;复旦有着真挚的朋友、热情的老师,在这里,充满着炙热的关怀;复旦拥有灿烂的历史、光辉的未来,在这里,复旦人分享荣誉的花环。

"化学"之于我,不仅仅是一种"爱好",或者一份"工作",它切切实实地融入了我的生活,我的生命。其实,经历研究过程中的失败与成功,痛苦与喜悦,也就是在经历生命的种种境况和滋味。

一处校园,就是一块浸透了诸多年轻生命的汁液的土壤。我们在这土壤上演绎了我们的青春,通过求学来演绎,通过情恋来演绎,也通过那些调色盘一样的社团文化来演绎……

其实命运永远不会轻易地"捉弄"谁，能做好自己喜欢做的事情固然也很了不起，但是在某些不能改变事实的情况下，学会接受现实，尝试爱上自己正在做的事情，并从中发掘出乐趣，这才是更有价值的。

那一刹那，我又回到从前，我突然意识到自己身上失落的东西——是我少年时代对生活、对未来怀有的美好的向往，一种我一直想要实现却没有实现、而且永远都不可能实现的憧憬，一种曾经在我心灵深处热烈地燃烧过的天真烂漫的东西……

让我们先来想想这样一个问题：大学四年，归根结底是为了学什么？……在大学四年中，最重要的就是认识你自己到底是谁。大学时代再不明白这一点，恐怕就晚了。

童年之后，
若即若离

80年代出生，从小学到大学一帆风顺，这样的一代人究竟是幸福还是平庸？年轻而又普通的生命，从乡村到城市，他们个中体会到的究竟是欣喜还是平淡？寄居在时代急剧变迁的夹缝中，从无知到自觉，他们所遭遇的人生究竟是清醒还是迷惘？

我想自己可以作为他们中的一个代表。对于这种种问题，也许我无法直接回答，但我的心路历程将对他们做出属于我自己的阐释。

苟东锋

1982 年生于陕西礼泉，
2001 年进入复旦大学哲学系哲学专业，
2005 年直升为该系中国哲学专业研究生。

　　我们毕业班的同学在一起经常提一句话："时间怎么过得这么快啊!?"我一个人的时候也常常这么问自己。我对这个问题总是无能为力，但又觉得不好轻易放过自己，于是就张罗出一些相关的问题来拷问自己。比如我常问自己："童年是什么时候从我身边溜走的，怎么连声招呼都不打呢?"对这个问题我倒是有许多种回答。

　　"童年注定了只是一种回忆，当一个人学会回忆往昔的时候，也许他的童年就结束了。童年是让人沉浸，而不是让人反思的。"按照这个定义算一下，大概初中一年级的时候我的童年就已经结束了，因为那个时候我在写一部自传。当然最后没有完成，不过感觉当时在回忆那些往事的时候，我已经有了某种快乐和感慨。

　　"童年终结于人的觉醒，当一个人学会对自己的人生作整体规划，确立了一个目标的时候，他的童年就算到头了。"如果再按照这个说法，我的童年结束于高中一年级的时候，因为那个时候我信誓旦旦地规划着自己的未来，也许有点幼稚，但却非常执著。

　　"童年就是想到什么就觉得世界应该是什么样子，而童年之后，那些原来的幻想以及幻想这种能力本身也就开始破灭了。"所以，也许童年就是这样一种不断反复的过程，它的前面是对童话和奇迹的相信与企盼，而它的后面则是对现实和平凡的认同与理解。这样的童年与我们的生活保持着一种若即若离的关系。

　　每个年纪的人都有他们那个年纪的重大话题，我想童年的问题大概就是一个人在学会思考人生之后需要面对的第一个问题；或者也可以说，通过思考这个问题，一个人就慢慢学会了思考人生。从高中到大学，我们成长、我们经历、我们思考，我们走出了童年，但是童年以及由此而生的种种问题始终是我们的中心话题。

　　我的叙述从高中时代开始。高中对一个孩子意味着什么? 小的时候去邻居家玩,那家的姐姐上高中,她有沉得我抱不动的书包,还有满满一盒子五颜六色令人羡慕的文具。于是我就莫名其妙地觉得大概高中的时候,世界上的书也就读到尽头了吧!我像其他许多孩子一样,顺利地进入了初中,然后又顺利地考上了重点高中。这时候我早已经知道高中之后还有个大学,考大学是上高中的唯一目的。至于为什么考大学以及考上大学以后干什么似乎从来没有人告诉过我,我也从来没有想过。

　　一个高中生和初中生有什么区别呢?我不太晓得别人怎么样,我的感觉是不管学业多么重,一个高中生总会把时间留给自己一部分,或者发发呆,或者想一些关于自己的事情,而初中生可能很少做这种事情。记得刚进高中时成绩不理想,某次考试竟考到全校倒数几十名,于是那个暑假我把成绩单贴在书桌前面,每天卧薪尝胆,看着它复习功课。那个暑假我还看了奥斯特洛夫斯基的名著《钢铁是怎样炼成的》,我当时已经读了那么多书,确切一点说读了那么多课本,但这本书却第一次让我从内心觉得感动。当我读到某次保尔·柯察金对他的一生进行彻底反省的时候,我感到从来没有过的激动,我觉得我也应该对自己的一生做一个像人家那样的反省。于是我找了一个安静的地方呆坐了整整一天,那天晚上我躺在床上,心里面酝酿着一股热乎乎的冲动,我第一次觉得我是那样渺小,又是第一次觉得我是那么充满了力量。我的努力没有白费,到了高二的时候我的成绩就有了一些起色。

　　那个时候盗版书已经开始猖獗了,学校外面每天都有好几个小贩推着三轮车向学生兜售盗版书。穷学生就是穷学生,盗版书再便宜,也总是看的多买的少,小贩们的三轮车经常被学生们里三层外三层地围着。有一次,我好不容易挤了进去,随便翻了一本准备消磨时间,那是一本美国作家拿破仑·希尔的《成功学全书》,我一看就被吸引住了,当即就用积攒已久的生活费将它买了下来。那时候,我们每天都有晨读的习惯,自此之后,我的阅读书目中就多了这本书。我非常高兴自己有了这本书，欣然在扉页上写下"苟东锋于九九年幸得此书"的字样；但另一方面，我又不想让别人知道我有这样的一本书，似乎这是一本什么武功秘籍一样，于是我用白纸将它的封面包起来，上面写上"语文"的字样。

我相信这本书对我后来的成长有很大影响。其中一些重要章节，如保持积极的心态、树立明确的目标、如何建立自信心、怎样拥有自制力等，我都读了许多遍。我总是在心情不好的时候一个人找个地方，拿着这本书默默地读一些相关的章节。于是过不了多久，我的心情就好了，这是一种自慰，也是一种激励。

高中生心情不好，无非就是考试成绩不好，记得有一次考试又受了打击，我又把这本书拿出来"疗伤"。其实每次读了这本书我都会下一个小小的决心，打算以后得注意点什么。这次我似乎是下了一个大大的决心，我又像保尔·柯察金一样对自己进行了一次反省，觉得自己的生活过得实在是浑浑噩噩。那本书告诉我要思考一下自己的现状，也要思考一下自己的将来；保持一个良好的心态，树立一个明确的目标，然后从小事情做起。那是一个周末，我在空阔的操场上走过来走过去地想着，整整一天就这样过去，我觉得我在做一件非常伟大的事情，其他同学未必这么做过。晚上我把自己的想法详细地记在了日记本上。记得在大目标上，我要做什么政治家、文学家、经济学家等四五个家，胃口不小，野心挺大；在中期目标上，我要考上一所比较好的大学；在近期目标上，我要考好某一次考试。

当时，我已经知道我对自己的将来所做的这种筹划，已经和小时候回答大人提问时所说的那种"将来的理想"不可同日而语了。后者只是儿童式的幻想，而前者即使是一种幻想，也是一种合理性的幻想。到后来，虽然这个所谓的长远人生规划已经被我抛到了脑后，但是高中时代，通过思考这样一些关于自身成长的事情，我已经渐渐学会了独立思考。记得高二分文理班的时候，我分析了一下自己的情况：各科成绩比较平均，文科比理科更有挖掘潜力，最后选择了文科班。为此班主任老师专门把我叫去谈了一次话，让我重新考虑一下大部分人都选择的理科班，我当时竟然没给人家面子地直接说："我已经考虑好了！"结果不出我所料，进了文科班的第一次考试，我就得了个头名；并且直到高考前我的成绩一直都不错。

那时候似乎流行这样一个词："理性"。我的日记本里充斥着理性、不理性以及由此组合而成的各种词语，我不管也不知道理性这个词的原初含义，在我这里它就是做事冷静、沉稳、合情、合理，总之理性似乎包含了一个人所有好的品质。我崇拜理性，我想成为一个理性的人，但是，我当时以及之后很长时间都不知道理性也有自己的缺陷。一个人非常理性，难道他就算成熟了吗？

高三文科班的时候，按照我的"理性"，我已经将自己塑造成了一个除了吃饭、睡觉就看书、上课那种类型的人。班上的人大部分都没和我说过几句话，我也常常叫不上他们的名字。一天放学，一个看上去眼熟但仍叫不出名字的女同学在身后喊我的名字，然后笑着递给我一个笔记本就走了。我打开一看，里面有张小纸条，说她在学习上遇到了一些困难，想向我请教。我觉得这是件义不容辞的事情，就把我在学习上的体会和盘托出，仍旧写在纸条上，夹在那个笔记本里还给她。为表感激，那位女同学之后经常借一些杂志和报纸给我看，里面总不忘夹一张纸条，写一些鼓励我的话，我似乎也挺受鼓舞的，继续着自己三点一线的生活。后来我顺利考上了大学，有一天，我收到了一封表白信。这时候我才恍然大悟，原来这么长时间自己竟然一点没往那个地方想。这大概就叫单纯吧，只有高中时候的那种"理性"才能培养出那种单纯。

我保持着这种单纯的虔诚和谨慎，顺利地通过了高考，在熬过了一个漫长的暑假之后，我终于来到了自己梦寐以求的大学。对于专业，我没有过分的要求。哲学专业虽然不是我的首选，但既然对于哲学我还谈不上了解，我怎么就能断定将来不喜欢它呢？重要的是复旦大学这所南方综合性大学对我的吸引，虽然当时对大学我还没有什么概念，但我隐约觉得大学就是一种重要的人生经历，在一所综合性大学里面，我应该会经历更多的事情吧？况且生在北方的我，自小就对江南有一种天生的向往。所以，我以非常愉悦的心情步入了这个有可能改变我未来生活的新世界。

学校很大、非常漂亮，老师和学长们都很有风度、带着笑脸，我的同学们则朝气蓬勃、亲切可爱，这就是我对学校的第一印象，这是一个充满希望的地方。面对着这种新的气象，我的第一反应是，也许高中时代的我已经被扭曲了，现在的我要变一变。应该多和其他人交往，多参加一些集体活动，多关心一些自己以外的事情。对我来说，做这些事情首先需要的是胆量，不过经历了那样的高考，现在终于考上了一所还不错的大学，自信心已经受到了极大鼓舞，这些胆量还是不难找的。

我改变自己的计划从做班干部开始，早就听说大学的班干部很厉害，那么现在我也要当当这个厉害的角色。在大一的第一次班会上，辅导员建议以自荐的方式选出班委，我第一个举手，这样我就做起了班长。大一第一学期的事情很多，我没有做班干部的经验，但我有的是热情，又有辅导员的帮助，所以一切都按部就班做得不错。

后来发生了一件事情，起因是这样的：在做了一段时间班干部之后，我发现第一届的班委人数虽然比较多，但平时大小事情却总是我这个班长和团支书忙得最多。我琢磨着可能是我们的班委体制存在什么问题，于是就制定了一个班委改制的计划：将全班男女分为几个小组，每个小组民主推选出小组长组成班级理事会，理事会定期讨论班级大事，日常事务交由一位理事长全权负责，总的原则是：明确责任，集中权力。我对自己的改制充满信心，可是当我将这个提案交给班委会讨论时，结果却遭到了大家的极力反对。我后来想通了：首先，这个班级改制悬置了各个班干部的职能，实际上已经对人家做出了负面的评价，这当然让他们觉得委屈；其次，大家都是来自五湖四

7

海的少年精英，都有那么一点不服管的性情；第三，实际上班级内也并没有那么多所谓的"班级大事"需要处理。

这件事情最后不了了之，但自此以后我们那一届班委团结了许多；我也觉得要做好一个班干部尤其是班长，就不仅要有亲和力，而且一定要有点自我牺牲的精神。大一第一个学期，我们历经坎坷编撰了班刊《斫冰》的创刊号，组织了一次愉快的新年晚会，还排练了一个精彩的英文短剧参加比赛……同学们渐渐地由刚入校时的陌生变得熟悉，由那时的激动变得释然。记得那时候住在本部那种古典式的老房子里，晚上班委众人围着两张大桌子，有欢笑，有争吵，现在留在记忆里的只有一片青春的永恒。

如果说做班干部完全是为同学服务，那也有点言过其实，原初的动力也只不过是想锻炼一下自己的能力，陶冶一下自己的性格。总觉得人的性格孕育在童年，那个时候它有许多的枝丫，童年之后，人只是顺着其中一条枝丫爬上来，而这条枝丫还可以继续成长。高中时代，虽然我过得比较"封闭"，但周围还是有许多好朋友，各种各样的都有，我乐意和他们交谈，他们也乐意和我相处。我当时觉得每个人都有自己的世界，各种不同类型的人都是"好人"，我要做一个和每个人都能相处得来的人。我觉得我有这个天赋和能力，我引以为豪的一个例证是高中的一位同学，别人都觉得这个人难相处，但我却跟他相处得出奇好。

来到大学之后，我的这种处人的愿望变得更加强烈，因为我在一个全新的环境中见到了更多不同类型的人。我无意中得到了一个网名叫"水火容"，我觉得这个名字正好可以概括我要培养的这种性格倾向。当时我完全没有意识到，"水火容"还会受伤，具体的事情并不重要，也许只知道一下大意就可以了："水火容"的热心遭到了误解，而误解者也恰恰是出于一片好心。我实在没有办法为自己解释这件事情，所以我只能怀疑"水火容"的合理性，大概这也只是一种完美主义,而完美主义的另一个代名词是天真。天真,也许就是这样,完美主义是儿童时代留下来的遗骸。

后来我知道了:不同性格的人也许可以相处,但不同类型的人则很难相处;你固然可以对每个人都很不错,但道德有问题的人总令人生厌;也许世界上值得相交的人很多,可是一个人的精力毕竟有限……尽管如此,有的时候,人真的就需要这种天真。有了天真,人才懂得追求;有了天真,人才会有动力。"水火容"其实没错,"水火容"经过修整之后以更加矫健的步伐重新踏上自己原来的道路;童年之后,童年的遗骸继续被保存着,它们被修整,然后继续和我们若即若离。

早就预料到,大学的新鲜味道总要淡去,我们的激情也总要褪却,但我没料想到,它们竟去得这么快。还不到一个学期的时间,我就对许多事情开始淡然了,有时候会觉得烦,甚至有一种无所适从的感觉。我想也许我有点想家了,但这种感觉又不完全像想家的感觉。有一天,我上网去"校友录"联系以前的老同学,我发现他们也有类似的感觉。原来,问题出在大学,出在我们对大学的理解上。我们虽然已经来到了大学,过着所谓的大学生活,可我们却仍旧保持着高中的习惯,我们习惯了有人督促,我们习惯了前面有一个类似大学的目标在等待我们。然而这一切,大学都不能提供给我们,我们突然间就被悬在半空中了。大学,究竟是什么? 我们究竟能在大学里学到什么?

有一位同学在"校友录"上这样留言:"大学,不是天堂! 每天都生活在无尽的徘徊中,每天都无数次地拷问自己的灵魂。是坚信自己的信仰,还是平复梦幻的奢望,我的眼前一片迷茫。于是,便快乐地痛苦着,痛苦地快乐着。"

我想了想,也在下面留了一段:"天堂是什么样子,我们不得而知。与其相信那些美丽的谎言,不如让我们自己去构想和实现。也许天堂就是这个样子,天堂就是让我们在最得意忘形的时候失去灵魂,然后又让我们用最意想不到的方式找到。在灵与肉相交的那个时刻,他会告诉我们:'这,就是天堂!'也许就是这样。也许我们现在不相信大学就是天堂,甚至说它是地狱,只是因为我们没有理解天堂真正的含义。因此当我们深感空虚的时候,当我们徘徊和迷茫的时候,完全没有理由担心,更不必要悲伤或者气馁。我们应当高兴,甚至应该狂欢,因为我们失去灵魂了,因为只有失去灵魂才能够感受到寻找灵魂时的充实,以及找到灵魂时的喜悦!"

后来,为了纪念这样一段无所适从的日子,我还专门写了一篇《蒲公英与根》:"蒲公英伞没有了根,对它来说,也许并不是一件痛苦的事情,相反,这倒意味着自由,意味快乐。一颗心轻松了,自然便容易飞起来,一颗心飞起来了,自然便觉得快乐。然而这种自由的快感持续的时间并不长,而且注定不长。因为蒲公英伞在自由的同时,也失去了方向。"我们就像那蒲公英伞,我们没有了根,也许大学就是那片新的大地,等着我们把自己种下去,然后生根、发芽、开花……

适应毕竟是一种过程,经历了初来的兴奋,又度过了随后的悬空,后来我就又觉得有一种脚踏实地的感觉了。大一第二学期,我的精力似乎异常旺盛,除了选修十七门课程之外,我还负责一些班级工作,接手了一份家教,加入了两个社团,参加了团委秘书处,最值得一提的是,在哲学系"团学联"的名义下,我还负责举办了一次"人文节"。

"人文节"中举办得最成功,也最有意思的是一个取名"白鹿"的系列讲座。我们邀请了人文学院最有名的老师,如陈思和、骆玉明、朱维铮、俞吾金、张汝伦、王德峰等教授登坛演讲,一时间内在校园里反响挺大。这些讲座因为我是主办者,所以每场基本上都从头至尾听下来,这样的讲座我以前可从来没有接触过,现在一听,就立刻被那种自由活泼的形式吸引了。我特别喜欢众人在一起倾听的那种轻松却严谨的氛围,我更欣赏教授们的那种平易却超群的风采。自此之后，我就经常去听一些讲座，复旦的讲座真是丰富多彩，我参加了各种类型的讲座，见到了各种各样的演讲者——从影视剧导演黄蜀芹到老校长杨福家，从作家史铁生到环保学者梁从诫，从动物学家珍·古道尔到美国副总统切尼。

听了这么多讲座之后，我已经建立了一个信念：只要是讲座，去听了就一定会有收获。我还有另一个非常意外的重要感悟：每个人都很平凡，每件事情也都很普通。我们可以幻想，而且我们天生就擅长想象，我们总是以为我们之外发生着许多不可思议的事情，我们总认为那些名人过着我们不可想象的生活。不能认为人的这种天生的思维没有任何意义，至少它是一种情趣，但我们必须知道，那只是我们的幻觉。实际上别人也和我们过着同样的生活，做着和我们相似的小事或者至少是从这些小事开始做起的。我觉得这个道理虽然浅显，却非常重要，它是一个人成熟和不成熟的分界线，因此也是一个人走出童年的重要标志。只有首先知道了生活都是平凡的，人都是普通的，才能尽早抛弃一些不切实际的幻想，然后脚踏实地的从身边的小事做起。

物极必反。在我将许多精力都消耗在各种活动上面的时候，我花在功课上面的时间自然就少了，我必须面对成绩不理想的后果。最让我头痛的是英语和计算机课，因为以前的基础不好，现在又没有花时间迎头赶上，所以和别人的差距落了一大截。大一的那个暑假，我开始反省我这一年的大学生活，收获确实不小，但学习成绩不理想绝对是一个问题。这样到了大二之后，除了适当参加一些班级工作外，我再没有参加任何活动，只把精力用在学习上。我又把自己调整到高中的那种状态中去了，坚持良好的生活和作息习惯：每天早上都起早锻炼，白天除了上课之外就去自修，晚上记日记，按时入睡。上课的时候，老师说什么我就记什么，老师让做什么我也都会做一做。我的感觉似乎很良好，但出人意料的是，我的考试成绩并没有提高多少,这确实是件比较郁闷的事情。

　　那个暑假我没有回家,上海的夏天热得不得了,晚上睡觉都会出汗,我没有像其他同学一样出去做兼职或者旅游。我一个人静静地呆在学校里面,看看书,上上网,主要是调整一下心绪。暑假过去了,我考了一个全国计算机二级证书,其实主要不是为了这个证书,我只是想看看自己究竟有没有能力学好这个老大难的东西,恢复一下自信。我想问题可能出在这里:我不能像高中那样来学习大学的课程,特别是学习哲学专业的课程,人文类的课程需要的是融入、思考和创建。我完全可以对考试的形式、准确性和全面性提出质疑,但假如我的考卷或论文既反映了课程所学的知识,又写出了有创见的想法,成绩又能坏到哪里去呢? 即使成绩不好,那我也没有什么遗憾。要做到这一点,就必须在平时上课的时候多记多想,我买了一打新笔记本,每门课一本,准备实现我的这些新的想法。生活方面我依然保持着我大二时候养成的习惯,日子就这样一天天的过去,这样的日子也挺不错。

　　与此同时,我还参加了教务处实施的一个"大学生学术研究资助计划",自己提出并申请了一个课题,课余时间我就来学习和研究这个领域的东西。我所选的课题是我从来没有接触过的,随着对这个领域资料和研究成果的了解,刚开始选题时候的热情慢慢退却下来。老子有一句话叫:"慎终如始,则无败事",也许世界上的事情都不是那么一帆风顺的,要么始乱终弃,要么坚持不懈,一个简单的事实是前者一定不会成功,后者则可能成功。于是,我坚持,这种坚持当然要包含我的原则:要有深度,要有创新。后来,我的结题报告受到了评审老师们的一致好评,这让我欣慰了好一阵子。

　　大三一年是大学期间的关键时期,一般每个专业都已经进入核心专业课的教学。我的大三似乎过得很快,但我感觉过得很充实,也挺快乐。大三的学习成绩还不错,这样以往与我无缘的人民奖学金也第一次向我伸出了橄榄枝,虽然我一向对奖学金这东西看得不重,因为它能够证明的东西并不多，但来者不拒嘛，这时候它对我至少是一种安慰和补偿。大三一年最大的收获当然是培养了我对哲学以及人文学科的兴趣，通过在各种专业课程和讲座中的倾听和思考，我真正感受到了学问和知识的魅力，这大概也是大学最大的魅力所在。我们系的王德峰老师经常说，哲学就是一个大美人，适合谈恋爱，那么我想即使我没有恋爱，大概也开始对这个异性产生了某种爱慕之情吧。

　　如果说上面所说的就是大学生活，那可真是一种误导。大学并不完全就是跌倒了爬起来，然后再跌再爬的过程。也许那只是大学生活的一个轮廓，一些个侧面，写在适当的时候和适当的地方。大学对于我们来说还有许多其他的东西，比如朋友，比如老师，比如校园里看起来熟悉但实际上陌生的一张张脸。还有各种各样的感受和体会，比如激动和光荣，比如自卑和伤痛，再比如，烦闷和寂寞。

　　无论如何，寂寞这个东西总会不期而至，怎样驱散它呢？在这方面，大概每个人都有自己的办法。如果是一个人，你可以去图书馆"泡书"，你也可以呆在寝室或机房里玩游戏，或者去 BBS 潜水或灌水；如果这些都没用，你可以去学校外面透透气，这一点至少对我是有效的，春天的时候我去上海的郊区踏过青，夏天的时候我去江湾湿地看过水塘子，秋天的时候我去森林公园放过风筝，冬天的时候我去上海的海边看过所谓的海；当然，比较好的办法是能有一个或几个朋友聊聊天，或者去参加一下人多的集体活动，比如社会实践，比如班级组织的旅游；不过，最理想的办法当然要数谈恋爱了，但是这可要有机会、有缘分、有时间、有条件、有勇气……

　　在这方面，我发现自己似乎成熟得比较晚。看到校园里成双成对的身影，我会单纯地羡慕一下；看到漂亮的女孩子，我也会单纯地心动一下。可是，我就是觉得这件事情离自己还远着呢，我做着自己的事情，生活在自己的世界中。直到有一天晚上众人在寝室卧夜长谈，有人透露，我们班的女生们可都不要小看，基本上都名花有主了。这时候我才突然间觉得自己似乎"落伍"了。看来，爱情并不是遥不可及的，它就真真切切地发生在我的周围，并且有可能发生在我的身上……

但是，等我在这方面的认识终于达到这个水平的时候，已经有点晚了，我快要毕业了。大一大二的时候总觉得毕业遥遥无期，可是一到大三，就由不得自己不考虑将来的出路了。要么考研或直研，要么出国留学，要么找份工作步入社会，只有这几种可能。有些人可能刚进大学就已经确定好了自己的方向，更多的人是到了大三才意识到问题的严重性。大三刚开始的时候，大家的见面问候语一时间都变成了："以后打算怎么办？"见了面之后的话也比平时多了起来。

大家都意识到，这个时候就是所谓人生的岔路口。前面的路很多，也许选择任何一条都无所谓对错，但是路和路之间的差别是不可想象的。大三的那个国庆长假，我腾出了几天时间专门考虑这个问题，结论是：也许我更适合再读几年书。我首先排除的是出国，因为出国对成绩、英语和个人经济状况都有很高要求；我还轻易就排除了继续读本专业研究生的想法，我没有否认我已经培养起来的对哲学的兴趣，我只是在想读其他专业的时候我也可以在业余时间继续我这个兴趣。结果，我决定考我一向认为比较有意思的社会学专业的研究生。

无论怎样，每个人都得为自己安排一个归宿。接下来就只剩下一个字：做！于是，我去网上查找了许多与报考专业相关的信息和材料，然后又去图书馆抱回来一大摞参考书，接下来，泡图书馆和自习室就成了家常便饭。这样的时间大概持续了半年，这半年时间中发生了两件事情：一、原来认为很有意思的社会学，我读了几本书后，竟觉得索然无味；二、对哲学课程的兴趣有增无减，我越来越觉得自己所知甚少。有一天，一位师兄来我们寝室侃大山，在听他大讲特讲了他们班的直研情况之后，我问自己，为什么不直研呢？我对这个问题无法回答，所以我又回到了直研的路上来了。这个决定让我一下子变得轻松和高兴了许多。

这已经是大三五一长假的时候了，我花了几天时间把自己的思路全都转移到哲学上面来。我再一次向自己确认：既然已经体会到了读哲学的乐趣，那么我就没有理由放弃继续我的这个乐趣的机会。假期之后，我马上投入了面向直研的课程复习，暑假也留在学校看书。直研考试是在大四开学的时候进行的，分口试和笔试。虽然我觉得自己准备得挺充分，但是由于是第一次，面试的时候还是不免有点紧张。这样我不得不放弃我原来想直升博士生的打算，选择直升硕士研究生。尽管有点遗憾，但我后来觉得，这样的结果也许更适合我一些，可以给我的将来多一些选择。

其实，直升研究生等于延迟了我早在大三就应该决定的将来干什么的问题。这次寒假回家，亲朋好友都很关心地问我什么时候工作。尽管我可以很轻松地告诉他们我还要继续念几年书，但读完研究生之后呢？我还是要回到这个问题上来。这个问题的复杂还在于不知什么时候我产生了这样一个小小的信念：要做就要做一个真正的学者，这应该是读书人的首选；每个读书人都应该来试试，如果觉得自己的才能不济，再退出不晚。也许，这个想法有点武断，但人总得有一个信念，信念就难免不武断。

大四的这个春天如期而至。研究生考试的结果出来了，有人欢喜有人忧；一场场招聘会过后，有人高兴有人愁。在这样一个季节里，每个人都在寻找着属于自己的未来。可是，谁能否认我们过去拥有，将来也可能继续拥有这样一些共同的东西：我们都从自己的童年一步步走出来，每一步都是经历坎坷，认识坎坷，然后排除坎坷的过程；每一步都是抛弃童话和幻想，然后认清现实和真相的过程。

这就是童年之后的成长故事，平凡、简单、真实，余音冗长……

成真

执著的胜利——献给追梦者

1982 年出生在上海，
2001 年以第一志愿考入复旦大学中文系汉语言文学专业，
2003 年转入中文系汉语言专业，目前在申请攻读香港科技大学哲学硕士学位。

　　我想做个学者，但又怕做学者。我热爱语言学事业并愿为之献身，但又不愿被学者式的书斋生活销蚀得文文弱弱。"做个男子汉！"——这句我小时候听的最多也是最爱听的话使我至今保有对"男子汉"品质的强烈渴求：坚毅、执著、强健。获取这些品质的前提是——寻找并发现理想。幸运的是，我发现了；于是，我上路了。也许你还未曾体会到"上路"的感觉，那么，从今天起就去寻找、去发现属于自己的理想吧。做个无惧的追梦人！做个坚毅的男子汉！

　　我是复旦中文系大四的学生，目前就读于汉语言专业。出于对语音研究的兴趣，我正在申请香港科技大学的研究生名额。

　　这篇回忆往事的文章首先是写给你们，其次才是写给自己的。所以，我希望在你读过一遍后能留点什么在心里，若这东西对你的将来有帮助，我这段回忆的使命就算完成了。

"咸 菜 中 学"

　　记得读小学时的一个雨天，我到斜桥(上海市卢湾区肇周路南端地块)去买东西，经过局门后路(靠近斜桥地区的一条 W 形小道)的时候，第一次看到那块又湿又破的校门牌:勤奋中学。校门前积了个大水塘，是一段烂泥路。尽管我小心翼翼，穿过这段后还是沾了一鞋底的泥。由于离校门不远有个专腌咸菜的简易作坊，学校周边常飘散着一股咸菜味，又因该校校风极恶，教学质量奇烂，勤奋中学遂被当地人唤作"咸菜中学"。

　　似乎很不幸，我因考卢湾中学未果而被"就近对口"到了勤奋中学。上小学时做惯了年级里的佼佼者，自我感觉一向不错，当我得知自己没考上卢湾中学的时候，居然怀疑算分有误，又跟我哥跑去请那儿的老师复查了一遍，的确没错。我以前没怎么尝过失败的滋味，也不懂什么叫思想准备，我在复查之前尚抱有一丝幻想，算是把悲伤忍住了，在确认分数无误后，当时就落泪了。连着几天把自己关在房里发呆，一旁只有不善言辞的母亲低头织着毛线。

　　一天，有个平时成绩不如我而考了个好中学的邻家女孩子到在楼下喊我名字:"一起去游泳吗?"我打开窗户望了望，她笑着又问了一遍，似乎很得意。还沉浸在失败中的我木讷地说:"不去。""噢，那算了",她笑了笑走开了。这个女孩素来以我为学习上的竞争对手,无论这种邀请是幸灾乐祸式的还是真诚的,我都很难忘记那一刻自己极其强烈的自怨自艾的感觉。我无法忍受这种感觉,决定摆脱它。此后,凡是做事,我都会争取做得比别人更好。这成了我摆脱自怨自艾的一种方法,也成了我的行事原则。就在那时,一个对于复旦的梦想诞生了。

想法容易有,为实现这个想法而采取持之以恒的行动却不那么容易。好在失败的刺激反倒给了我追求的动力,使我在以后的岁月里一直为这个梦想努力着。

大　病

生这场病是在"咸菜中学"时期。那几天,我的所有鞋子都突然"变小"。脚丫子、脚脖子都涨大了一圈,一摁一个坑,像是裹着层橡皮泥。检查结果:尿蛋白四个"＋"。听医生说,如果尿蛋白的症状无法及时消除,就会导致急性肾衰竭(尿毒症的一种)。当时我少不更事,觉得没什么大不了,但很快我就变得忧心忡忡。我所在的病房对面恰巧就是观察室,每隔两三天就能听到家属因亲人故去而发出绝望的哭声。印象尤其深的是一天晚上,我昏昏沉沉快要睡去,观察室里突然传出了一个中年女人撕心裂肺的哭叫,从观察室到走廊,声音越来越大,十分悲凉,触人心襟。事后我从母亲口中得知死者是个才23岁的小伙子,死于尿毒症引起的并发症。这时我开始怕了:原来"死"这个看似遥远的字眼不是老年人的专利,郁勃的青春同样可能被死神掐灭。当晚,我面墙侧睡,不让母亲看见我掉泪。哭——为生命的脆弱,也为自己当时脆弱的生命。那时的我每天吃四顿约摸百来粒药片,打三瓶点滴,几周后我吃起药来比吃饭还习惯,两只手背变得青一块紫一块,上边还撒满了"黑芝麻",动一动就痛。

庆幸的是,经过这样高密度的治疗,我蛋白尿的症状消失了。此后又经过一年的调理,身体才慢慢好了起来。这场病让我真正明白了一个道理:什么事都可以重来;但生命——只有一次。生的意义在于给我机会做我想做的事。我不愿因失败或挫折而放弃自己的追求、退而求其次甚至沉沦落寞,这样的生命是打折商品!这样活到老必然后悔!此后,我做事开始变得执著、不怕输。

大一,没有目标的日子

考进大学,尤其是名牌大学之后容易因目标缺失而生活懈怠。这段时期是值得警惕的,不但可能一无所获,甚至会误入歧途。我在以第一志愿被中文系汉语言文学专业录取后就有过这样一段经历。算是一个反面教材,供初入大学校园的你们警鉴。

2001 年,社会上的赌球之风方兴未艾,不久就蔓延到了家人开的棋牌室里。此后,每逢周三、周末五大联赛酣战之际这里就要"热闹"一宿。一开始参与的只是少数人,后来相当数量的牌客甚至我的一些亲友也卷入其中。很多人根本不懂球,只是觉得这种赌法赚钱容易,便下到了这趟起注为 1B(一千)的浑水中。

一天,两位亲友打来电话,想赌一场球,托我押个球队。我对足球向来钟爱,当时的心思也不在读书上,稍做犹豫便应了下来。我在开盘的二十多场球中挑了一场英超利兹联队的主场比赛,押上盘利兹联队获胜(利兹让对手半球,打平算输),下注 1B,最后利兹获胜,由于上盘贴水极高,为 1.1(即 1 赔 1.1),最后赚了一千一百元。打这以后,两位亲友数次让我"押宝",我也是"有求必应",一千一千地押了数场球,赢了六七千。一天晚上八点多钟,电话又至,两人想合押 5B。我觉得一场球押 5B 偏多,但考虑到当晚及次日凌晨有 21点、0 点和 2 点 30 分三场比赛,倘若第一场有失还可能通过翻注反败为胜,也就没说什么。正是出于这一想法,我在 21 点开始的第一场球失利后没有收手,而是把赌注翻到 1A(1 万),押在 0 点开球的一场西甲联赛的主队——巴塞罗那队身上。此役庄家开出的盘口也是上盘巴萨让对手半球。对于押巴萨者来说,巴萨胜则全赢,巴萨平或败则全输。那场比赛没有电视直播,我们坐在电脑屏幕前,目不转睛地盯着新浪网上两分钟刷新一次的即时比分:半场结束,零比零。下半场开场十多分钟,巴萨居然被对手打进一球——我们谁都没出声,气氛显得非常压抑;五分钟后巴萨将比分扳平,才引得一阵欢呼,但又迅速沉寂下来;因为打平就意味着输。但第二次欢呼没有出现,双方一比一收场——又输了。我开始犯赌徒常有的钻牛角尖的毛病,偏不信自己当晚有那么"背",想当然地认为第三场再输的可能性很小,只有八分之一,但是这颗发热的头脑错误地把第三场再输的概率等同于了连输三场的概率,以至于盲目乐观,再次翻注。其实在前两场已输的情况下再押第三场球,输的概率依旧是二分之一而不是八分之一。这个错误的估计使我决定不惜把 2A 押在两点半开球的一场阿森纳队的比赛上。上半场结束双方战平,我所押的上盘阿森纳似乎不在状态,若平局维持到终场,则上盘全输。我预感到事情不妙,恰巧庄家在中场休息时又开了个半场盘,依旧是阿森纳让半球(上盘阿森纳打平算输,下盘平或胜算下盘赢),我认为阿森纳很难获胜,想再翻注押下盘 4A,但现金只剩一万五,被我孤注一掷地全押了出去。最后比赛平局收场。一夜下来,前三注输了三万五,最后所押贴水为 0.80 的下盘追回一万二,净输两万三。

　　输钱还不是最可怕的,最可怕的是陷入输了想追,越追越远的怪圈。我当然想把输掉的钱赢回来,但又唯恐陷入这个自己曾经陷入过的怪圈而犹豫不决。但是两万三对于普通人来说不是一笔小数目,更何况这笔钱是经我手输掉的。尽管他们不计较,但我心里总觉得愧疚。最后,我决定用自己的三千块积蓄再赌。若能赢到六千则收手,将这些钱分给他们,算是一点补偿;三千块都输光也收手,算是自己买个教训。所幸在赢到六千之后我及时收了手,没陷进去;但大一一年的学业就这样荒废了。

过去的不能重来,但大一对你而言不是过去,所以下面的话还管用:对于一个尚未找到自己才力和兴趣所在的学人而言,首先不要游离于学习和校园之外而褪去学人本色,这种行为最终会被证明是有害无益的。在保有学人本色的基础上,应该尽可能地把听课的面拓得宽一些(可以旁听,但学分不宜选太多),多听专业性的入门课,不必局限在一两个专业。如果旁听的好课和必修的废课在时间上有冲突,那么这门必修课就没有再听的价值,只需期末带好学生证花点时间把那张考卷填满即可。记得在听各类课程的过程中时刻思考这样一个问题:我的才力和兴趣到底在哪里?

大二,寻找和发现

大一读完,一种很强的虚度感向我袭来,我觉得自己什么该做的事儿都没做。尽管一进大学我就知道没有目标不行,当时也定了一个直研的"目标",但确定一个真正适合自己的目标对一个刚刚毕业的高中生来说其实很难。那时候的我们只懂如何拿高分,却很少问自己适合做什么。所以,看似定了目标,实则不过是出于功利目的冒了个盲目的想法。当我发现对文学提不起兴趣的时候,我便失去了实践这一想法的动力。如果把"直研"比做海市蜃楼,入学新生往往会扮演一个缺乏经验的旅行者角色,初见时会不假思索兴冲冲地赶过去,走近了才发现原来自己想要的东西并不在那块地方,而存在于别处。所以,初进大学不要问自己将来到底是转专业还是直研还是考研还是出国还是找工作,要做的只是寻找你的兴趣点。

我个人有这种"寻找意识"是大二的事。虽然对文学没有热情,但是我发现自己特别喜欢上"现代汉语"课,作为中文系的基础课,其内容主要涉及语音学和语法学的基本知识及现代汉语(即北京话)的语音语法。这门课之所以能引发我的兴趣，是因为它的研究对象是跟研究者朝夕相处的语言，使人感到亲切，其次语言学有较强的实证性，与文学相比，似乎更说得清，道得明。但是我没有在大一临近期末果断提出从汉语言文学转到汉语言专业的申请。当时我依旧是出于所谓的 practical reason，觉得搞语言研究只能作为业余爱好，对将来找工作没啥帮助，更没想过把这作为一种事业，所以转不转也就无所谓了。

　　不过出于兴趣，我在大二还是选了一些语言学课程，其中有门课叫"《普通语言学教程》精读"，《普通语言学教程》(*COURS DE LIN-GUISTIQUE GENERALE*)的作者是现代语言学之父、瑞士语言学家索绪尔。这本书帮助我纠正了"语言研究只能作为业余爱好"的偏见，语言研究作为一门现代科学的观念在我心中形成；同时我被这门学科结构主义的理论方法和充满亲和力的研究对象深深吸引。如果说大一对语言研究有的只是停留在表面的喜爱，那么在大二对一些经典的语言学理论著作的阅读则使我对这门学科产生了稳定而强烈的兴趣。就像是初见一个女孩有了好感，经过此后的深入交流愈发地被她吸引，这才可能最终走到一起。若刚一接触喜欢得很，稍作纵深地研习就觉得难，生了厌，这称不上是兴趣。因为真正的兴趣必须有才力支撑。我选修的文学课程往往是花了力气也出不了成绩，认真听课也懂不了许多；而语言学专业课则上得很轻松，成绩差不多都是 A 或 A－，课后还有能力向老师提出质疑。这就使我相信，自己不仅对语言研究有兴趣，而且也适合做语言研究。这个确信的过程又花了我一年时间。在大二学年的年末我作出了转专业的决定。

执 著 的 胜 利

我想转入的汉语言专业同汉语言文学专业一样,都属于中文系。于是我先打电话给当时分管中文系本科生工作的副系主任汪涌豪老师表明心迹。汪老师得知我即将升入大三的事实,当时就表示学校只有大一升大二的本科生才能申请转专业,以我这种情况转成的希望很小,中文系也没有先例。我的心顿时凉了半截,一时竟说不出话来,愣了一会儿,才又恳切地向汪老师表示自己想转读学术性较强的语言专业不是为别的,只是为了能学点自己感兴趣的东西。汪老师完全理解我当时的心态,他安慰我说:虽然过了转专业的时间,但文学和语言专业同属中文系,操作相对方便,教务处或许会批也说不定,可以替我到教务处试一试。但临近暑假,申请必须抓紧时间。我连夜写具申请书交到汪老师手中。正如他所料,教务处果然不批。我没有气馁,表示愿跟汪老师一起到教务处再争取一次。汪老师见我心诚,便答应我次日再到教务处跑一趟。孰料由于临近期末,第二天教务处就停止办公了,自然也就不再受理转专业申请。"那是不是要等到 9 月份开了学才能再申请呢?"我有点着急地问。汪老师表示"教务处在 8 月下旬就开始工作了,到时候我把申请材料送去,再替你争取争取。"8 月份的那个炎热的夏夜同样是令人失望的。我的申请又一次遭到了拒绝。

在复旦的第三年开始了,我依旧是一名汉语言文学专业的学生。但是,我没有放弃改变现实的努力,决定第三次申请。汪老师不厌其烦地再次冒着酷暑为我奔忙,结果仍黯淡如初。但执拗的我还是不甘心,又打电话想请汪老师再替我试一次。当时电话里汪老师强忍颤抖的声音至今令我难忘,他说:"对不起,我今天没去上班——我爸爸没了——你的事我想过了,看来真的不行。"近三个月来,汪老师为了我的事不厌其烦地奔走，我真心感激他。现在发生了这种不幸，我再也不好意思麻烦他了。专业转不成虽说很遗憾，但汪老师和我都尽了力，也无愧于心了。当时我已决定放弃，便安慰了汪老师几句，刚准备挂电话，他想到了什么，说："你给主管校长写封信试试"，随即又叹了口气："不过也……试试看吧。"正是这位在失去亲人的时刻仍能想学生所想、急学生所急的老师把我的希望重新点燃。我决定为自己认准了的目标执著下去……令人振奋的事终于发生了，在我把信寄出后的第二个星期，辅导员王文晖老师到寝室向我报喜："你的转专业申请学校批准了"。我为自己骄傲，这是执著的胜利！我心存感激，正是汪涌豪等老师给了我圆梦的机会！

大三大四，走在学习的路上

自从转入汉语言专业之后，我的学习充满动力——不是受外力推动，而是不自觉地被它吸引，以至于没有周末的概念而养成了不爱回家的习惯。然而兴趣只能提供动力，方法要靠自己去摸索。以下的点点滴滴是我的亲身经历，希望能在学习方法上给大家或多或少的启发。

利用资源

首先要尽快地全面了解系内的资源。初入校园得多往系里跑，争取短时间里对本系的"家底"做到心中有数，然后才有可能根据个人的兴趣有选择地利用现有资源。我在这方面后知后觉，直到大三才从老师口中得知中文系居然有个做语音研究的实验室，其中的一套数字化声学分析设备以及用于语音生理分析的电子假腭对语音研究者都大有用场。于是，我在大三第一学期加入了实验室，成为其中唯一的一名本科生。实验室活动两周一次，由于项目不多，活动内容是教学性的,包括设备的操作、国际音标学习软件的使用、原典的讲授以及参加一些小规模的专业讲座。这些活动使我系统地掌握了语音学的基础知识和技术性较强的设备操作方法。此后,我在学习相关的语音学课程时驾轻就熟,格外轻松。同时,这段经历也成为我日后决定从事语音研究的一个重要因素。

其次要充分利用图书馆的资源。就文科馆而言,利用率较高的是二楼书库的第一层和二楼、三楼的两个阅览室。这三个部分主要是些中文书刊。去书库常会遇到网页上查得到而书架上找不到的尴尬。有可能是管理员还没来得及把书上架,也可能已被人借走或摆在了别的书架上;如果网页上显示只有文科书库有此书而你又急于查阅,可以到库房中的那些尚未上架的书里找一找。如果你写论文要用到的某本专著或某本专业必读书只藏于四楼的研究生及教师阅览室(这是常有的事,这个阅览室的学术性著作既多且全),而你又尚未升入大四(这个阅览室对大四的本科生开放也只是最近一学期的事),则不妨"钻钻空子",我大三的时候就因为有些书此间独有而径直进出过几回,门口的老师都未"盘查"。另外两个少人问津的盲点是二楼书库的第二层和底楼的外文书刊阅览室,那儿大多是些英文著作,由于语言隔着一层障碍,不少本科生干脆不光顾,即使心血来潮地借了一两本英文书,带回寝室也不过翻两页就嫌累作罢了。其实本科阶段必须养成的一个习惯就是读英文专著。就总体而言,同一门学科的英文专著与中文专著相比,无论是深度还是广度都明显胜过一筹。一开始的确很累,也的确无捷径可走,只能靠多查多记多读。你必须清楚:同处于汉语的语言环境中,学外语就是比谁花的时间和汗水多,所以受累是免不了的。只要你起步比别人早,又能不懈地坚持下去,你读外文专著的能力就必然强于别人,一时受累的结果是受益终生,何乐而不为呢? 为了起步比别人早,初入复旦就得多光顾这两个"盲点",养成多泡外文阅览室,多读原著的习惯。至于人文、社会科学方面的中文网络资源,图书馆网页上有"人大光盘复印资料",其中的论文学术水平较高,而且三个月更新一次,往往能找到新近发表的好文章。至于"中国期刊网"这一链接,其中的文章数量多,质量上却不敢恭维,有价值的好文章少。"中国期刊网"在寝室就可以通过校园网查阅,而"人大复印资料"出于"学术安全"的考虑只有在文科图书馆底楼的检索厅中才能一睹尊容,所以索引厅也是应该经常光顾的。

此外,还要重视利用外系甚至是外校的资源。本系开设的一些专业必修和选修课有时不能完整地建构起适合自己的知识结构。就拿我所在的中文系汉语言专业来说,这个专业最主要的研究方向是语法和语音。就语法研究而论,最有影响力的流派是乔姆斯基的转换生成语法,这套理论有着很强的公理性,形式化程度也很高,所以有志于研究形式语法的人得懂形式逻辑,而这门课中文系是不开的,但其他系有。如果你对认知语法感兴趣,则最好选一些社会学系开设的心理学课程。如果热衷于探索语音的演变规律,则常常需要对从田野调查(fieldwork)搜集到的大量语音数据做统计分析,这就要求研究者掌握一些统计学的知识,我为此选修了管理学院统计学系开设的"概率论与数理统计"课程。选课的学习效果明显会比旁听好,但跨系,尤其是横跨文理的选课对选课者的相关背景知识有所要求,比如读文科的人要选"概率论与数理统计",就得懂点高等数学中的微积分。像这类较为陌生的背景知识是可以补的,最好的办法是一次不落地旁听相关课程,并且和某位外系的同学建立联系以便及时求教,这样才能跟上老师的节奏;完全靠自学很费劲,往往事倍功半。除了外系的课程,外校的资源也很有价值。在大三暑假,研究方言学的陶寰老师告诉我下学期加州大学伯克莱分校的陈忠敏老师将在上师大讲授实验音系学课程。这门课的内容与我的研究方向对路,授课者的水平又是圈内公认的,我旁听了一个学期,解决了不少自己想不通、书上也没说明白的问题。复旦作为上海的学术中心,学术信息相对密集。有些很有针对性的课程和讲座虽在校外,你也完全能够通过师友介绍、BBS等渠道获取这些信息。

师 生 之 间

学生和老师以及同窗之间相互沟通、切磋对于个人的学业、老师的教学甚至科研都大有裨益。

首先说说个人和老师之间的交流。我喜欢在课后及时请教老师课上没搞懂的问题，这样做的好处是能够用较短的时间弄懂课堂内容的难点，为课后的进一步钻研节省时间，同时也为师生间进一步交流提供可能。老师是最乐于回答学生问题的，所以有什么问题尽管大胆去问，问得多了你就会发现其实交流的价值远不仅限于解决专业问题。

大三上半学期我选了一门"语义学"，授课的是中文系的年轻博导戴耀晶老师。他是不多见的主动搜集学生反馈的老师。课上得很紧凑，第一次先用了些时间谈教学设想，交代将要采用的教学方式，并发给我们人手一份教学大纲。一个月之后，他要求我们针对这几周的课提一些建设性的意见，此后他根据这些意见对教学做了适当的调整。结果是学生参与的积极性被充分调动，学得格外投入。一次课后，我向戴老师请教问题，谈了好一会儿才完。当时他竟主动提出请我一起吃午饭，颇出乎我的意料。席间的深入沟通使我对戴老师印象从最初的认真严肃变成亦师亦友。那个学期之后，我依然常发电子邮件向他请教问题，在论文的逻辑性方面获益良多。

如果说教师与学生主动地进行深入沟通能够提高教学效果的话，教师的个人品格同样能最大限度地调动学生的学习热情，甚至对学生的将来产生影响。复旦不乏有魅力、有个性的名师，比如外文系陆谷孙老师的儒雅渊博，中文系骆玉明老师的自得不羁，历史系朱维铮老师的犀利深刻，他们上课都能给人留下深刻印象。但是对我最后选择走学术道路产生实质性影响的却是一位在我读大三时刚被聘为复旦教员的青年教师。第一次上梁银峰老师的"近代汉语语法"，印象中他是个端端正正在讲台后边站着的大高个儿，头发蓬松，显然没怎么梳过，有点儿乱，不过表情却总是笑嘻嘻的，像个大男孩。一讲到兴头上，他便开始踱步——挠头沉思——盯着学生阐述观点，仿佛是在渴盼你的响应，征求你的意见，他的忘情投入使你不得不跟着思考。一开始我就发现这门课不但节奏紧，而且研究性强，难度高，每次都得花两三个小时分别用于课前的相关阅读和课后的消化理解。后来与他住同一幢教工宿舍的老师告诉我，梁老师为了每周四下午这一个半小时的课，要准备整整一星期，平时几乎没有任何业余活动。而据我所知，大多数老师在有课的前一晚才做备课工作，认真些的至多备一两天的课，这也就难怪上一次梁老师的课，其难度和收获都不啻读一篇有启发性的学术论文了。记得我有一次上十一宿舍向他借书，正巧其母从河南农村老家来上海看他，为了节约开支，他在那间十多平方米的旧屋子里用木板搭了一张临时床，和母亲同住。这位母亲见儿子有学生来访，高兴地向我微笑着，还一个劲儿地请我进去坐。那张布满皱纹的黝黑脸庞浮现的是母亲对儿子的自豪，而那张架着副大眼镜的年轻面容则流露出对于学术的无比虔诚，这两张笑脸背后的纯真的心灵深深打动了我。我的确有志于语言学研究，但总是抛不尽做一名学者可能面对的清苦生活带来的焦虑，自此我开始明白，从事学术事业必须具有献身精神和一颗甘于淡泊的纯真心灵。只有如此，才有可能为这项事业作出贡献，活出个体的价值。与其随波逐流，平庸安逸地度过一生，我宁可选择这样的生活方式。

　　除了师生交流，同窗之间的互动也很重要。在复旦的校园里、在你的身边活跃着一群优秀的同龄人。至于学术方面，更是不乏出类拔萃的头脑。在大多数情况下，同一个问题各人有各人的想法和切入角度，在思考的基础上互通有无不仅能受到很大启发，长此以往，还能开阔思路。而同窗之间进行交流的方法可以是由某位同样热心学术并且愿意抽时间参与并指导学生讨论的老师牵头组织一个 seminar,定期聚会,各成员事先做好充分的准备,每次就某个主题或具体问题进行交流。我所在的汉语言专业的学生数量历来就少(三十人左右),对专业真正感兴趣的同学更是屈指可数,而系里又有像陶寰这样愿意抽出时间来无偿指导学生的好老师,于是我们这一届的语言班便成立了一个七八人参加的讨论小组,定期或不定期地讨论个人的论文乃至老师的研究课题。

将来

在大四这一年,你必须作出选择。选择什么样的将来完全因人而异,是"教"不得的。我想做的只是和盘托出自己的选择过程,供大家参考。

首先,我确信自己下一步要做的事是在语音研究方向上继续深造而不是出去赚钱。那么我的选择范围就是直研、考研或申请离开大陆。考研只是某些部门出于增收的目的而批量生产废纸的行为,我没兴趣奉陪;而校内直研又有悖于自己立志在学生时代出去闯一闯的初衷,因此我也放弃了直研的机会;我只考过托福,若申请到美国还要考 GRE,时间不够。有一位老师把我介绍给了香港科技大学研究语音的朱教授,港科大作为香港高校中的"暴发户",拥有国际性的教育体制和丰厚的奖学金,其入学名额历来竞争激烈;而此时系里又有一个保送中国社科院语言研究所的名额可以给我。社科院的名额是无风险的,港科大的申请则完全可能被拒。我开始权衡:从学术条件上看,社科院的强项是实验语音学研究,但这次保送的名额却是方言学方向的;港科大的朱教授专攻语音研究,我的兴趣与其相合。就语言学研究者所重视的语言资源而论,北京只有普通话,香港则是英语、粤语、国语三分天下。至于钱的问题,社科院的研究生津贴每月两百六十元人民币,而港科大则是每月一万两千六百元港币。考虑到这些因素，我婉拒了社科院的机会，决定接受港科大的挑战。

如何选择取决于你想做什么和能做什么。每个人的目标不可能都是在初入复旦时就定下来的，而是要经过谨慎的摸索；可一旦想法确定，就该未雨绸缪，早做多做相应的准备工作。想找工作赚钱的，不妨花些工夫把高级口译证书考出来；想去美国深造的，则必考托福、GRE；想到欧洲大陆留学的得学好二外；想直研的，自然要保证绩点……

我 的 推 荐

我要推荐一位老师，蔡达峰副校长。他是个懂得怎样培养学生的人，主管本科教学工作，有什么问题和意见请勇敢地向他反映。其次是几本书和几部电影：杨伯峻，《论语译注》——教你如何做君子；傅雷，《傅雷家书》——从中可以感受来自父亲的爱和智慧，对缺乏父爱的子女尤其珍贵；爱因斯坦，《我的世界观》——如果你正与"崇高"这个字眼渐行渐远，这篇散文能拉近你们的距离；杰克·伦敦，《热爱生命》——唯有失去生命才是真正的失败。至于电影《肖申克的救赎》、《阿甘正传》、《云上的日子》，推荐的理由是每重看一遍总能又有所得，相信大家定能从中有所汲取。

最 后 的 话

学习方面，绩点很重要——对那些想出国、直研或到外企工作的人来说更是如此。严格控制每学期的选课量是保证绩点（四年的平均总绩点最好在 3.4 或 3.5 以上）的好办法，这是我碰破头后才明白的道理。大学前两年由于有英语、计算机、体育、政治理论等这些不得不选的基本课程垫着,选修其他课尤其需要注意节制,否则在期末考试时就会应接不暇,顾此失彼。

在生活上,首先得保护好你那根注重维护自身权益、提高生活质量的神经,这样才可能比别人更敏锐地发现不尽如人意、亟待改进的事。其次,在面对这些情况时,既不要隐忍姑息,也不要在背后发牢骚,而是要及时地向相关部门甚至有关领导如实地反映情况,合理地提出要求——不要怕烦!你的努力终将使校园生活为之改善。以下引 Legally Blonde 中 Elle Woods 的一段话与大家共勉:

I forgot to **use my voice**. I forgot to believe in myself. But now I know better. I know that one honest voice can be louder than a crowd. I know that if we lose our voice… or if we let those who speak on our behalf… **compromise** our voice, then this country… this country is in for a really bad haircut. So **speak up**! Speak up for the home of the brave. Speak up, America. Speak up!

和导师大人：

在复旦邂逅最美的意外

蒋逸征

1978 年出生于上海，
1997 年进入复旦大学文科基地班，
2001 年获文学学士学位，直升研究生，
2004 年获复旦大学文学硕士学位，现在
上海文化出版社任图书编辑。

「我是邵毅平老师的学生。」这是我硕士研究生三年在复旦中文系说过的、答过的最多的一句话。没有了这个身份，我在系里面目模糊。

邵毅平是谁？是和我一起缔造三年故事的人。

我爱我的导师，因为我们极端像又极端不像，因为在他身上闪烁着我永远无法达成的魅力与梦想。

……
在孤独的日子里，在梦中
我时常回到这里，寻觅着
那些明朗或阴暗的回忆
正如在苍茫的大海上
旅人们回首凝望
天际那一痕明灭的岛影

——邵毅平《回首》

学生对导师的第一印象，往往源自口耳相传的八卦。

中文系第一男中音、年纪轻却辈分高、学问好搞笑多、会说很多门外语……他们模糊地告诉我，我拼呀拼，拼不出他的模样。

开学的第一个周二，下午，新生们各怀心事、惴惴不安地拥挤在中文系楼层的过道，叽叽喳喳间，等待"面圣"。

三年，要把自己托付给素未谋面的那个人。仿佛将嫁的女儿，来不及地想揭开喜帕，又怕见着一张恶脸。

我靠在语音实验室外的墙壁上，望着古典文学教研室里穿梭不息的人流，望眼欲穿地等了两个小时，望不见他。我不会晓得就在身后的语音实验室里，正坐着一个声音很好听的男子。

那天，我穿着我最贵的一条裙子，长到脚踝的真丝绿裙。

初见，他离我好远

第一面的印象总是最清晰的。

邵毅平导师大人，一脸严肃地坐在那里，黑口黑脸。

大人，就是大人，审问我：

"你是打算混个文凭毕业，还是打算读点书、做点学问？"

"毕业后你打算工作，还是读博？"

"你的本科毕业论文写什么的？下次记得带来给我看看。"

……

这些问题，用他那"好听的男中音"问出来，居高临下，盛气凌人。

中文系的男老师，与学生的初见，都是这样开场的么？

面对每一个新入门的学生，大人都会用几乎相同的问题问他们。"学生要不要读书？"这是一个困扰他的问题。他不担心招来的学生有否一颗聪明的脑袋，更在乎是否肯用功。

"你打算研究哪个方向？先秦秦汉文学、元明清文学和东亚文学关系，你可以从三个当中选一个。但选东亚文学关系的话，你必须懂日文或韩文。"他接着问，相当傲气。

虽然不愿意，但被他猜中了，我不懂日文和韩文。我选了元明清文学。

研究生阶段的第一次选择就这样定了下来。我带来培养计划表格，让他白纸黑字地填写导师一栏的基本情况。填了几行字后，他嘟哝道："我给你填了我的基本情况，可我还不晓得你的，你下次给我写一份简历来。"抱怨不够公平。

初次见面，他并没有耐心地给我开书单，只是让我翻一下这些书：

姚名达：《中国目录学史》

王欣夫：《文献学讲义》

来新夏：《古典目录学浅说》

程千帆：《校雠广义》

鲁　迅：《中国小说史略》

孙楷第：《中国通俗小说书目》、《日本东京所见小说书目》、

《戏曲小说书录解题》

柳存仁：《伦敦所见中国小说书目提要》

戴不凡：《小说见闻录》

谭正璧等：《古本稀见小说汇考》

……

他端坐不动，让师姐在我的笔记本上写下这些书名，都是些目录学方面的基础书。

"带你们去见见我的老师。"他带我们去中文系资料室，墙上挂着中文系十大教授的大照片。"看到没有，我们蒋先生多么英俊呀！"照片里的蒋天枢先生咧嘴微笑着，我们却听着导师大人毕恭毕敬地和我们说着当初被蒋先生严厉训斥的种种。

蒋先生是陈寅恪先生的高足，著有《全谢山先生年谱》、《陈寅恪先生编年事辑》、《楚辞论文集》、《论学杂著》、《楚辞校释》等，是著名的文史专家和楚辞学家。导师的青年时代就一直在复旦，跟着蒋先生读书，毕业后成了蒋先生的助手，继续站着听训。

"在进复旦读研之前，我以为自己懂得很多；跟了蒋先生以后，才晓得自己什么都不懂。从此以后老老实实闷头读书。"他说。

第二周，我遵从他的吩咐，买了一本鲁迅的《中国小说史略》，开始正式的小课学习。

勤 劳 的 小 课

我敢打赌，很少有导师给学生上小课有我导师大人勤快。我们和导师每周见一次面，每次见面三个小时以上。

小课就是精读鲁迅的《中国小说史略》，一周一章，我和师姐轮流主讲。真的是"读"，大声读出来。遇见不认识的字，就去翻厚厚的

39

《辞源》。

第一句话："中国之小说自来无史。"讨论了半天，为什么"自来无史"？

问过哑口无言的我们后，他说："学术研究中引入'史'的概念，是进化论出现以后才开始的。进化论把时间看作是发展的向上的，这种时间观是'史'的基础。时间成了研究最重要的坐标后，才将所有现象放入时间顺序中来考察。"

我们都很怕他来提问，因为鲁迅的话，我们都很"顺理成章"地读了过去，而他却往往提出我们不会想到的问题来。比如读到《宋之志怪及传奇文》时，鲁迅说《绿珠传》等"篇末垂诫，亦如唐人，而增其严冷，则宋人积习如是也"。

"什么是'宋人积习'？"他问。"也许……可能是宋代理学那套……"我们战战兢兢地答。"那么为什么宋代会出现理学？"他追问。我们就懵了。

"我有一个看法，"他从来都不会斩钉截铁地去下结论，"宋代的处境犹如中国抗战时期，这与国力强盛、风气开放的唐代很不同。唐代社会风气开放也许是胡人带来的，宋代深受胡人之苦，所以一定要与之区分，反感六朝至唐的情感奔放，讲究在挫折中求解脱。宋代的文化辉煌，是基于对内强调理学，对外宣扬正统论。对宋人垂诫的批评，是从鲁迅开始的，恐怕也与鲁迅身处的时代有关。"

他的回答从来不会食古不化。并且，常常跳跃，时空是相通的，古人的许多现象、心理都可以用"今"去解释。他推崇《吕氏春秋·察今》中的一段话，一有机会就推销一番："故察己则可以知人，察今则可以知古，古今一也，人与我同耳。有道之士，贵以近知远，以今知古，以所见知所不见。"

小课很有趣，因为永远能听见新鲜的东西。但也很苦，一周上一下午课，但我们需要在资料室泡许多天，找相关的论文、书来看，将所得的理解与解释做详细的笔记。复印的资料有那么厚一摞，回首再看，会发现自己真的饥不择食，多数复印来人家的论文，其实质量是那样糟糕。当时，大人看着我，微笑里一定会藏着嘲笑。

上完课以后，跟着大人去老年活动中心旁的教工食堂吃晚饭。

很郁闷地掏五元钱买一份真正的残羹冷炙，大人吃饭的时候总拼命飞速扫荡，不剩一粒米饭，饱了以后他才会将脸部的肌肉神经稍微放轻松点，会问："你是上海人么？"诸如此类我回答起来不用费脑子的傻问题。

在跟着大人念了很久后，他曾对我说："其实，一开始见到你，你不晓得我有多失望。"

他说，当初其他老师都挑完了，就剩下我和另外一个学生，瞧着我的名字，还以为我是个男生，我才有幸被点中。"你应该感激我。"他很斩钉截铁地这样认为。

文人，往往要么虚饰过头，要么坦率过头。但我喜欢，我的导师对我，一直都是个太过直肠子也不会隐瞒想法的人。

研一，我定下了毕业论文题目

我很后知后觉，幸好有导师大人先知先觉，早早给我定下三年的努力方向。

毕业论文写什么？这是我们见面第二次开始一直在讨论的话题。

他后来果然要了我的本科毕业论文与学年论文去看，看完后问我自己觉得哪篇好。本科毕业论文我写的是晚唐"小李杜"，学年论文写的是中国现代的女性主义小说。前者写得四不像，后者写得很像读后感。我在研究古代文学出身的大人面前很不好意思地说："写女性主义小说的那篇好点吧。"他点头，也这么认为。我说我还有一篇历史地理课的论文，写辣椒传入中国的经过，在上海图书馆翻发脆的黄书翻了一暑假写的。他立刻表现出浓厚的兴趣来。

"辣椒"给他读了。然后在吃晚饭时，他终于忍不住发牢骚："我实在想不通，你的文章怎么那么没有条理，我看了半天还是没有看懂辣椒到底怎么传入的。"

"你一定要挑一个你感兴趣的题目做毕业论文。"他说。

于是，在我们以后的东拉西扯中，他不停地给我想毕业论文的题目。

一次说到《红楼梦》里的贾宝玉，师姐很纯洁地不晓得宝哥哥和秦钟搞的是同性恋。我在那里滔滔不绝地说到汉代还有"分桃""断袖"。导师大人当时刚向师姐推荐了美国人马克梦的《十八世纪中国小说中的性与男女关系》一书，然后冷不丁对我说："你的论文就研究中国古代文学中的同性恋题材吧！"

我很郁闷地回寝室，嚷嚷："我不会真的三年研究同性恋吧！"

幸好，他没逼我。

他又知道我给外面许多杂志写稿子，说："要不你就研究中国文学中的时尚吧。古代文学中有很多的时尚内容，肚兜呀、化妆品呀、发型呀……研究它们有助于理解当时的文学，陈寅恪先生就很善于发掘这类问题。"

我又郁闷地回寝室，没有打算理他。

师姐毕业论文写明清历史小说中女性形象的演变，大人说："索性你就和你师姐一样，也研究明清其他小说中的女性形象吧，一人研究一段。"

不要。我本科时候已经相当厌倦女性主义了。

……

终于有一天，他对我说，有一个他想做但一直没有做的题目，可能适合我。当年他为了研究商人形象，翻阅中国古代小说时，发现有不少胡商特别有趣。"你可以研究古代小说里的中外通婚。《聊斋志异》里的'母夜叉'、《西游记》和《镜花缘》里的女儿国、《留东外史》

中的日本女人……当时的文学里,都是外国女人看上中国男人,而中国男人看不上外国女人。由鄙夷与外国人通婚,变成了以娶外国女人或嫁到外国为荣,是与国际环境的变化、相对国力的下降有关的。"我把他的每个字都记下来了。

过了一阵子,我们折中了一下,不专写通婚,也把有趣的胡商、胡僧等拉进来,题目大了点,研究中国古代小说中的外国人形象。

"本来这个题目我想写的,现在就割爱给你啦。"他第一次露出了温柔的表情。

好了。他研究商人形象,师姐研究女性形象,我研究外国人形象。我们还真像。

关于论文的题目,他的看法是既不宜琐细,也不宜空泛,而是应由小见大,实实在在。"其实以后等你们书读多了,就晓得很多论文光看题目就晓得优劣了。论文或是书,题目大得漫无边际,绝对是虚假学问。你们看过电影《牧马人》么?朱时茂在小阁楼里辛苦地写皇皇巨著,最后拿出来,一看题目——哇!《科学与中国》……"我们都笑个不停。只有外行才喜欢虚张声势,就像小孩子总喜欢穿大鞋。

他说他指导过的一个本科学生,毕业论文写了八万字,被评为优秀毕业论文。

珠玉在前,我知道他这话的意思,也得引出翡翠、钻石来。

导师家里,蔷薇处处开

第一次和师姐上导师家里,在我们认识后的第一个寒假,在被我们软磨硬泡了很久以后——他讨厌一切的繁文缛节。

我和师姐怀抱上海一日游的良好心态,赶到了他那远在云烟深处的家,居然还早到了一个半小时。我们在他家小区外面尘土飞扬的马路上兜来兜去谋杀时间,找不到地方吃午饭,也不敢早进去。

他穿着宽松的日式棉袄从窗口向我们招手，还给其实饿着肚子的我们煮汤圆吃，用漂亮的日本木碗盛着。

大人带我们上楼，那整整一层楼就是他的书房。书架铺满所有的墙，书架里的书都用牛皮纸细心地包好，用工整的字整齐地题着书名。

我和师姐暗暗尖叫。

他早就做好了迎接我们的准备，在看到他桌子上两摞书和论文时，我们发现。

他把他所写的书和论文，手头有的，都拿了出来，一式两份，送给我们。而最让我印象深刻的是，导师大人毫无保留地将他二十来岁时写的硕士毕业论文《论蔡邕之生平及其史学与文学》都给了我们。

这是一篇非常用心、认真、资料大全的论文，但却与他后来所写的论文从笔调到结构都很不同。文章刻意地用了文言文，显得些许艰涩和拘谨。

怎么能查出那么多资料？他说没有聪明的办法和捷径，只有自己去寻找，角角落落，地毯式，不放过任何地方。那个时候还不太开窍，找到材料就用上去，用用功来补拙。

在文言文论文的结尾处，有他的"附记"：

> 这原是我的硕士学位论文，完成并通过于 1982 年春，导师是故蒋天枢教授，原题为《论蔡邕及其史学与文学》。现略作修订，重核引文，改从今名，发表于此，以志当日学步邯郸（复旦大学正坐落在邯郸路上）之前尘旧迹，并纪念蒋天枢师之在天之灵。1995 年 10 月 9 日谨记。

聪明如他，也会说一句"邯郸学步"。更何况我们？

他说，他交给蒋先生的第一篇作业，只得了个"中"，还是蒋先生照顾的。所以他可以体会我们最初写论文，完全找不到方向的感觉。

"写论文，最关键的是两点：一是提出问题，二是掌握材料。"

其实，"秘诀"他一早就告诉我们了，却需要我们用三年的实践来领悟。

他的硕士论文，从完成到发表经过了十三年；他的博士论文，写了整整四年才参加答辩，之后又经过十来年不停地修改补充，现在还是下不了决心出版。"不行，要改的地方永远有那么多那么多。"我想，复旦之所以成为复旦，复旦的学术传统之所以深厚，就是靠这些在各自领域里埋头苦干的"沉默的大多数"支撑着。

在楼下的客厅里，他给我们放外国唱片，听邓丽君《何日君再来》的日语版，忽然还听到一首英文歌："Rose，rose，I love you……"有着爵士般欢快的曲调，同于旧时上海滩的名曲《蔷薇处处开》。

他很带劲地说，这首曲子有中文版本的。我更带劲地说："对呀对呀，叫《蔷薇处处开》。"他说他正留心着同一曲子不同语言版本的歌："它们很有趣，其实古人填词就是这样的，调子不变，填不同的词进去。"

这类材料，后来被他用在《中国文学古今演变研究》课上。我在底下上课，看他用中文、日文、韩文分别在黑板上抄写歌词；听他用好听的声音，朗诵李叔同的《送别》、日文歌《旅愁》、韩文歌《大雁》，说它们的曲调都是相同的，都来自于美国作曲家奥多威的 *Dreaming of Home and Mother*。我不懂日文也不懂韩文，但却很用心地依样画葫芦地把它们描在笔记本上。看着那些韩、日留学生惊羡的表情，暗自得意："他可是我的导师。"

这个材料，更被我用在了某本杂志的音乐专栏里："导师在他家中放国外带回的唱片，居然就听到一首英文老歌和它的调子一模一样，只是'蔷薇'变成了'rose'。也是，那样欢快暧昧的曲调，实在有太多西化的成分，翻译成英文，就如同红酒找到了配它的高脚水晶杯。"

他在两周后居然读到了我的这篇小文章。上完小课，一起吃晚饭时，就那样狡黠地说出来，仿佛窥探了小秘密的孩子。

"超人"老师：淡淡的感伤下
人生无尽的残酷

　　记得复旦 BBS 上一个文基班的学生说他"有一双充满趣味性的眼睛"。立刻就想起明代才子张潮的名言来："情必近于痴而始真，才必兼乎趣而始化。"

　　我一直很羡慕他给那个文基班的孩子们出了那么多有趣的小题目，让还是大一的他们学写小论文。例如，《论语》的"论"为何大家习惯读成第二声？与《圣经》书名的第一个字母必须大写有什么关系？古代吃牛肉的叛逆史……还让他们把李清照的《声声慢》改写成现代歌词。

　　关于那个吃牛肉的叛逆史，我一直没有看到孩子们好好写出来，自己却心痒得很。养成的习惯就是，以后无论查什么资料，看到吃牛肉的情节就抄录下来。虽然这篇论文也许永远写不出来，但关于牛肉的故事却搜集了厚厚一摞。

　　如果他愿意，他可以让他的课堂上充满笑声。

　　在《史记精读》课上，他指责报纸上说"司马迁的《史记》生前未能出版"，如同说"莎士比亚的《罗密欧与朱丽叶》生前未能在网络上流传"一样。又说，那个时候写信要是用竹简，那么狱吏就会说："任安，有你的信。"喔——一堆小山似的竹简扔到任安面前，这就是《报任安书》。哈哈。

　　不过一转眼，他又沉重起来："《报任安书》是千古痛文，不读此文，或读而不能知司马迁之心，则不足于语《史记》矣。"于是说是《史记精读》课，却花了好几个星期先细读《报任安书》。

　　他在黑板上抄：

> 本书内容如书名所示，试图将人类史当作一个整体来加以考察。这意味（着）我的考察始自人类史的开端，终至当前的1972年。同时也表明本书着眼于全球范围内的考察。——汤因比《历史研究·序言》

然后他比较："一般人都误以为《史记》写的是中国史，但其实它是一部世界史，穷尽了当时人眼中时空的所有范围。'究天人之际，通古今之变，成一家之言'，这是一种世界史的眼光与气魄。可惜，现在我们的史家已经远离这种眼光与气魄了，反而是汤因比这样的西方史家才更像是司马迁的传人，具有司马迁的眼光与气魄。《历史研究》、《全球通史》这样的历史著作也与《史记》更为一脉相通。"

一次上小课，他忽然说起前晚在 CCTV 6 看的一部电影来，叫《指间沙》。

"啊……"我觉得当时自己像个坏掉的高音喇叭，就在古典文学教研室里尖叫起来。

因为《指间沙》的女主角克里斯汀·斯考特·托马斯是我的偶像，为了等着看这部片子，我在室友男友的寝室里，厚着脸皮霸占了半晚的电视机，直到半夜 11 点多，插播的恼人广告还未结束，这才抱着下半部看不到的遗憾回寝室。

他看了，我怎么可能错过。

于是，我很好意思地把小课临时改成了电影鉴赏课，缠着他给我讲这部片子的下半部分。他讲得很生动，然后说这部电影的名字起得很好，*A Handful of Dust*，人的际遇就是如此戏剧，你所得到的一切在下一个瞬间都可能消失。

后来时不时，我们还讨论这个英国女演员的其他电影：《英国病人》、《驿动的心》、《苦月亮》、《四个婚礼与一个葬礼》……克里斯汀·斯考特·托马斯不是一个多产的演员，国内她的电影更少之又

47

少。我们居然能有那么多同样看过的电影,简直是个奇迹。

大人爱看电影,是 CCTV 6 的忠实观众。他很怀旧地在那里看了几十集的《男人好辛苦——寅次郎的故事》,说让他回想起了在日本的日子。也喜欢《纯真年代》那样的片子,淡淡的感伤下面却是人生无尽的残酷。还喜欢《古畑任三郎》,听了刘彬配音的,又去找了日语原版的来看,问我喜欢哪个版本。

我们还谈论小说。我说我喜欢朱苏进的《醉太平》,当时没有人说这部充满了官场斗争智力阴谋的小说不好。可他不喜欢,说写得不好,许多东西交代不明,作者一会儿全知一会儿无知。而他最不喜欢的还是阴谋,当所有的一切逻辑原点都建立在了阴谋游戏的复杂快感上,人生还有何价值?"阴谋搞到炉火纯青,最后还是要死掉的。人生苦短,有搞阴谋的工夫,还不如做点有意义的事情。"这是他的原话。

某次教师节,我代表师门,在屈臣氏超市给他选贺卡与礼物。选了一张打着"超人老师"字样的贺卡。深蓝色的星空下,那个大脑袋、小分头、厚眼镜的男人,一身肌肉一袭超人披风,自信而风趣,充满活力。

我甚至梦见他变成古畑任三郎,一脸坏笑,看透一切。

现在回想起来,这是我们之间最轻松快乐的时光,论文的题目已定,而论文的压力在我,还没有觉得迫在眉睫。

邯郸学步,"差生"的感觉

我在某杂志社做过一段时间兼职。

我是一旦做了就会恪守规则努力用功的上进孩子,所以在杂志社从未迟到,而同一天要上的导师的小课也从未迟到。我像一部开足马力的机器,每次骑着自行车从南京西路穿越大半个上海赶到邯郸路,风尘仆仆不亚于堂·吉诃德。

对于论文,我也一直不曾懈怠。第一部分做的是唐五代小说中的外国人形象。导师让我先从《太平广记》入手。五百卷的《太平广记》,共十本,我陆续从图书馆借出。白天读,晚上读,在杂志社的办公室也读。我把所有涉及外国及外国人的条目,按卷数、名称、正文、出处,整整齐齐地用蓝黑钢笔抄写在笔记本上。厚厚的几十页,密密麻麻,甚是用功。

是的,全寝室的人都觉得我是她们当中最用功最听导师话的一个。但其实,后来我才慢慢明白,所谓用功,不是说你下了多少死工夫,而是说,你的心到底投进去了多少。

师姐的论文在导师的指点下,忽然之间就写成了样子。导师对她相当称赞。她说她整整痛苦了两个月,忽然就悟出来该怎么写了。于是,师姐成为我又一个仰视的目标。

研究生二年级上半学期,我第一次交了我写的唐五代小说中的外国人形象的论文给他。每个小标题都很花哨,像杂志文章类型的学术散文,有两万多字,厚厚一叠,像模像样。

一个礼拜以后,他在小课上,当着师姐、师妹、师弟的面,把文章退给了我。

不收!

他让师门里每个人都看我的论文,然后提意见。

我很虚心地把论文拿了回去,接受重写的命运。但还是茫茫,不知到底哪里不对,应该怎么写。我的文笔不差呀?我的资料很全呀?

那段日子在浑浑噩噩中度过,直到寒假前最后一次小课,他给了我一个文件袋,里面是他写的关于商人形象的系列论文,如《唐五代文学对于商人的表现》、《清代文学对于商人的表现》,大多发表于国外。

2003 年 1 月 10 日,我清晰地记得那个日子,我打开邮箱,发现一封他的 e-mail,信很长,对于只会用一个指头按键盘的他来说,也许用了大半个晚上艰苦地写成。

在这里，引用其中一部分：

……

剩下的时间不多了（主要也就今年一年吧），可是我却迟迟没有等到你"入门"的消息，迟迟没有看到你全心全意地去做，不知道结果会是怎样呢？这不能不让我担心！

你不缺少聪明，但还应加上"沉潜"；你不缺少找材料的耐心，但材料要变成"美食"，还得精心加工才成呵！

寒假里，试试看静下心来，摒除一切杂务，沉到研究里去，像"参禅"一样，反复推敲琢磨，把材料好好消化，你会有收获的。

我给你的论文，你要细细研读，才能理清楚脉络，对你的研究有用。

……

我在研究生期间，第一次哭了。当时正在杂志社办公室里，跑到厕所里不停洗脸。当天就辞职："我不能再干了，我要回去写论文了。"

在寝室的床上，对室友说："我想做学问，读博士了。"

觉得自己真的有一种要全身心托付出去的感觉。浑身颤动，决绝而冲动，不管未来的前途在哪里，却已要将整个身子探出。

我回信说，如果能把我教会，你就是我的上帝。

你主宰，我崇拜，没有更好的办法

我曾经对师姐说："在邵老师面前永远不要撒谎，因为他太聪明。"

现在这个聪明的人，说他愿意倾尽全力来挽救我。

整个寒假，我都过着日夜颠倒的日子，在床上抱着笔记本电脑重写我的论文。

他说，写论文就像织网一样，先要立"纲"，纲举目张，环环相扣，层层递进，渐渐深入。完成后的论文则应该像一个有机的整体，既不能缺胳膊少腿，也不能有多余的部分。

感谢他把他关于商人形象的论文借给我作为范本。由于同是形象学、母题学方面的研究，由于同是通史性质的宏观把握，所以他的论文中的许多结构我都可以学习。

我把原来漂亮、但不知所云的小标题都撤去，将结构定为："唐五代人心目中的'外国人'概念"、"对外国人形象的审美观"、"对外国人的了解程度"、"中国文人与外国人的关系"、"中外通婚"、"对外国人的态度"等六大部分。内容和文字都来了个乾坤大挪移。

像头牛一样干活，到大年夜才回家，把第二稿 e-mail 给他。

过年的时候，就收到了他的电话，说感冒了，刚退烧，怕我等急了，挣扎着起来，"勇晴雯病补孔雀裘"。

他在电话那头开炮："这种论文居然还好意思拿出来见人？我还从来没见过这种论文，完全没有条理，这也算是物以稀为贵。别人的论文总还能围绕一个问题，把事情讲清楚；即使要补，也是这里不够那里不够，补充一些材料就是了；而你的问题是没有宏观的脉络，完全是'散光'的。这完全是思路不清的问题！"他说已把我的论文细看了一遍，大大小小的意见在边上写了一堆。

我在那里情绪低落地挨训，并且很没有良心地在电话那头嘀咕："我跟了你一年半，你到现在才第一次发现我论文的问题……"

他斥责我："你也是第一次交论文给我么！以前你给我看的都是写给别的老师的论文，我当然不好多说什么。况且，我不是批评过你的'辣椒'没有条理吗？你都没有听进去。"

那段时间，一接到他的电话，我家里人就说我傻笑，是紧张尴尬没出息的表现。唉,怎么可以让我家里人晓得我被伟大的导师……

开学后,他把已经涂抹得五彩缤纷的论文还给我。真的是一段话一段话、一个标点一个标点、一条注释一条注释给我改,提出意见来。比如他在我的论文开头那一小段概括文字边写:"为什么写本文? 意义何在? 怎么写(结构)? 前人研究概况? 你的进展在哪里? 史料情况……"

我知道,他已经尽力了,接下来得看我自己了。文章这么私人的事情,是要靠我这个蚕宝宝自己吐丝的。

范本,依旧是他关于商人形象的系列论文,我又读了一遍,并且按照他的批注,把自己的论文重新改过。我把论文结构又调整了一下,分为:唐五代的中外交流(对外交通路线、国际化都市、交往的国家、外国人的几种身份)、对外国人外貌的审美观(唐五代前小说中可怖的妖魔化形象、唐五代小说对外国人外貌形象的延续、戏谑与认同)、外国人给中国人的印象(胡商形象、胡僧形象)、中外通婚(唐五代时期的中外通婚情况、唐五代小说中的通婚)、对外国人的态度(中国人的优越感、对外国人的不信任)。

以上这些部分结构,都是从材料分析中得出的。

我不再毛躁地想一下子就把论文通篇交出来了,而是耐心地用细微的心去体察,大量地查阅与此有关的历史背景资料,收集整理,大胆假设,小心求证,各个击破。光论文开头千把字的概述,我就在已有资料的基础上,整整写了两天。

我发现我自己经常犯的一个错误是,将觉得能反映问题的材料一一罗列出来后,就觉得已经把问题给讲清楚了。读者怎么能看不明白呢? 看不明白是他们的理解力有问题。这也许是我杂志栏目写多了的关系,点到即止,不再深入,完全可以隐成六个点的省略号。但其实不符合论文规范,没有把问题分析清楚。真的是需要沉下心来,老老实实地把话说清楚,把事情交代明白。

约两个月后,我把"审美观"部分发了给他,然后打算不期待。我们两个就像忘了这件事情一样,不提。

直到有一天,打电话时,他憋不住了:"你难道不想听听我对你论文的评价?"

我讨厌这种猫斗老鼠的语气,又害怕耳朵受到白眼,说:"反正也不会听到好话的。"

"那么如果是好话呢? ……我心里这块石头总算可以放下来点了。"

我的也是。

结果,断断续续间,我的唐五代部分写了差不多就有八万字。

在我初步学会写论文时,他说:"论文有很多种写法的。通常的写法像条头糕,一步步规规矩矩地写下来,引经据典,一堆的注释,有人称之为'论文八股'。但要学会学术规范,总得先从'八股'入手,然后才慢慢活起来。活的写法有很多,但那样的东西,你现在还不适合。"

我知道,他是可以教我一辈子的。

师姐的硕士论文快答辩了,但却在我们的课堂上哭了。她说,把最后定稿的论文交给邵老师看,他打电话来,让她拿着论文一页页对照着翻,指出每一个标点与注释的错误,要求她重新弄。"做了那么长时间,最后还是被老师说不符合规范……"她心里充满了委屈。

师姐的眼泪,未来一年里,是不是会由我来流?

差点走火入魔

大人说我像一个鬼。

气若游丝,没有力气和心思说话,脸色苍白,不会笑,反应迟钝。

诱发此症的最根本原因是压力。因为写到了宋元这块,材料特别少。连续一个月什么事情都不想,只想着宋代人怎么想问题的怎么生活的，结果，走在大街上看见西瓜摊就会纳闷宋人怎么吃西瓜，或者想曾经这么多宋人如今都上哪里去了？

他们到哪里去了？我们又会到哪里去？以前不会钻牛角尖想的问题逃也逃不开。我觉得心悸，食欲下降，不肯沾荤腥，每晚都不敢一个人睡觉。

我问大人，我这样下去会不会死呀？大人很肯定地回答："会的。想不开就自杀么，这种事情很多的。"

……

我的心情是阴沉到底的绝望。他似乎没有半点安慰我的意思。

有一天在我交的论文 e-mail 后面，他附道：

> 其实，就像疾病一样，挫折和不顺，也是人生的常态，会与人生相伴始终。人人都得接受这一事实。而回头再看那些担忧过的事情，会发现其实都没有什么大不了的，所有的难关最终都会顺利度过的。"回首向来萧瑟处，也无风雨也无晴。"

"回首向来萧瑟处，也无风雨也无晴。"这句话，是用来与我共勉的。人生的尽头都是一样的，时间最后总会带走一切，我们今天烦恼的种种也终究都会随风而逝。"是非成败转头空，青山依旧在，几度夕阳红。"

我想起他的那本《洞达人性的智慧》，前言里的那一句："我们的日子像树叶一样纷纷飘落。"想起他的那本《中国诗歌：智慧的水珠》，在古人的诗歌里一件件梳理古人追求生命意义的努力，又一件件全部落空。然后痛得只想哭。

4 月里一个很霉的下午，我去拿抽检盲审的密码，输入电脑后显示狂大的红字：

你被抽中了！

脑袋一下子就炸了。见鬼了，我们家买彩票从来不中，这种倒霉的事情却一抓一个准。

我第一时间打电话给导师，没人接。再打，他大人家姗姗来迟："呵呵，我正在园子里种树……"

哭，我被抽"中"了，他居然还在"种"树。怪不得我要"中"。

"你担心什么，你受过我的调教，肯定不会通不过的。"他很笃定，可我还是怕。

盲审时间紧张，我来不及写明清部分。导师说索性咱就交那唐五代八万字吧，也足够了。要晓得硕士毕业论文的字数要求是三万字。

我不肯，因为觉得自己已经做了那么多资料收集工作，能借到的小说都翻了一遍都抄了一遍都打了一遍，现在不写，以后还会有机会么？要么不做，既然上了手，就要出最可能好的成果。

于是，等于自己给自己加码。硬生生写出后面的宋元、明清部分。足足二十万字！如今想来，是自己太执拗了，因为明清部分本来还应该做得更深入仔细一点。

写着这样的论文时，我会想：身边那么多用两个礼拜造就一篇学位论文的人，那些以为论文没有格式以为论文是抒情杂文的人，真的不该来读研究生。

答辩会上，他连着吃了三根香蕉

我的论文的一波三折是其他同学的论文难以想象的。旁人总在抱怨自己的导师心思不在自己身上，三年来未曾写过完整的论文，毕业时，也不会有谁真的来为难你。而我永远在说，我导师有多么顶真，他希望我是第二个他，那样较真。

就在我答辩的前一周，把论文投递给各位评审老师后，他打电话来："全部要回来！"因为我的有些注释出了问题。

可怜我，差点被逼疯。

我想再也不会有第二个硕士生令北区门口装订的工人印象深刻了。因为一个月不到的时间里，我去装订了三次。并且我的论文厚度远远超过了那些博士生，几次三番让他们用错了封面颜色。

答辩会之前，就有读了论文后的老师陆续来赞：

"你要好好读我给你写的评语哦，我从来没有为一个学生写过这么好的评语。"骆玉明老师第一次和我说话。

"祝贺你哦，这次论文写得很好。"查屏球老师在电话里就对我说。

……

答辩会上，一向严谨的导师大人却给我玩迟到！让所有老师和学生无所事事、焦躁不安地等了半个多小时。

人一生才一次，三年等一天呀，"天才"的行为还就是这么得出人意料。

感谢答辩老师们没有敷衍，他们认真读了我的论文，并且提出了实实在在的问题，一扫我过去对中文系论文答辩会走过场的印象。

答辩委员会主席骆玉明老师说："二十年前，也有人写出一篇比博士论文还要厉害的硕士论文来，学校给了他博士学位。可惜，你生晚了。"

最后，我的论文获得了平均九十四分的高分。

我的答辩会上，没有照相，没有鲜花，没有客套话。

导师大人坐在我身边，一直说自己饿，连着吃了三根香蕉。

我知道，他很放松。该操心的都已操心过了。

人生在每一个瞬间

1978 年，我出生了。他通过高考重回上海，走在川流不息的马路边，忽然发现自己已经忘记如何过马路。

1984 年美国总统里根来复旦，浩浩汤汤的车队从四平路呼啸而过。二十多岁身为青年教师的他站在复旦门口拥挤的人群中看热闹，幻想着能和里根在 3108 大教室里扳手腕。幼儿园的我，被爸爸抱着看里根车队经过我家门口，并不清楚总统是什么。

2001 年，我第一次有了自己的导师，他第一次自己挑研究生。

2003 年，我某天下午上小课，和他面对面坐着，彻底被春风与瞌睡打败，坐得笔直地睡着了，被他很久以后都嘀咕抱怨。而他带着儿子和我们去看连演一整天的昆剧《牡丹亭》，强打精神听那百转回肠，终于耐不住性子，在第二场开始后不久，坐在我前排昏昏欲睡，被我忍不住笑。

2004 年，我已工作，帮他打书稿，改了几处错字，附言"望自裁"，我的意思原本是"自行裁夺"。结果被他好一阵嘲笑，说我毕业了，就过河拆桥，逼导师自尽……郁闷。他写《胡言词典》，给我打电话"求助"："现在最走红的歌星是谁？周杰伦的《东风破》歌词是什么？"

毕业时，我谢绝了许多周刊杂志社的诚邀，选择在一家小小的出版社安心地做图书编辑。我梦想有一天能够编他的书，那该是一件多么有意义的事情！

在促着我写论文时，导师说："你别看你现在怨天叫地的，以后等你毕业了，你会为这样的日子一去不返而觉得失落的。"

我失落么？有时候觉得世界很无情也很无奈。

很久以后，我跟导师大人去古籍所查资料。管理员老师对我说："第一次见到你邵老师，他才二十多岁，一个人坐在那边看古籍，嘴里

57

念念有词，一直念一直念……"

　　清晨到黄昏，春天到冬天……青春渐渐沉浸在古人的沧桑里，也看着越来越年少的孩子们渐渐沉浸入来。

孙 贺

1984 年生于吉林省长春市,
2002—2005 年就读于复旦大学计算机科学与工程系,
2005 年起在复旦大学直接攻读博士学位。

我的大学、老师和朋友

　　2002 年, 他代表复旦大学在第 24 届国际数学家大会上做小组报告, 是国际数学家大会百年历史上年龄最小的报告人。他的首部著作《程序设计中的组合数学》由清华大学出版社出版。他在大学二年级时完成了学士学位论文《若干 NPC 问题的生成函数表示及其性质分析》的答辩, 并在全国组合数学年会上做报告。他于 2004 年获得复旦大学在校师生及校友的最高荣誉——第二届复旦大学校长奖, 是首位获此殊荣的本科生。

大学也是一种学校,但是一种特殊的学校。学生在大学里不仅要学习知识,而且要从教师的教诲中学习研究事物的态度,培养影响其一生的科学思维方式。大学生要具有自我负责的观念,并带着批判精神从事学习,因而拥有学习的自由;而大学教师则是以传播科学真理为己任。

——Karl Jaspers《什么是教育》

我 的 大 学

对一个刚刚离开家门、行将踏上通才教育征程的青年来说,一所一流的高等学府将给他以怎样的印象呢? 当一个人带着同学的羡慕来到复旦这个素有"江南第一学府"之称的全国著名学府时,他也许无法更好地理解大学能够带给他什么,以及所谓的大学精神。

何为大学? 何为学者? 费希特在其《论学者的使命》中写道:"基督教创始人对他的门徒的嘱咐实际上也完全适用于学者:你们是最优秀的分子;如果最优秀的分子丧失的自己的力量,那又用什么去感召呢? 如果出类拔萃的人都腐化了,那还到哪里去寻找道德善良呢?"筱敏在《知识分子的声音》中也曾写道:"从托尔斯泰到爱因斯坦,有一系列代表人的庄严的标志。尽管托尔斯泰主义并非改良社会的可操作的主义,但其循着良知和情感,对现实社会的质疑和批判,却是深刻的,极有价值的。社会批判的立场是知识分子的基本立场,人类之所以到今日还没有乘着股票市场或核弹头直线奔向毁灭,恰是因为有许多被视为过激、空想、不合时宜的分子,不懈地质疑我们的处境,呼唤着情感和良知。"

大学不是技工学校,大学也不是培训中心。在我们的时代中,大

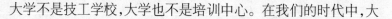

61

学理应成为象牙塔,成为人类精神的堡垒。大学的理想要靠每一位学生和教师来实践。

在复旦,每学期哲学系王德峰教授的讲座场场爆满,许多同学为了听讲座坐到了地上,那时你所感受到的绝不是一个人的声音,而是一群人的思考、一群人的求索。在《思想道德修养》的课堂上,胡志辉老师既要讲孔子和中国儒家文化,也要讲耶稣和基督教文化,那时你所感受到的是中国知识分子对几千年来中国传统文化的反思。2004年,著名作家余华来到了复旦。余华的讲座中不仅有鲜花、有掌声,还有作家与学生间针对米兰·昆德拉作品的争鸣,那时你所感受的是学术的自由与民主。2004 年,王小波的妻子、我国著名同性恋问题专家李银河来到了复旦枫林校区办讲座,许多校本部的同学前去听讲座,那时你感受到的是大学的包容。

这就是大学,正是这些成为一所大学存在的理由,成为一个历经百年沧桑的高等学府的精神积淀。

老师,我学术道路的明灯

一个人的成长离不开老师的教育与培养。回顾自己几年来的学习生活,我的每一个进步都应该归功于在学术道路上培养我的导师。

高中时参加信息学奥林匹克竞赛。但是在吉林省没有这方面的教练,所有知识都要靠自学。于是我从书店买来了一些数学方面的大学教材,这样过了一段时间后自然有许多地方不明白。母亲为我请来了一些大学生给我做家教,但是这些内容往往他们也一知半解。无奈之下母亲通过朋友找到了吉林大学数学科学学院副院长李辉来教授,希望李老师从数学学院里找一个好的研究生为我做家教。李辉来老师听说此事后便亲自过来为我义务辅导。

李辉来教授是一位年轻的数学家,二十五岁时就获得了博士学位。在第一次辅导中,由于我问的问题涉及的学科比较广,内容涉及线性规划、图论、组合数学等许多方面。李教授于是又从吉林大学数学学院找来一位老师为我辅导。

与李辉来教授的交往就这样开始了。现在回想起来,这已经是5年前的事情了,但这些小事却对我产生了决定性的影响。李辉来教授成为我学术事业上的第一位导师。

在此后的两年中,吉林大学数学学院的资料室和李辉来教授的办公室就成了我经常去的地方。

长春市图书馆数学专业的书籍和杂志很少,李老师就让我用他的借书证在吉林大学数学系资料室借书。2001 年时 LaTex 的软件和介绍 LaTex 的书籍比较难买,李老师就在学院为我弄来了一套 LaTex 系统和当时数学学院自己印的《LaTex 教程》。高三时我想去吉林大学旁听数学系的课程,李老师就为我复印了一份数学系从大一到大四四个年级的课程表,让我想听什么课就听什么课。我去听尹景学先生的《数学分析》,李老师便送给了我一套南开大学的《数学分析》教材。

2001 年,南开大学举行"组合复兴国际研讨会"。国际组合数学界的领袖人物 Stanely 教授来南开大学讲授对称函数论。我得知此事后和李老师说我希望去听一听。李老师便和南开大学联系,使得我成为了当时去开会的唯一的一名高中生。

徐利治先生是在国际有重要影响的数学家,如今已八十多岁了。徐先生早年曾经在吉林大学工作过,因此和李辉来老师很熟悉。得知徐先生也去参加这次会议后,李老师便亲笔写了一封推荐信,将我介绍给了徐利治先生。

在南开大学开会期间的一天晚上,徐先生将我叫到了他的房间里。除了回答我所提出的一些组合数学问题外,更多的是徐先生对我的勉励和指导。如今我已不记得我们的谈话持续了多长时间,但令我至今不能忘怀的是作为一个享誉世界的数学家、一个已八十岁高龄的老师对青年的关怀与指导。

高三毕业后我离开了深深敬爱的李辉来教授。记得有一次我向李老师说我不知道如何来报答他对我的培养,李老师说:"以后当你成为一名教师的时候,你也要这样去培养你的学生。"这句话使我终生难忘。

高三毕业后的那个夏天我代表复旦大学参加第 24 届国际数学家大会和组合数学卫星会议。在石家庄见到徐先生使我倍感亲切。当所有报告结束后有一天下午组委会安排代表参观赵州桥。在浏览时徐先生找到了我,和我聊了很久。但我如今回忆起来很主要的一个目的就是希望我到复旦大学后改学数学。

"为什么不去数学系?"这是许多人对我的疑问。我的想法是复旦数学系的强项是分析,而不在组合。而复旦计算机系的理论方向实力则很强。就这样,我来到了复旦计算机系学习。

在复旦,我的第一位导师是复旦大学 ACM 竞赛组的吴永辉老师。记得高三时我在长春给吴老师打电话,吴老师向我推荐了两本理论书籍:《计算理论导引》和《计算理论基础》。当时的我并不知道计算理论研究的是什么内容,但两年后当我选择自己的博士阶段的研究方向时却将计算理论作为了自己毕生研究的事业,这也许是一种巧合吧。

刚刚进入复旦大学后我即参加了吴永辉老师为 ACM 竞赛组的同学开设的讨论班。大一第一个学期吴老师讲 Petri 网,用的教材是陆汝钤院士编著的《计算机科学中的形式语义学》中的一节。当时我们尚不了解自动机理论,就是连最简单的有限自动机也只知其皮毛,所以一个学期下来我自己对这门课的掌握并不是很好。但是在这一个学期中,吴老师向我比较全面地介绍了理论计算机科学的内容,客观地分析了复旦计算机系的优势和劣势。这使我了解了理论计算机科学在整个计算机科学中的奠基性的地位。因此可以说,吴老师是将我的研究兴趣引向理论计算机科学的领路人。

大二的一年中，我先后学习了朱洪先生的《算法设计与分析》和《计算理论》两门课。这两门课的难度在计算机系是有目共睹的。由于我高中时参加过程序设计竞赛，算法功底不错，因此学起来相对比较轻松。在大二的一年中，使我真正受益的是从朱老师的身上学习如何做人、如何治学。

如今许多人本科毕业后纷纷出国留学。这一方面是一些人认为在国外的生活条件更好一些，另一方面是许多人对国内的研究氛围不满意。

在目前的大学校园里，安心做学问的人有，但在校内讲课、在校外开公司的老师也有不少；在自己的学术领域做出突出成绩的老师有，但是在自己的领域内建树不大、但是整天想着往上爬的人也有。朱老师告诉了我在今后的学术道路上什么应该是我所追求的，什么应该是我所鄙夷的。

朱老师敢于讲真话，他希望复旦的计算机系在全国能够有一席之地，他痛斥学术腐败。他说大学的计算机系不是电脑培训班。社会上流行什么、公司需要什么，大学计算机系就讲什么是不对的。其实这些道理心里明白的人有许多，但是将这些东西表达出来的人却很少，这首先需要一种责任感和一种作为知识分子的良知；其次需要的则是能够表达这种思想的学者的自律。朱老师无疑是这少之又少之中的一员。

还有一位我所敬爱的老师是清华大学计算机科学与技术系的吴文虎先生。吴文虎先生连续十几年担任国际信息学奥林匹克竞赛中国队总教练，对普及中国的计算机事业做出了杰出的贡献。大一暑假，我将自己几年来的资料进行整理，编著了《程序设计中的组合数学》一书。当时的想法是希望吴文虎老师能够为我的书写序。吴老师看过书稿后觉得书写得很好，于是这本书被列入了吴文虎老师主编的"国际大学生程序设计竞赛系列丛书"之中。从大一暑假到大二暑假，整整一年的时间，这本书经历了几次大的修改。每次修改后吴文虎老师总是从头到尾地仔细审阅书稿，并提出诸多的修改意见。书稿刚送到吴老师手中时，我自己对书稿没有经过仔细的校对，认为那是出版社的事情。吴老师纠正了我的这一想法。他亲自校对，将书稿中的错字逐一向我指出。由于书稿是用 LaTex 排版，在写容斥原理时，有一处的减号" - "两侧由于没有加数学符号标志 $ $ ，结果出来的是半个破折号（比减号略微短了一点）。吴老师向我指出了这个错误。如此严谨认真的治学精神令我终生难忘。

《中国现代文学赏析》这门选修课是由中文系的李安东老师主讲的。我欣赏他的才华和对当代大学生的人文关怀。我最喜欢的莫过于他讲解的《伤逝》。从这篇文章中他去讲青年人的爱情，分析文章中的"人必先生存，爱才有所依附"这句很多人都熟悉的话。他讲郁达夫、讲徐志摩。这些给予我的启迪是爱情是一种很神圣的东西，她需要用生命去培养。他也讲惠特曼，讲他的《我歌唱"自己"》以及他所歌颂的同性之爱。那个学期的最后一次课，上课前我将自己事先写好的贺卡放到了讲台上，贺卡中写满了我对他的崇敬并对一个学期来他所给予我的知识与力量表示感谢，贺卡上没有留下我的名字（否则也许会有向老师要分的嫌疑）。转眼间已经快毕业了，但自己对这件事情的印象非常深。

给予我帮助的老师还有很多很多，是他们使我走到了今天，是他们为我打开了科学的大门，使我醉心于这样一种事业的发展，并希望自己今后能够成为一名像他们那样品德高尚的人。

朋友，是你给了我力量

世间最美好的东西，莫过于有几个头脑和心地都很正直的严正的朋友。

——爱因斯坦

曹雪芹在《红楼梦》中写道:"万两黄金容易得,知心一个也难求!"在我的学生时代,我获得了令我永远珍爱的友情,这种友谊成为我生命的一部分。

也许每个人对友情都有不同的理解,有许多人喜欢广泛交友。相比之下,我的朋友圈则小很多。我希望朋友之间能够对事物有某种共同的认识与理解,有共同的兴趣与追求。

我对生命的理解是在一个相对早熟的年龄——十六岁。我开始阅读周国平先生的《人与永恒》。在那样一个年龄,我们一起去思考。高三开始时,我的好友也因在物理竞赛中的出色成绩而被清华大学录取。高中三年级对我而言是具有塑造意义的。当别人为高考忙得焦头烂额时,我们共同阅读文学作品和人物传记,比如说《尘埃落定》、《爱因斯坦传》、《居里夫人传》等。一方面,通过阅读人物传记,使我初步了解了从事科学研究的方法,认识到从事科学研究的伟大,立下了争取成为一个科学家的理想;另一个方面,文学作品使我不断地思考着我们这个社会和我们的生存境遇。史铁生在《病隙碎笔》中写道:"我们生活在生活里,如果这个生活足够真实,那么还要文学干什么?"通过不断地阅读,我对这句话的理解越来越深入,同时意识到作为一名从事自然科学研究的知识分子应该具有一种怎样的人文关怀,这种人文关怀不是来自于自然科学学者严谨务实的学术作风,而是来自于作为一个知识分子的良知和社会责任感。正是通过广泛的阅读、阅读之后作品在我们内心深处的共鸣、对不同观点的争鸣,使我们逐渐地了解对方。

我们也一起到吉林大学听一些本科生的课。听课的方式似乎是没有目的的。除了一周有两个上午固定地去听国家理科基地班的《数学分析》课程外,我们更多的时候是随便地从一个教室的后门进去,遇到喜欢的课程就听上一个下午,遇到不喜欢的就干脆换一个教室。就在这样的方式下,我们一起听了数学系、哲学系等许多专业的课程。其中诸如哲学系的教授讲授萨特的"存在主义"哲学等课程使我逐渐对哲学等一些学科发生了兴趣。我想自己现在更为喜欢逻辑学、数学、理论计算机科学等理论性的学科和这段经历有很大关系。

他在我困难之中给我关怀、在我迷茫时给我帮助。这份友谊是我在今天能够取得这些成绩所不可缺少的。

朋友有许多种:有点头之交的朋友,有天天在一起的朋友,有无话不谈的朋友。刚刚进入"复旦"的同学们,如果你们在大学的四年中(或者在你们的中学时代里)能够拥有一份令你自省、向上、甚至能够触动自己灵魂的友谊,我想首先你是幸运的,其次你一定会是优秀的。

广泛的阅读

由于不可能有保护我们不受我们自己侵犯的法律,所以每一部刑法典都没有对反文学罪的惩罚条例。在这些罪过中,最深重的不是对作者的迫害,不是书刊检查组织等等,不是书籍的葬身火堆。有着更为深重的罪过——这就是鄙夷书,不读书。由于这一罪过,一个人将终生受到惩罚;如果这一罪过是由于整个民族犯下的话——这一民族就要因此受到自己历史的惩罚。

——布罗茨基

在我的课余生活中,我喜欢阅读各类书籍,包括哲学、文学和人物传记。

周国平的《人与永恒》是我读过的第一本思考人自身问题的格言录,当时读这本书时是在高二。此后我便开始阅读哲学书籍。在诸多的哲学作品中,给我以重要影响的是康德和尼采。

阅读康德,使我开始在琐碎的日常生活之外思考人的价值以及超越于人的日常生活的高尚的情感。康德对教育、友谊、心理疾病和言论自由等问题的论述对我人格的形成有着极其重要的影响。关于友谊，康德认为真正的友谊符合抑郁者的性格，因为友谊和抑郁都是高尚的。康德认为自己是一个抑郁气质的人，这种人具有高尚的信念，他与人为善，坚贞不渝，对不公平的事物反映强烈，他的感情服从原则，因此不为他人左右。他只以他自己的见解为出发点，他具有深刻的人类尊严感，他懂得自己的价值并把人看作是值得尊重的生物。他不能容忍任何奴颜婢膝，而把自己当作是高尚的美德。

我从《人与永恒》中认识了周国平，而从周国平的《尼采：在世纪的转折点上》这本书开始了解尼采。尼采与康德所走的是完全不同的学术道路。尼采在他生命的大部分岁月里没有得到人们的理解和尊敬。在尼采的著作中我们看到了他对自由赴死的热情歌颂，对达尔文的"生存竞争"学说及马尔萨斯主义的批判。"人们在他的兴奋中可以看出一种病态，在他的悲观中可以听出一种激昂。"

筱敏的《成年礼》伴我走过了无数个彷徨的夜晚。她的作品着眼于妇女和知识分子。如今的社会，对文学作品多的是宣传，许多作家凭其纵横肆意的才情在各大媒体上嬉笑怒骂。筱敏的难能可贵之处在于她对于作家这一身份的清醒认识："作家，实际上指的是一种人的精神事实，他至少需要个体的人格尊严，独立的思想能力和感受能力，内心的冲动，生命的热情……"。她对中国文革和德国法西斯的反思，对法国大革命的热情讴歌，对现代社会科学技术的思考，不但充满了古典的庄严和崇高，而且充满着现代的悲剧感。

阅读居里夫人、爱因斯坦、纳什、图灵和歌德尔等众多人物的传记，使我了解了从事学术研究的方法。这些在黑暗的夜晚代表着人类高贵的无数颗闪亮的星星给予我以力量、激情以及献身于一种神圣事业的高贵感。

这些学术领袖们所走过的道路各不相同。埃尔德什一生在不同的数学领域内与大量的合作者共同发表了一千四百七十五篇高水平的学术论文；维特根斯坦为了哲学一生一贫如洗；图灵选择了自杀；

歌德尔晚年死于饥饿,但他在青年时代所证明的数学不完备性定理影响波及理论计算机科学、数学、语言学和哲学。

前不久,一位老师邀请我做一个小型的讲座。本来是想简单介绍一下可计算性理论,但是在场的同学大多不是计算机系的,所以直接介绍大家恐怕会听不懂。我从介绍康德开始,谈他在《判断力批判》中所提出的四个问题。而后开始谈希尔伯特,谈这一人类历史上伟大的数学家在 1928 年提出的一个基本的数学问题:是否可证明每一个真的数学陈述。而后谈歌德尔的数学不完备性定理,最后谈图灵和图灵机。哲学、数学和理论计算机科学就这样地联系了起来。在场的一个同学说听了我的讲座有一种进入天主教堂的感觉。其实,我想有人之所以有这样的想法主要是我们在日常的学习过程中接受的大多是科学方法的教育,而缺乏科学思想的启蒙。在如今的中国高等教育中,我想这种启蒙主要靠大家广泛的阅读了。

"复旦"的人文是她的特色。一个复旦的理科学生应该在他的大学四年本科阶段的学习期间感受到这种优越性。大学要培养优秀的科学研究人员、培养合格的社会公民,大学也要培养我们这个时代的大师。培养大师应该是一种责任,而不应该把大师的出现看作偶然。作为哲学家的康德同样写下了《论教育》这样优秀的文章,《国富论》的作者亚当·斯密同样写下了《道德情操论》这样的伦理学经典。

刚刚进入复旦的大学生朋友们,不妨将视野放得广一些,多多涉猎各学科的知识,去丰富自己。"在中学阶段,学生伏案学习;在大学,他应该站起来,四面瞭望。"(怀海特:《智慧力量的培养》)

三年完成本科学业

我在大学两年的时间里完成了本科阶段 90% 的学习任务,大二时提前完成的学士学位论文被评为"优秀",并被一全国学术会议录用。许多人问我是如何在两年的时间里取得这些成绩的,在此我想可以和大家分享一些我个人的体会。

一、爱学习,爱计算机科学。我想自己成功的首要条件是对计算机科学这门学科的喜爱。计算机科学系的培养目标绝对不是培养公司里的程序员。我的成功首先来自于我发现了这门理论学科的美。这种美能够被我所欣赏,使我陶醉。中国有句俗话说:"干一行,爱一行。"很多人学了几年计算机后发现自己不适合学计算机专业,或者对这门专业没有兴趣。我想有一个不容忽视的原因就是对这样一个专业缺乏了解,甚至没有入门。

二、坚韧的品格和刻苦学习的精神。学习很苦,很累。这两年我平均每天自修六个小时,每周的周六周日两天平均每天自修十个小时以上。复旦每天晚上都有各种形式的讲座,各种类型的社团使复旦园充满了生气。记得刚上中学时,读一个大学生介绍大学生活的文章,他在文章中描写的丰富多彩的大学社团活动的确吸引了我。但是进入"复旦"后我从来没有参加过任何社团,平时的社会活动也仅仅局限于党内的组织生活。这样使我有比较充裕的时间用来学习,其次使我能够不为外界的事情所分心。

三、正确的学习方法。四年的课程三年修完,必然要有一部分课程和上几届的同学一起学。具体哪些课程提前学,各门功课之间学习的次序就显得尤为重要。我在高中的时候参加了全国计算机等级考试(四级,难度相当于计算机专业本科毕业生水平)。成绩虽然不算理想,但是通过这次考试使我对计算机专业的主干课程有了一个大致的了解,比如说操作系统都学哪些内容,学习数据库时需要掌握哪些内容,哪些课程偏理论,而又有哪些课程的学习主要靠记忆和背书。对许多课程有了大概的了解后,我便开始为自己安排修读计划。这样便不会出现当学习一门高年级的课程时出现这门课的前导课没有修导致许多内容无法理解的情况。

四、学习做研究。如果说我在一个学期内能够修完近四十个学分的课程来自于我的自学,那么在大学二年级时顺利完成毕业论文答辩和一部著作的出版则来自于研究能力的培养了。在一个系的几百名学生中,今后从事研究工作的往往只有很少的一部分人,但是这一部分人则是万万不可少的。在大学两年的学习中,我比较注重于自己研究能力的培养。这其中导师的作用很大。大二上算法课在解决一道习题时我想到了利用生成函数的方法求解,随即与助教进行了讨论。在此之后的一段时间里我对这一问题又进行了诸多思考,并最终形成了我的学士学位论文。在写《程序设计中的组合数学》一书时,吴文虎老师希望用单独的一章来介绍拟阵。而当时的国内书籍对拟阵的基础知识的介绍基本上千篇一律。这时我通过查阅相关论文,自己独立地用拟阵理论完成了对 Kruskal 算法的正确性证明,并对 Prim 算法和 Malhotra 算法的拟阵特性进行了分析。这些很小的研究工作使我了解了怎样做研究。

在大学本科生的修读计划中,也许只有毕业设计这一环节能够比较好地考察一个人的研究能力,而这部分的学分只占到本科生应修学分的 6% 左右。我在这里谈自己对研究能力的培养,是因为在我看来研究能力是和绩点、学分同样重要的。一旦我们撇开研究能力去谈绩点和学分,那么深受"应试教育"影响的同学就有可能将高等教育变为新的"应试教育"。

五、关于社会实践。复旦大学每年都会拿出大量的经费支持在校学生的寒暑假社会实践项目。我想这对于我们了解"外面的世界",了解农村是一个很好的途径。身边参加暑假社会实践的同学回来后和我讲他们的见闻和感受,我也的确很受教育。但是由于申请经费必然少不了填一些表格,写一些总结报告之类的材料,所以自己也就没有申请这些经费了。由于我是通过参加信息学奥林匹克竞赛保送进入复旦大学的,所以我一般利用寒暑假的时间回到我的家乡吉林省辅导参加信息学竞赛的同学。这种辅导从我高三开始至今已坚持了四年。我自己比较喜欢这样一种社会实践的方式,一方面能够学有所用,另一方面通过给学生讲课,对自己的研究工作也有一定的帮助。

总之,关于社会实践,我的看法是:如果时间允许,应该参加,这样可以使自己得到多方面的锻炼;社会实践的方式最好和自己的兴趣和未来的发展方向相结合。

一篇一万字的文章自然不能反映出我的大学生活的全部。还有许多内容——诸如爱情、诸如玩 CS、诸如参加学生会——我都没有去写,因为自己对这些的确没有太深的了解。我想我自己在这一万字中写下了我认为最重要的:我最敬爱的老师、我最重要的朋友,我最喜欢的书,以及自己的学习经验。

寻真路漫漫，蓦然回首，

　　　　方知原是冰山一角

吴

昊

1981 年出生于数学家华罗庚的故乡江苏金坛，1999 — 2003 年就读于复旦大学数学系数学与应用数学专业，同时辅修计算机与应用专业，2003 年于复旦大学数学研究所应用数学专业攻读博士（本科直接攻博），师从郑宋穆教授。

自幼好文墨，恋数学，各类赛场，屡有斩获。九年前韩国汉城摘金（首届国际少年数学邀请赛获初中组金牌），遂坚此生宏愿。复旦六年，幸遇良师，数海畅游，虽呛水之时常有，然收获颇丰。 性平和，宠辱不惊；人愚笨，勤能补拙。沉醉于 PDE 之精致，流连于理性与激情。

Finally one day
I see it through the time
What have happened
What are happening
All lead to a existing destination
No escape, the passing sands of time

光阴似箭,日月如梭,我在复旦已经度过了五个多年头了。大学四年,研究生一年,我从一个懵懂少年逐渐成长为一个懂得珍惜生活、懂得追求成功的青年。正是因为在复旦度过的五年时光,除了学习专业知识之外,更多地,我学会了如何去认识这个世界的纷繁芜杂,学会了如何去面对生活的酸甜苦辣,学会了如何去选择脚下的路,如何去追求一种适合自己,同时也是自己喜欢的生活。人无法选择自然的故乡,但可以选择心灵的归宿。复旦温文尔雅的气质,海纳百川的胸怀,博学笃志切问近思的精神,熏陶着我,塑造着我,在我的身上打下了深深的烙印。

记得1999年夏季的某一天,我背着行囊,从江苏小城金坛——著名数学家华罗庚的故乡,来到了上海这座美丽的城市,跨入了复旦——我向往已久的神圣学府。一入学,我很幸运的成为复旦南区学生公寓第一批住户,在10号楼1013室,度过了快乐的大学时光。还清晰的记得和我结下不解之缘的来自天南海北的兄弟们:aayy,jk,LuXD,去了Hong Kong的foxtail,还有后来到太平洋彼岸Yale去的Hecke。还记得我们从不同的城市、城镇或农村来到复旦的时候,能够感受一种莫名的战战兢兢和不知所措。复旦是一个塑造人的地方,如今,aayy已经是复旦企业管理专业的研究生;LuXD成了一家国有银行的白领;而我,jk,foxtail还有Hecke则成了同行:jk和我留在复旦继续研究PDE,foxtail在香港城大做Asymptotic Analysis,Hecke则远赴大洋彼岸的Yale从事pure math的研究。

对于一个少年来说,大学的四年,正是自己人生转折的四年。学习如何学习,学习如何面对这个社会,学习如何选择自己的生活。一句话,我学会了选择,在选择中成长。

BBS上的网友xiaolang曾经归纳过如下的"学子八态":拼命学,拼命玩;拼命学,认真玩;拼命学,无心玩。认真学,拼命玩;认真学,认真玩;认真学,无心玩。无心学,拼命玩;无心学,认真玩;既不学,也不玩。我这人做事很少拼命,但也极少吊儿郎当。回想一下,自己大概就是属于"认真学,认真玩"的那种。而复旦就是这样一个地方:这里有德高望重的学术大师,有精彩纷呈的讲座报告,有自由轻松的学生社团,也有情投意合的兄弟朋友。想学,想玩,只要你愿意,都可以做到。

我的专业是数学,这是我的第一志愿,当时很多人不理解,因为我家境并不宽裕,他们认为凭我当时的成绩,完全可以考一个热门的专业,将来可以有一份薪水高的工作。在不少人的印象中,数学是枯燥而乏味的,并且工作前景也孤寂清淡。幸运的是,我的父母把选择的权利交给了我,而我,则选择了心爱的数学。

虽然,理想总是美好的,而要实现它则需要付出不懈的努力。对于一名大一的学生而言,遇到的第一个坎是——如何适应新的环境。上海是中国最发达、最开放、最现代化的城市之一,它充满着活力与机遇。站在人民广场环顾四周,当自己被高楼森林环绕,被茫茫人海淹没的时候,人会产生一种很复杂的感情——庆幸自己来到上海,可以接触到当代中国最前沿的东西,可以看得更高更远;同时也会感叹自己在大上海显得太渺小,告诉自己一定要加油!复旦作为上海最好的大学,在这里,我们面临的不仅是机遇,更多的则是挑战。

大学的学习和高中有着本质的区别。以前只要出色的完成老师布置的作业,你就是一个好学生。然而,大学里没有人会布置那么多的作业给你做,甚至也没有人会逼着你去上课。一切需要自觉。如果说高中有一种为了学习而学习的压力的话,那么在大学,至少在复旦,you are free。很多人开始了马放南山、刀枪入库的逍遥生活,仍然记得相辉堂的入学教育,除了认识了我们的王校长和瞄了几眼旁边新闻学院的 ppmm(当时好像还不知道有这个词),恐怕只记得一位团委书记说的话了:"希望同学要保持高中时勤奋学习刻苦钻研的作风,千万别过几年全成了'九三学社'——晚上 3 点睡觉,早上 9 点起床……"当时大草坪上哄笑一片。现在以历史的眼光看,书记同志似乎错误估计了社会主义现代化建设前进的步伐,自从通了校园网,"十五计划"就提前完成了。5点钟闻鸡起舞是不大可能的,中午11点仍在床上神游太虚也不是不可能。其实,当一个人还没有认识到如何利用自由时,自由本身就是一个问题。如何安排时间,应该为了未来做些什么,没有人能够立刻回答这个问题,因为问题的答案就是你的整个大学生活。

大一的生活显得有点拘谨和枯燥,又有点紧张和迷茫。我依旧保持着高中学习的习惯,认真听课记笔记,努力写作业,一切显得紧张有序,又有那么一点点平淡无奇。这时候同学们的生活还基本上处于适应环境期。公元1999年9月的数学系602(有无空调似乎已无从考证),唯一的印象恐怕是於崇华老师在开学典礼上演讲的热情洋溢,坐在下面大一的freshmen,个个听得群情激奋,竟无一人觉得闷热难挡,似乎确是有阵阵凉风扑面沁心的。也确实凉快,因为於先生开篇即给我们这群不知天高地厚的后生打了剂预防针:"大家都是中学的佼佼者,可到了大学是一个新的开始,希望同学们加倍努力……"然后又历数某些同学在大学惨痛经历云云。当时大概多数人刚开始还都有点心惊胆战后来都嫌婆婆妈妈左耳朵进右耳朵出了,想来要真能如先生所言哪怕些许努力也不会有毕业时某些兄弟的尴尬了。当然於先生亦是鼓舞士气的高手,这时的先生注定是毫不谦虚眉飞色舞的:"除了北大,在国内我们复旦数学系,其他学校决难望项背……恢复高考后全国培养的首批十八个博士里面有四个是我们复旦培养的,这其中包括我们的童裕孙老师(当时我们的系主任,极为和蔼可亲的一位先生)……"看着坐在一旁微笑不语的童老师,心里又是自豪又是钦佩。当时已经听说苏步青先生为了练好微积分做了一万多道题的佳话,心里不禁发虚。不过同学中真有牛人把六千多道题六册一套的《吉米多维奇》做了个遍,一次考试半个小时就交卷,留下我们一帮家伙在那绞尽脑汁目瞪口呆。现在回过头来盘算一下，当年我总共做了两千多道，也做了个五百道题的妙题集，不过和那位去 psu 的牛人相比是自愧不如。不过好在我有个长处，就是在压力面前会自我安慰（也就是有那么点点阿 Q），总是想着自己要成为一名"技术型"选手，那么一点点愧疚也就很快忘到九霄云外了。

大一的几位老师给我们留下了深刻的印象。数学系的基础课都是由几位功力深厚的教授博导们教授，所以很幸运，在打基础的时候我们接受的是最好的教育。需要说明的是，关于几位先生的回忆的版权属于 aayy（冀田）。

於崇华教授是数学分析教材的编写者，拿着自己的书上课自然是轻车熟路。不过於先生可从来不干照本宣科的无聊事，数学在他的描述下成了无比美好的令人振奋的景色，看着他激扬黑板的慷慨激昂，你会感觉到数学也会如此得让人心旷神怡。於先生讲冷笑话的本领也是一绝。记得讲到极限的概念时，先生丢开书本，开始侃侃而谈文革时有人被斗了原因是把全国人民心目中神圣的伟大的庄严的天安门给弄没了，其反动理论如下：国徽上有天安门，天安门上要有国徽，国徽上又有天安门，天安门上又有国徽……如此趋于无穷，天安门序列的极限必然趋于零了，天安门没了。可天安门怎么能没了呢？这个挨批啊……冤不冤啊，设计国徽的时候不是还不知道国徽要挂在天安门上的嘛。

令人痛心的是，一场车祸过早的夺去了於先生的生命。还记得先生在我们刚入学时那一段慷慨激昂、风趣幽默的话语，让我们这群面对数学既感到新鲜激动又有点惶惑不安的少年们微有信心。还记得在先生四十五岁时意气风发的话语，"我已经是教授了"，吹吹自己当年的辉煌史，如何在高考中轻松拿个满分。还记得他拍着胸脯，说着自己和陈纪修老师立下的军令状，"必有一人教新生的数分"，从这点来说，我们是有福的，能遇到先生，声若洪钟，言语有味，……虽然有点张扬、有点狂傲、有点不羁。还记得在有人迟到时的狂怒，却发

现先生在训斥学生时是如此的言语贫乏,翻来覆去居然就只有一句
"你为什么迟到",全没有平时的妙语连珠,我们知道先生真的在为懒
散的我们感到痛心。当我们还沉浸在先生"你们是我教过的最好的
学生"的表扬中沾沾自喜的时候,却听到了先生英年早逝的噩耗……

　　斯人,已往矣。先生,在那儿好吗?
　　再道一声珍重,……
　　先生之风,山高水长。

　　麻省理工毕业的博士杨劲根先生颇有风度,发高等代数作业本
的时候,本子乱扔,流弹乱飞,大家乱哄哄吵嚷嚷,全无文人的矜持和
涵养,杨先生笑容可掬柔声细语,一句"请学习委员小姐帮忙把没到
同学的作业本拿回去"时,惊醒梦中人——有什么好急的,自然有小
姐给咱送上来;没来也没关系,自有学习委员小姐给咱拿回来。学习
委员小姐不只是人民公仆呀,可以当挡流弹黄继光了。由是,再加上
课间动画片和期末的皆大欢喜,结论是杨先生风度翩翩童心未泯从
不为难人大大的好人呀! 杨先生也是从来都不照本宣科,自己编写
了一套讲义,简明易懂,再加上先生不温不火,娓娓道来,让兄弟们有
一种如沐春风的感觉。

　　大一的生活就在一片忙忙碌碌中转瞬即过,无论如何,大家都基
本完成了初级阶段的改造任务。在几位先生的不倦教导下,我基础
课学得还差强人意。除了解析几何难得糊涂了一把:考试前一天我
还和 Ram 讲解的眉飞色舞的一道题,到了考场上我自己却是一头雾
水,恍如南柯一梦。那一次拿了大学生涯专业课唯一的一个"B－",
现在想起来还懊恼不已,当初真如中邪一般,奇哉怪哉。无论如何,
知识还是学进去了,这为我以后打下了一个坚实的基础。

　　之后的日子开始丰富多彩起来,因为,对于复旦园,我们不再陌
生。复旦平时的讲座很多,涉及面非常广泛:人文、自然、社会、经济、

外语、职场、音乐、电影……不一而足。3108、5301 等教室常常被挤得水泄不通，连教室外的走廊上也站满了听众。当一切都适应下来之后，我们并不是只会读书的 bookworm，玩起来也是样样在行。各色各样的校园文化活动，活跃着我们的身影。学生社团是我们多姿多彩生活的重要组成部分，在这里，每个人都可以找到和自己兴趣相投的朋友，创建着一起奋斗努力成长的空间。本科的时候我就是空手道协会的成员，现在在北区又加入了跆拳道协会。经历了和友善的兄弟姐妹们一起挥汗如雨，被严厉的教练们"折磨"得痛不欲生，我体格健壮了，意志坚强了，在悟"道"的过程中懂得了友爱、坚韧、忍让，领悟了生命不息、奋斗不止的精神。

经过一年的交流以及性情上的磨合，我有了许多意气相投的朋友：aayy，jk，LuXD，foxtail，zhangsanfeng，wangjiong，……可以这么说，朋友是大学生活的一笔宝贵财富，更是人生中的无价之宝。我们一起赶走了心灵的孤单，分享生活的艰辛和成功的喜悦。

有朋友的第一个好处，就是我们的大学生活不再乏味，而一群顽皮的少年，在还不知道为前途奔忙的时候，pc 游戏就成了我们学习之余的第一主题。第一教学楼曾是我们的天堂，在那里我曾惊叹于那一排排崭新的 pc，也第一次用上了 PII 400 的方正电脑。还记得和 LuXD 一放学就去排长队等着上网玩 sc（星际争霸），不过后来残酷的事实证明我压根就没有那个天赋，总是比切白菜还容易的被人"切掉"，所以早早的就引退江湖。当寝室里的 jk 有了电脑之后，我又成了较早的 cs（反恐精英）的 fans。在被 jk 和 LuXD 修理得惨不忍睹后终于知道了为什么部队不要我这样戴眼镜的"精英"，狙击手从来就没有我这么迟钝的原因。后来整天就缠着 foxtail 玩 KOF 97 倒也其乐无穷，虽然，我们俩自始至终扮演着菜鸟。

朋友也是人生中的坐标和榜样。当我们不再是 freshmen 的时候，当我们从懵懂少年渐渐成长起来的时候，一群整天混成一堆的家伙们也开始走上各自不同的奋斗之路。aayy 早就厌倦了略显沉闷枯燥的数学,兴趣转向了 management,从此活跃于各大社团。当年作为创始者之一的他,成为复旦科技创业协会的组织部长的意气风发,我还记忆犹新。想我那时还像个 fans 似的,被他罩着混了几天,结果后来由于对组织工作并不是特别热心和忙于科研项目被他们踢了出来。正所谓有志者事竟成,他努力自学,终于考上了复旦的企业管理的研究生,成功地为自己的人生做了第一个满意的选择。

当我们在数学的海洋中或轻松遨游或苦苦挣扎的时候,10 号楼201 的兄弟们原创的一首"数学人情歌"唱出了我们的心声。在这里我要写下作者们的名字:朱健,曹伟华,华育懿,刘志刚……

"抓不住特解的我,总是眼睁睁看它溜走,班级上牛 B 的人到处有,为何不能算我一个?

为绩点孤军奋斗,早就吃够了作业的苦,熄灯后熬夜的人到处有,而我只是其中一个。

学要越挫越勇,学要肯定执著,每一个数学人都得看透,想学就别怕伤痛。

找一个最爱的深爱的相爱的亲爱的"A"来告别失落,一堆 Newton 的,Green 的,Euler 的,Sylow 的定理来给我烦恼。课后的作业那么多,做完的又有几个? 不要学过了,忘记了,留下了孤单的我独自去自修。

为数学孤军奋斗,早就吃够了考试的苦,课堂上睡觉的人到处有,而我不是最后一个。

学要越挫越勇,学要肯定执著,每一个数学人都得看透,想学就别怕头痛。

找一个僻静的安静的宁静的幽静的教室去自修,一帮乐观的,勤奋的,同病相怜的人一起来交流。逃课的人那么多,学好的没有几个。不要学过了,忘记了,留下了孤单的我独自去重修。

这首真情的、无奈的、复旦的数学情歌谁来与我和?"

那时的我，在跟着兄弟们疯唱"情歌"的时候，说实话，对于前途并没有一个很明确的想法。每天学习的疲惫，游戏的疯狂，社团的精彩……都掩盖不住从心底渐渐升起的一丝困惑：站在人生的转折点上，我们该何去何从?

但是，一个偶然的机遇，让我为自己的命运开始做出选择。

在经历了大二下奇遇般的选课后，我遇到了我需要感激一辈子的人——我的博士生阶段的导师郑宋穆教授。

和郑先生相识，颇有点戏剧性色彩，不得不说。当初数理方程这门课有两位老师授课，郑先生便是其中之一。当时在数学系的 xdjm 们广为流传的是"四大杀手"的传说，令所有想偷懒的，不想学的，怕成绩不好的我们不寒而栗。比较标准的版本似乎应该是李训经先生、郑宋穆先生、黄宣国先生和雍炯敏先生。四位先生以教学上一丝不苟，铁面无私而著称，据说曾有多少位兄长因为对数学课漫不经心随便应付后"含恨而亡"。自然我们在选课的时候，都心里惴惴不安，害怕自己的一桶糨糊在郑先生面前捣不过去要吃不了兜着走。我呢，先前因为在黄先生的解析几何上栽了个跟头，心里害怕，想当初那么认真都栽了，更何况数理方程这门课是整个大学阶段最难的课程之一。还是避开吧，自己对自己说。世上或许真的有缘分这个东西，就在那个学期，就在这门课，我的选课记录鬼使神差地出了个错。我还是到郑先生班上了，当时第一节课我还走错了教室，第二次课，我终于见到了郑先生。

郑先生当时六十岁左右，由于是冬天，先生戴了一顶西式礼帽（BBS 上还有众位兄弟们揣测是不是法兰西带回来的），红光满面，声若洪钟，谈吐之间自有一种大师的风范，让人不由得肃然起敬。我带着几分惴惴不安，开始听先生的课。依然清晰的记得，第一章是波动方程，先生清晰扼要的讲解，再加上抑扬顿挫的声调带来的激情，让人不仅仅是如沐春风了,是震撼。数学原来可以优美如斯! 一种理性的科学的美丽深深地震撼了我。只记得当时自己已经完全的沉浸到弦振动方程的美妙和分离变量法的简洁有力中去了。至此,心中那种对"杀手"名号的不安早已一扫而空,每逢先生的课,必是聚精会神,有一种在"激情中燃烧"的感觉。从此,我与先生,与 PDE,已经暗暗的结下了生命中的不解之缘。

　　期中的时候,壮着胆子拉着 aayy 去向郑先生讨教学习经验。先生虽然对学生的懒惰懈怠很严厉,但是平时却是一位非常和蔼可亲的人,他的真诚的笑容,让我们感到了亲近与信任。我虽然自小就有着当数学家的梦想,可是梦想和现实之间有着很长的路要我去走,能走下来与否,带给了我深深的困惑。aayy 呢,则对数学不是很有兴趣,想从先生那里知道开辟人生新方向的可能性和途径。出乎意料的是,在那次课结束后,在三教的教师休息室里,先生和我们这两个毛头小伙子促膝长谈。先生的教诲语重心长、情真意切。在先生的鼓励下,aayy 坚定了人生的道路,不懈的努力之后,进入了向往的管理学院。我呢,则为先生渊博的学识、高尚的人格、真诚的为人所感动。可以说,我的心,离数学更近了。

　　在真正的下定决心走数学之路之前,还有个小小的插曲。当年乃至现在,美国精算师的考试非常热门,因为精算师这个职业的薪水很高,而且和数学有着密切联系。这些很自然地吸引了一大批数学人的眼球,我也不例外。通过激烈的竞争,我幸运的被那一期"复旦——友邦精算师培训班"录取了,依稀记得当年一百人参加的选拔考试中只录取了五个人。而那时我又面临着人生的另一个选择——直接攻读博士。鱼和熊掌不可兼得,一个人在同一个时期只能有精力做好其中的一件事,我必须做一个选择。选择是极其困难的,因为这是两种完全不同的生活道路:不同的职业,不同的生活圈子,不同的生活状态以及不同的心境。然而,生活就是这样奇妙,在关键时刻,一个机会能够帮人做出选择。为纪念夫人秦惠䇹女士,著名物理学家李政道博士及其子女、亲属和朋友在复旦大学捐赠建立了"秦惠䇹与李政道中国大学生见习基金"。该基金旨在支持二、三年级的大学优秀本科生,在导师的指导下开展科学研究工作,以获得研究工作的训练和经验,扩展眼界。"䇹政学者"的经历可以算是我大学生活中最有意义的一笔,从某种意义上讲,自那以后,我在科学研究的道路上迈出了坚实的一步。正是在郑先生的指导下开展前沿课题的研究的宝贵经历,我开始真正走进了神圣的数学殿堂。

那时起我开始真正领会到了做研究和学习、考试的天壤之别。如果说学习、考试还只是一个理解和记忆层面上的技术的话,那么做研究就要经历一个"懂"、"通"、"悟"和"创新"的过程。具体来说,"懂"就是对所选择的课题的背景,目前的发展状况,最新的研究成果以及所运用的理论和方法的全面的了解。简单地说就是你要知道,目前人家做了什么,人家是怎么做的,而你要做什么。"通"则需要把和课题相关的理论和方法进行有效的梳理,建立有机的联系,搞清楚来龙去脉以及相关领域知识之间的内在关联。"悟"则需要去体会相关复杂的理论及各类相关结果背后隐藏的精髓的东西,抓住要害,纲举而目张。只有抓住了最关键的东西,才有可能去运用它进行创新性的研究。如果自己脑子里被各种知识理论塞的满满的像一锅糨糊,那最多成为一个拥有"知识"堆砌的糊涂虫而已。

郑先生对此有着非常独到深刻的见解:做学问要善于在浩如烟海的文献中抓住问题的本质,精髓的实质的东西往往就那么一点点,拿到了,你就能得心应手,左右逢源。的确,学问只有在经历了"从厚到薄,从薄到厚"的过程,才能被真正的体会、消化从而去灵活运用。每次听完学术报告之后,郑先生都会和我讨论听报告的体会。令人感叹并且受益匪浅的是,在先生的火眼金睛之下,很多看似很奥妙的东西都被揭去了神秘的面纱,追本溯源,一下子就被抓住本质而归结到了一些基本的理论和技巧上。正如先生所说:有了抓住本质的能力,就不怕变化,任凭孙猴子七十二变,万变不离其宗。

任何事情都是说时容易做时难，科学研究更是如此。数学的东西，来不得半点的模糊和虚假，否则结果将是致命的。在郑先生的seminar上我是吃了不少苦头，但也正是在这种摸爬滚打中，我开始渐渐地成熟。记得有一次我要汇报阅读学术论文的情况，有一个地方不明白，无奈之下企图捣捣糨糊，蒙混过关，不料被先生一眼看穿，接连发问，个个击中要害。记得当时天气不热，我站在讲台前，两股战战，只冒冷汗，恨不得找个地洞钻进去。"吊黑板"的经历让我印象深刻。不过从此我开始能做到了"知之为知之，不知为不知"，不再当糨糊桶。因为先生的教诲让我明白了，不懂装懂，是自欺欺人，到头来只会搬起石头砸自己的脚。如果说起初我还只是为避免再被"吊黑板"而努力的话，到后来我发现严谨踏实、一丝不苟已经开始自然地融入到我的日常学习研究去了。有一次先生和我开玩笑，问我会不会怪他平时对我太严厉了，我的回答是：先生管得紧，学生跑得快！现在想来，能有这一番脱胎换骨，真的是让郑先生费心了。或许只有我们做学生的不懈地努力奋斗，才对得起先生的这份"望子成龙"的心意。

"箐政学者"的经历给了我极好的锻炼，我学会了查文献，读论文，学会了总结和思考，更学会了不迷信权威，敢于提出自己的想法。这个期间做出的初步结果为我的第一篇文章的完成打下了坚实的基础。本科毕业后三个月，我和导师合作完成了我人生中的第一篇论文，并于 2004 年 9 月发表在美国著名的《微分方程杂志》（JDE）上。这里面包含了我的辛勤努力，更凝聚了导师对我无私的关爱与栽培。在 2003 年 11 月召开的偏微分方程国际会议"Nonlinear Partial Differential Equations and Their Applications"上，我被邀请做了三十分钟的报告。当我第一次用英语做完人生中第一个学术报告的时候，我看见了德国数学家 R. Racie 面带微笑地向我竖起了大拇指，看见了郑先生赞许的目光。

做数学不仅是自己埋头苦干，更重要的是与外界交流。而与外

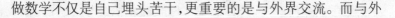

界交流,首要的问题就是语言。记得从大二起,郑先生就对我强调了英语的重要性。到了今天,当我能流利地用英语和来自各个国家的教授自由交流数学以及生活中各方面的话题时,我真正的体会到了郑先生的一片苦心。先生给了我很多机会去和国外的数学家们交流:德国的 R. Racie 教授、瑞士的 M. Chipot 教授、法国的 P. Souplet 教授、意大利的 P. Colli 教授……在和他们的交流中我开阔了眼界,了解到偏微分方程前沿领域的发展状况,了解了一些他们国家的风土人情和社会状况,同时也锻炼了语言能力,锻炼了我的为人处世,待人接物。和人打交道是一件开心快乐的事,至今还清晰地记得在上海博物馆我非常不专业的边说边指手画脚地向 Chipot、Colli 教授解释中国文化和历史。记得和 Souplet 教授一起同游古镇周庄,坐在双桥边的餐馆里听着丝竹小调看着小桥流水和乌篷船,一边讨论着中国江南水乡的别致特色和法国文化艺术的精美。当时心里特别钦佩 Souplet 教授对于数学的和谐与音乐中的和弦之间的内在联系的精辟见解。更忘不了在精神愉悦后一起去"荣"寿司大快朵颐,以及在波特曼大酒店的音乐酒吧的 happy……或许数学研究是严谨而枯燥的,但是数学人的生活却是充满着乐趣。我热爱这样的生活,正如一则广告中孔令辉所说:"我选择,我喜欢!"

"路漫漫其修远兮,吾将上下而求索",一切的一切,才刚刚开始,今后的路还很漫长。正如 Colli 教授真诚告诫我的:或许数学之路并不像你想象的那么美妙,生活中有很多问题在等着你去解决,许多的纷扰等待我们去厘清,直面成功、失败、快乐和忧伤……正是这一切构成了活生生的 life。好好走,或许十年二十年后你不再有激情,然而对世界之美的领悟和你对生活平和的心,是上帝的恩赐。这个忠告我将铭记终生。

此刻,梳理并回顾在复旦度过的这几年,实际上也是人生中最关键的几步,至诚感谢导师郑宋穆教授和师母沈玮熙教授,是你们教我如何做学问如何做人,是你们像父母般的无私关怀,使我健康成长;

我还要感谢帮助支持我的朋友 LuXD, aayy, jk, foxtail, tiaotiao, Oneday, Siyu, laofang, 书香盈怀, superhawk ……没有你们,我无法拥有一个快乐的多姿多彩的大学生活——我是无比幸福的! 我想我会珍惜这一切,继续走好。

> 这里,在平静的沙滩上,
> 在大海和陆地之间,
> 我该建造和书写些什么
> 来阻止夜幕的降临?
>
> 告诉我神秘的字符,
> 喝退那汹涌的波涛。
> 告诉我时间的堡垒,
> 规划那永恒的白昼。

借用 G. Hardy 的这首小诗表达我此时的感念,也作为此文的结束。

附录:发表论文

[1] H. Wu and S. Zheng, Convergence to Equilibrium for the Cahn-Hilliard Equation with Dynamic Boundary Conditions, J. Differential Equations 204(2004), 511-531. (SCI, 美国)

[2] H. Wu and S. Zheng, Asymptotic behavior of solution to the Cahn-Hilliard equation with dynamic boundary conditions, GAKUTO International Series, Math. Sci. and Appl., Vol. 20 (2004), 382-390. (日本)

一生的种子

郑庆生

1977年出生于四川省攀枝花市，1995—1999年就读于复旦大学国际金融系。
1999年毕业后先后在普华永道、IBM企业咨询和毕博管理咨询度过了六年的专业生涯。

四年的复旦生活在我的心里种植了
这样的自我形象，一个可以自在
读书的书生，破落不要紧，

但需要别有旨趣。很遗憾，
生活却不是这样的矫情与朴素，面对佳人和物质生活，
吾也不禁每每都怦然心动。于是毕业后曾经一度放弃了
这个定位。毕业后三年在普华永道做审计，三年在
咨询公司做咨询，万里路已经行到了，可是在我的心中
做个读破万卷书的书生确一直无法释怀。
我喜欢有想法就尽量做，不推到未来，于是生活中
便是分割的两个生活形态：专业人士和书生，当然也有交集，
做咨询的时候老是想用经济学和史学的方法论；研读
历史问题的时候也会用现代的语言转译玩味一番，
自娱自乐，喜欢这种游走的感觉。

渐 渐 与 种 子

十年前，刚刚走进复旦的门槛的那年，我喜欢上一篇散文，丰子恺先生的《渐》，文章里面说"使人生圆滑进行的微妙的要素，莫如'渐'"；"'渐'的作用，就是用每步相差极微极缓的方法来隐蔽时间的过去与事物的变迁的痕迹，使人误认其为恒久不变"。十年前的时间和空间都已经远去，留下的距离，更加能够让我从远处注视着成人的开端，这树木长成的种子，就是这种子渐渐的变化，才从均质的物质中慢慢变成根，变成了茎，变成了叶，决定了成株叶子的大小、花朵的模样和果实的味道。复旦的四年是我的种子，一生的种子。

漫卷诗书喜欲狂

入大学的时候还是网络的史前时代，大部分文本的知识都必须来源于图书馆。于是文科图书馆便成了我复旦最爱之地。当时在复旦图书馆读杂书的特点——囫囵，读书完全依靠兴之所至，就像今天的网上冲浪一般，唯一的不同就是没有像今天这样的网络搜索引擎，走过路过，随手一拿，时间长了门道便滋生了出来，当然很有可能是旁门左道。

读书的生涯是从季羡林的《留德十年》开始的，那是在复旦借的第一本书，是季羡林先生对于他留德十年的回忆录，那书是如此的生动，我时断时续读书的那个礼拜，就好比和季老一同经历那游学的十年，当时我便立下了要做学者的理想。这个理想至今也没有变化，只是我又给它加上了一个自以为不错的注解"理想存在的最大意义不在于实现,而在于对现实的批判",不知道此生是否还能够实现这个理想,但是我会终身抱定这个理想,让自己可以从现实中稍微抬头仰望一下头顶的灿烂星空。

看完《留德十年》之后,我发现阅读传记是个很好的方法,很重要的一点是可以以最为浅显和快捷的方式了解专注所在领域的基本情况,是个性价比都相当不错的快餐式文化,于是我开始了整个大一的读传记生涯。开始阅读传记的时候是从西方的社会科学大家读起的,由于是学经济学的缘故,最开始的是亚当·斯密和李嘉图,接着是凯恩斯等等,从经济学的领域切入之后,我惊奇地发现,在西方的古典时代,大家们都是在多个领域纵横驰骋的,由于专业尚未细化到今天的程度,对于社会科学而言,在几个专业的贯通可能是他们取得关键突破的原因吧。没有老师在阅读上的指导(这也是复旦当年的弱点之一,没有系统介绍学术阅读方法的课程),大师之间的前后关系、师承和思想渊源都是在不同的传记之间零星的记忆加以勾稽关联的。还记得在读到马科斯·韦伯的时候,对于这个于整个社会科学领域有着深远影响的大家,我特别敬仰。但是我也遗憾地发现这些大师们其实大都是出身不错的,衣食无忧,对于出身贫寒或者是平常人家,而又成大师的人物不是时势所造或者运气大好就是牺牲生活的乐趣。大一下半学期,我读到了一本叫做《独身哲学家》的小册子,里面罗列了许多为了这个追求世界终极秘密而抱定终身独身的大师们,当时我真是敬仰万分,当然我也对世界的终极秘密非常感兴趣,于是也很严肃地考虑过是否需要这样追求学术而独身,当然,后来这个伟大的构想仅仅成为一种思想上的尝试和历险,停留在了构思阶段。

大一暑假的时候,在那四十多个小时的返家火车上,唯一的一本消遣读物《胡适选集》让我进入了 20 世纪初期西学东渐时期学者文本的阅读。可能现在的时代也正是一个西学东渐的时候,文中所思考的问题和探讨的领域也让我引起共鸣,于是第一次把眼光放到了五四运动前后这些早期学者的著作之上。胡适是一个起点,然后是林语堂、周作人、傅斯年、王国维、陈寅恪、辜鸿铭,在这种阅读背景之下,我也重读了鲁迅。这些当时学贯中西的大学者给我带来了完全不同的思维体验。从大二开始,我就仿佛追星族一般,去追逐这些学贯中西的大学者的散文、日记、小品和学术著作。这是我到目前为止最大剂量的主题阅读,直到后来每次提起那个时代的京师大学堂或者西南联合大学,我都心向往之,当时我开始用完全不同的眼光审视着复旦的大学生活。由于五四前后也是中国现代学术建立之初,那个时代也颇像西方的文艺复兴、学术肇基之时,大家们总是纵横驰骋,于是读这个时期的作品,总可以建立一种大局观和大视野,也就是在那个时候我对历史(历史地理)、文学、哲学都产生了前所未有的兴趣。每次读到一本大师的著作,在那样有冲击力的文字和内容的影响下,我当时老是如痴如醉地沉迷很长一段时间。从那个时期开始,我对书稿和文字都建立了非常浓厚的兴趣,直到今天,我仍然非常喜欢各种写作,在给客户做咨询项目和做报告的时候,我都会不由自主地感觉到这是我的一个学术论文,是我的一个文学作品。

　　大二暑假军训开始,为了让整个寝室保持一尘不染,窗明几净,我们把所有的书籍和杂物都强行塞入了柜子,只在枕头下面放一本中午和晚上读读消遣的书,那本书正好是《红楼梦》。尽管我费了很大的劲,还是没有读进去这本很多人都可以读上好几遍的书,但是里面的文字倒是勾起了我对古典小说和在古典小说中表现的古代生活产生的浓厚兴趣,我突然醍醐灌顶般产生了一种感觉,想要了解历史中平民的生活。于是开始借阅了大量的古典小说,当然,我的出发点并不是去读小说本身的情节,而是去了解小说的价值观和那些琐碎的生活细节。当时对于古代的一切真实的生活都有着浓厚的兴趣,从物件、服饰到语言。从平常人的心态去进行历史理解,真是让我玩味不已。

大三开始，自己也开始关注英文原版名著的阅读，但是遗憾的是，当时出版的原版读物的数量和质量都不能和现在的相提并论，大多数的原版著作是自己在图书馆里面走马看花的。当时中国的经济学还是处在转型的初期，相应的资源都比较缺乏，尤其是文献的导读入门教育，这变成了大学四年最为遗憾的一点。接触现在的学生和现在的学术资源，看着通过网络和纸质传递的文本，心里每次都羡慕得发狂。当时花了非常多的时间在整理自己对于经济学专业期刊的认识，每次都是抓耳挠腮地读不懂，狂热的兴趣在这里大为受挫，也成为了一个永远的心结。现在家里的书架上还摆着当年买的那些简陋的原版书，每次看见它们都像是静静地看见一个狂热爱好的年代。

大四是个疯狂阅读的时代，当时有个想法，就是人生可能再也没有这么空闲的时间来漫卷诗书了，急迫于还没有读够而学生时代就要戛然而止了，于是拼命跑马圈般地将思维涉及的边界推进到最远。那是一个囫囵吞枣的时代，甚至是看枣即可。管理学院、中文系、国际政治系和法律系等的图书馆都成了我的狩猎场。复旦周边的所有书店都成了我每周必逛的场所，宿舍我的床下甚至哥儿们的床下都堆满了我装书的方便面箱子。从古人治学的角度讲，那是个不求甚解和无所得的读书方式，对我而言，"睡觉睡到自然醒，看书看到手抽筋"，是一个美妙到不可思议和奢侈到无以复加的黄金岁月。

辩论！ 辩论！

在整个20世纪90年代的前期和中期，大学生和高中生们都如此深刻地受到了'93国际大专辩论赛的影响，当时复旦是冠军，而在参加辩论赛给人留下深刻印象的四位辩手风采的基础上产生了这样一个被频繁使用的词语"青年才俊"。那几年，不少兄弟姐妹们都常笑谈，是被辩论骗进复旦的。

在复旦的我们第一个辩论的老师是参加了'93国际大专辩论赛的季翔。对我们几个刚刚入校的学生而言，那是个Fans见偶像的时刻，当时我们几个人都是怀揣复旦大学出版社出版的《狮城舌战》进入校门的，在和季翔相处的一个月时间里，真是犹如梦境一般度过了大学的最初的一段时间，季翔总是旁征博引而又深入浅出，已初具大师风范。记得第一次校园辩论赛结束之后，季翔西服革履骑着一辆破单车，带着我们几位走入大家沙龙玄谈一晚，那个团队的生活便奠定了我复旦生活的基调。

刚进复旦的那个冬天的一个晚上，我们再次组成了为了给校辩论队陪练一场而存在的陪练队伍，在领队的带领下趁着月色走上了数学楼的顶楼，那是个借来的屋子，临时教练是北大的一个哥们。他出了一个非常形而上学的命题，让我们辩论眼前的桌子是否存在，队员一方的立场是存在，他一方的立场是不存在，这个辩题看起来完全是压倒性的，我们压倒他；同样，结果也是压倒性的，他压倒我们。那一夜是一个形而上学的夜晚，让我知道连眼前的桌子存在我都没有能力用语言进行充分的证明，我失去了对于辩论的兴趣。当时有个说法，说这样的辩论完全是口舌之辩和嘴皮子功夫，我双手赞同，但是几个月以后，当我看到这样一句话的时候内心大为震撼，将我这种感觉升华到了一个崭新的高度，那句话叫做"语言是人类的牢笼"，如果我没有记错，那句话是一个叫做海德格尔的老兄说的，据说是一个犯了错误的人和天才的哲学家（后来我也陆续读了一些他的著作，但是不仅没有类似震撼的感觉，连看懂都有问题）。

从那以后，我懂得了一个道理，在探讨类似辩论是真理之辩还是口舌之辩的时候，都需要牢记真理是一回事，真理呈现的方式是另外一回事，辩论是关于后者的学问。于是我在辩论的事业上继续奋斗着，直到我也成为辩论的临时教练（通常也是为了校园民间比赛而存在的），每次我面对我的队员，我都会和他们辩论眼前的桌子是否存在，然后告诉他们一个伟大哲学家的故事以及真理的故事，之后我还要研究诸位队员的表达方式和说话顺序以及最后陈词时候眼望日光灯以便造成炯炯双目的方法等问题。每次的辩论准备都是一个让全体队员感到愉快的沟通继而大家成为最好的朋友的过程，这是辩论另外一个重要的副产品。大学四年，我便乐此不疲。

男 主 播

大三那年，经过师兄介绍，我开始了在复旦大学电视台的播音工作。那时候老土，叫做"播音员"，如果是现在则可以时尚和虚伪的被叫做男主播。每个周一的中午，我就必须压抑饭后浓浓睡意，前往文科大楼顶楼播报复旦新闻，在那里拿腔作调地操练我的普通话，实践胸腔共振的发音，捎带模仿新闻联播主持人时而看镜头，时而低头看稿件的那种恰到好处的镜头感，那时候收看不到凤凰卫视，于是主要还是以央视的风格为主。两年下来，说话字正腔圆了很多，毕业的时候真是自信满满，在工作空余无事的时候还参加了央视和东视的主持人比赛，结果当然是让我把主播这项很有前途的工作还是只能暂时定位在业余爱好之上。

当时复旦校园里面的电视主要还是集中在各类大中小型食堂之中，而我播音的复旦新闻对学生主要播放地点也是在这追求饱暖的地方，加上摄像器材当时也是大不如今天，我可以完全放心地拿着饭盆行走在众同学中，不至于有 Fans 上来签名导致交通堵塞，估计大家也很难把屏幕上那个由于灯光灰暗没有化妆（当然自身条件差也是重要原因）而脸色惨黄表情呆板的人和我这样一位欢快地吃着青菜大排的青年才俊等同起来。

一辈子也不想学的会计

13世纪地中海商人发明了借贷,导致六百多年后我在复旦有一门必修课叫做会计原理。不知道是老师教的问题,还是本人天资驽钝加上勤奋不足,一学期下来我仍然借贷不分,对于考前只好死记硬背了事,考试结果也是可怜的分数。我是不信赌咒这套的,当时还是不禁赌咒了一把:"这辈子我绝对不作会计,否则×××",四年中我基本秉持了这一个基本的原则,四年后,当我拿到了当时国际五大会计师事务所(现在是四大)中一家的录取合同的时候,我猛然领悟了什么叫做"命"。

工作之后的三年中,每次完全被各种客户的资料和数字淹没的时候,我便开始自我娱乐,将作审计类比为史学研究,这个是我最为得意的业务爱好,想起胡适的那句话"拿证据来",于是把审计上升到了考据与朴学的精神,每每想到这个,好像我也是在作史料考据和资料发掘一般,手中的材料也就变得活泼可爱起来,一想到我需要在任何的材料中发现论据或者线索,就有种研究问题的冲动。

三年后,当我怀揣普华永道的经历走出普华永道的门口的时候,我第一次如此由衷地感到:会计的借贷和精准逻辑的精神如此深刻地刻入了我的脑海,普华永道的同事们之间开玩笑的时候也会用到会计分录和审计术语等等。离开五大会计师事务所进入了管理咨询领域,我也只是从财务会计范畴转为了管理会计的范畴,管理咨询工作一大特点是猛写报告,写若干字是吾之最爱,于是财务和会计已经开始和我人生的诸多兴趣合而为一了。有一天,当我在自己的笔记本电脑里严肃建立了一个专门研究会计问题的备忘文档,专门记录我对会计问题的心得的时候,我突然想起,我曾经是一个立志一辈子不想学会计的人。

旁 听 生

高中暑假那年我给自己排了个计划，要如何利用大学的资源。计划中，学上两三门外语，研究哲学、宗教、历史和数学等等，后来发现这基本是个宏大到需要半生完成的伟大事业。等到大学过去，这个伟大事业的结果必然以未竟结束，但是过程中旁听生倒是做了不少。

旁听有如偷艺，在会计学上要记入营业外收入的，常常是正式的学生做上课状认真笔记，旁听的学生做欣赏状如痴如醉。

每个学期，复旦的学生都会拿到一个《选课清单》，上面清清楚楚的列明了每个课程的名称、时间、老师和开课教室。每个学期开始的时候，我总像阅读电视节目播放清单或者像是阅读菜单般准备开始新一学期的饕餮盛宴了：先把必须要修的课程排列为自己的第一课程表，再把自己想听的课程列为自己的第二课程表，每次列第二课程表常常比第一课程表还困难得多，不时需要在各个冲突课程之间作出选择，而在自己的诸多兴趣里面作出选择则是最大的痛苦。最记得谢遐龄老师的"社会科学方法论"，我竟在两个学期把这门课程足足听了两遍，让我建立起来了基本的哲学感觉。而最为欣赏的一句话是一位不记得名字的中文系老师讲的佛学课程，他引用说研究两种截然不同理论体系之间要秉承"同情默会"的精神，不可用一种语境之下的言语来牵强附会另外一种语境下的意境，这句话让我受用不少。

能记忆的旁听故事真是太多太多。旁听配合上胡读最终导致我今天庞杂混乱的知识架构。这种庞杂混乱的知识架构最让我自我满足和得意的是，有任何的感受和经历都好像电流在一个错综复杂的电路里胡乱串联和并联着，出来的结果绝对谈不上是严谨，但是通常确很有趣。

美国研究中心的图书馆

这个世界上总是有些珍宝之地,但是大家视而不见,原因通常是未知的,也可以从经济学的角度找个解释,叫做信息不对称,这样的信息不对称常常可以便宜一些对称了的人,美国研究中心就是这样的珍宝地方,而我恰巧偶遇了这样的地方。研究中心里面的图书馆的书架都是落地式的,一排排书架的对面是落地式的玻璃窗户,晴天的日子里,阳光奢侈地撒进来,一边看着书,一边透过玻璃看着风景,是一种享受。更重要的是,美研图书馆是当时为数不多的几个复旦有空调的地方,冬暖夏凉,是个吾等寒士避暑驱寒的好地方。不知道为啥,这样美妙无比的地方,人却是稀稀拉拉,更增加了对我的无穷吸引力。

图书馆外面大厅是放着各种外文辞典、杂志、报刊的地方,里面的屋子是一位华裔教授捐赠的藏书。开始,我还在外面的屋子里读书,后来发现屋里更是别有洞天。个人捐赠的藏书和图书馆以大而全或者某种主题的方式不同,更有些个人率性而为的味道,从那个时候开始我就经常在屋里倒腾,许多地方的藏书灰尘不少,似乎少有人来,便更加增添了我探险的乐趣。这样的倒腾很是了解这另外一个人思维组织的方式、生活的旨趣甚至智慧发展的历史。最为有趣的是,在屋里我还找到了不少美国的连环画和漫画。坐在美研的图书馆读漫画也成了我好几个星期的生活乐趣。

毕业之前,我曾经忐忑不安地问那位看管图书馆的仁兄,我是否可以用学生证再次前来重温,那位仁兄也和我熟悉了,于是答曰:可以。我狂喜而不带留恋的离开了图书馆,但是人算不如天算,虽然我被允许重来,可惜美研周末关门,而我平时没空,于是还是告别至今而未能重温旧物,憾事憾事。

坚定的经济学帝国主义者

不得不说,直到现在,尽管是经济学院读过四年书的学生,我也不能说自己了解经济学的知识,哪怕是最为基础的知识,但是我却是一个不折不扣的经济学帝国主义者。关于经济学帝国主义这个不甚科学而又经常使用的词汇,似乎大师们也没有给出一个精确的解释,大概就是用经济学的方法来衡量、表达甚至重构其他的人文和社会学科。

大一大二我尚停留在经济学的古典时代,记得当时鼓起勇气去读了亚当·斯密的《国富论》和凯恩斯的《就业、货币与利息通论》,前者还有些星星点点的印象,后者完全是云里雾里。一次偶然的机会,我得到了一本经济学家和学派的漫画册子,从此我的经济学大局观便势如破竹的建立了起来,当然,记忆的过程也利用了金庸先生著作中的一些关于门派的方法论。

大三开始才真正从经济学的古典时代走入了现代,那是阅读了《中国过渡经济学》和《新制度经济学》两本相对易读的经济学著作。七八年前经济学在中国还远远没有成为今天这样的大显学,各类经济学著作也没有像现在这样爆炸的程度,慢慢淘书或者淘杂志是一件必须要做的事情。记得当时每周固定一天的早上六点,总有个老伯伯在第五教学楼的门口卖大量现代的经济学著作,价格十分公道,于是经常牺牲睡眠跑去娱乐,但是囊中羞涩并且能力更是有限,不能常常买,于是在旁边看着老师和师兄们买什么样的书,和听听他们闲聊也是一件很有趣的事情,有的时候和人攀谈请教几句,犹如被人上一次超短课程,如沐春风。一次,老师布置研究 20 世纪 90 年代中期的通胀问题,于是去学院的图书馆把经济学的期刊和报纸大大地搜罗一遍,那次给我的印象非常深刻,厘清了一个国内杂志的脉络,第一次意识到建立问题意识是多么的重要,正如听到李政道先生在一次讲座上对复旦校训"博学而笃志,切问而近思"中的"学""问"二字的阐述,对于"问"着力尤多,从此对于研究一个细致问题的兴趣大大增加了。

经济学的模型方法和定量分析,甚至它程式化和学究的语言都让我如此着迷,有的时候尽管读不懂什么实质性的东西,但是仍然可以像读文学作品一样,就看看只言片语也是一种享受和满足。在毕业后的第一年,我在一个加班完毕后的晚上,终于花当月工资一半的银子从书店中抱回了四卷厚厚沉沉的《帕尔格雷夫经济学大词典》,我当时就觉得自己是一个票友,以追逐经济学名家的传记与作品的票友,哪怕知道自己这辈子没戏成为一个经济学家,也痴迷地爱好着。

从大三开始,我开始企图给自己零乱和松散的经济学点滴知识构建一个体系,哪怕是在后来进行的管理咨询的工作中,也常常将管理学经济学化,这已经成为了我一生主要的思维乐趣之一。毕业之前写作论文的时候,尽管我是学金融的,却仍然坚持写了一篇属于自己想法的经济学文章,当时写完文章之后兴奋不已,还把它贴到了复旦的 BBS 上,自鸣得意之状至今难忘,现在我仍然保留着那篇简陋的论文,当然至今我也认为我当时的观点和初步的分析也是的确有价值的(当然此是建立在没有系统进行过任何完善和系统的经济学文献阅读基础上的粗鄙之言)。每次偶然重新读到电脑硬盘上这个文章的时候,我都会重新充满当年那牛犊般的生命力和创造激情。

旧时代的结束

多年以后的我仍然可以回忆起 1996 年的一个下午,当我在一个讲座上看见那个老师通过 internet 打开美国白宫主页的时候感受到的震撼——那是旧时代的普遍特征。那时候——我们没有互联网。

在"史前"的时代，我们很难找到志同道合的知音，经常在中央海报栏看见有人写着征集兴趣爱好相同者的小海报；我们利用的各类学术和非学术资源的能力和现在真是几何级数的差异；和人沟通主要还是通过各种各样的校园活动……回忆起来，那真是个和现在生活有着很大差异的实实在在的时代。

90年代的最后两年，复旦的BBS时代开始了，1998年的冬天，我光荣地成为了一名网虫。每天清晨，我都会对对面睡眼蒙眬的兄弟道声"去吗？"，他一般口齿不清地说声"去"。之后我通常会在BBS的聊天室里碰见伶牙俐齿的他。当时只有计算机楼和管院少数几个地方提供上网的计算机，计算机不多，分配的IP地址也少得可怜，以至于一位雄才大略的仁兄以堪舆的精神画了一张"复旦IP地址与座位匹配全图"。当仁兄把这张全图皱皱巴巴的草稿赠送给我的时候，神秘地说道："可以用来发现PPMM"，之后我们便一起阴险地"嘿嘿"了几声。这就是一个典型史前网虫的生活状态。

模拟社会与模拟衰老

人生二十多年，你要是问我什么时候的心态最老，答曰大四。

当时进入复旦的时候，有个说法叫做吃在同济、住在交大、爱在华师、玩在复旦。玩在复旦估计就是复旦的各种课外社会活动。这样的社会活动其实在复旦的内部构成了一个小小的模拟社会，学生会的组织、社团的组织、勤工助学的系统等等。记得刚进大学的时候，我费了很大的功夫才搞清楚它们之间的区别，也在不同的时期加入过不同的组织和活动，也曾经奋斗了个一官半职。

参加校园活动其实就是一种模拟人生，可以看见光辉也可以看见不光辉，最为美妙的是谁都可以在这个大舞台上表演一番。就连时间的起伏跌宕都和人生一般，大一的时候是青年，大二和大三的时候是中年,大四是老年。大四的时候,那种老去的感觉就是在大四退出所有校园活动之后,看着学弟学妹们仍然热情不减的投入到各种校园活动,一种虚伪的衰老感便油然而生。其实,大学毕业后,真正年轻的投入才刚刚开始,于是这种衰老的感觉对我非常重要,每次都能激发出一种紧迫的感觉,好比一个已经衰老过的人可以再次重新过一次人生,很多时候在某种程度上可以建立起一种老者般的智慧和果断。

　　每次学弟学妹都会问和我们当年问学兄学姐类似的问题,"你觉得我应不应该加入×××"、"你觉得我应该参加这个活动吗",于是百十种答案一下子涌上来,详细的可以做一个情景分析报告(What-if),来告诉他到底收入产出和风险各是多少。但是每次都转念想想,这个除了把人搞晕之外没有别的用途,就好比我问老人如何度过今生一样,于是每次都只有一些非常简单的"因为……所以……"结构的答案,这可能也就印证的那句已经被引用的庸俗的话"过程比结果更加重要"。

找 工 作 的 意 义

　　找工作的意义占据了小半个大学生活的位置,不仅让我等从象牙塔中走入现实,也不折不扣上了一堂商业大课。当时开了一门颇为新颖的课程,专门为毕业生就业进行辅导。刚开始选课的时候,当时毕业生就业指导办公室的徐红老师在三堂课开头的三句话,直截了当把我的心理状态拉到就业的门槛上。大概意思是这样的,第一堂课的第一句话是:今天我要告诉大家如何选择一个合适自己的工作;第二堂课的第一句话是:今天我要告诉大家我们要做的不仅仅要选择一个工作,而是选择一个事业;第三堂课的第一句话是:今天我们更加要再进一步,不但是要选择工作和事业,更加要选择我们的生活方式。课上演讲之洋洋洒洒,挣钱的饭碗进化到毕生之诉求,再深入到每时每刻的精神和生存状态,大有"一花一世界,一树一菩提。掌中握无限,刹那便永劫"的感觉,真是痛快淋漓。

伴随着就业指导课程的是各个公司的人马走马灯般亮相于复旦的第五教学楼,笔挺的西服、滔滔的口才,我就是一个土人在下面眼花缭乱加上有点对以后的工作想入非非,然后就开始作简历、填表、笔试和面试。半年下来,除了找到份工作之外,还对各大公司在华的经营情况、员工福利等等知道了个大概,和低年级的同学们在一起聊天的时候时时可以卖弄几番。现在想起来,当时大学就业的意识只是在最后几天匆匆临时抱佛脚般补充而上的,最初的商业意识和职业考虑也是那段时间仓促成就,除了少数可以高瞻远瞩的同辈以外,我等凡人从开始找工作到最终找到工作,无不犹如进入前三年都完全没有经历的天地,而作另一番努力的奋斗与心理的煎熬。

经济学上有个著名的名词叫做"路径依赖",很不严格地说,就像物理学中的"惯性",人们一旦选择进入某个路径,就可能对这种路径产生依赖,而此路径会在发展中不断自我强化。工作了六年后回头看,找工作就是一个建立路径的过程,而人的一生就是在依赖和不依赖之间摇摆犹豫,并为这种路径得到收益和付出成本。不知不觉,我也靠近了"奔三"老男的行列,孔子曰:"三十而立,四十而不惑,五十而知天命",而立就是找定了一个路径来依赖,在时间流逝中被锁定在这条道路上,之后的"不惑和知天命"就是优美而悲壮的文字游戏。你已经被一条道路彻底锁定,你能做得自然是自我安慰"不惑",然后把这种宿命归结在天命之上从而大彻大悟而知晓天道了。所以,俗语才说:"男怕入错行,"(男女平等的时代女性也适用。)自从走上财务的道路,我就从财务会计、审计、管理会计、公司治理、审慎性调查一路下来,牢牢锁定在广义的 Finance 上,而在 Finance 的范围之内,玩味着各种学术和实践味道的兴致使得我在紧张的工作中不至于发疯变态,实乃复旦四年之功也。

复旦机缘的闪现

中国的传统文章样式,一般在文章开头或者结尾的时候都应该有个讲究机缘和引子什么的来个统领全局。本小节即是拙文的机缘篇。十七岁那年,我抱定了考北京的大学之理想,这种理想的抱定是一个少年心中坚定无比的十年的梦想。这个梦想瓦解于一个初秋的黄昏,我在故乡之外的某个城市参加活动,黄昏阳光洒在一个美丽女孩的身上(现在用这种描写 PPMM 比较老土了,然而必须用十年前的笔法写当时之心境),一向木讷内向的我非常偶然的望了那个女孩一眼,就突然有种想上前攀谈的愿望,于是成行,攀谈中,PPMM 说出了她的理想——想读复旦啊,热爱辩论和演讲啊,喜欢在图书馆中认识自己未来的男友啊。后来我考虑了一下,觉得人生的理想也不是不可以改变的,于是我实现了 PPMM 的愿望,细节参见上文种种,当然,都是她和我一起实现的。就这样,复旦成了我们共同的母校,她在我不懈的努力下成了我的太太。

机缘和偶然有个重大的区别,偶然过后,常常不觉好亦不觉差;而机缘过后,每每都是千恩万谢于造物主和天道之神奇。对于机缘相会的复旦和我的太太,我都愿意用最美好的词语和心境去无数次赞美和讴歌十七岁时候一眼望成永远的那个瞬间。

教化、生活方式与精神故土

我的复旦纪元在一个喝得酩酊大醉而后于寝室面街大哭的下午结束了,而后我依然用复旦的方式继续生活着。在新的环境中维持一种旧的生活方式是极端困难的,开始在复旦的旁边找房子住,经常和同学聚会怀旧,经常回到母校,买书也非到学校旁边的书店溜达,叫复旦必称"学校"。时间是最伟大的魔术师,几年过后,怀旧褪尽,蓦然回首,已经很久没有到过复旦一带了,"学校"的称呼也变成了"复旦"。但是,有些东西却随着岁月的逝去变得更加清晰起来,我仍旧会用辩论中分析问题的方法来看待工作中的问题,仍旧会在大大小小书店中淘书乐此不疲,仍然按照复旦时候读书的方式阅读传记与目录,然后随着轨迹扩大自己的知识结构,仍然喜欢在有深度的社区中潜水和灌水,有的时候会暗暗的把自己的目标不自量力的定位在"国士"之上。也许是时间大浪淘沙的时候,留下的是真正的值得珍惜的生活。

记得在复旦 BBS 上看见一个哥们的签名档,上面写的大意是,大学的任务是让学生接受 education(我喜欢把它翻译为"教化"),而不是 training(培训)。我特别喜欢这个观点,尽管至今我也不知道是谁的原创。教化是一个很难用语言表达的东西。林语堂说:"导师坐在那里喷烟,喷得你天才冒火。"这里的喷烟就是教化的一种,它来自于耳濡目染和细心体会,至于顿悟还是渐悟,就是个人造化了。在复旦我尚没有得到有导师面对面喷烟的机缘,但是四周环境加上才子才女们的狼烟四起,也倒是把我喷了不亦乐乎,在复旦学到了生存一技之长,继而领悟到生活的乐趣,再上就是习得生活的方式。

故土是一个时间的概念,也是一个空间的概念,其实是和人保持着永远距离的地方。空间是可以消除的,但是故土和人的距离,还有时间和时间中那些永远不能复制的东西,让人无可企及,所以故土永远是在远方,永远提供给你在任何一个不经意的时刻进行怀念的机会。记得一个港片里面,一个 GG 对一个 MM 说在某地某年某月某日某时某分某秒我们是一起度过的,谁也无法改变这个事实。这是个无比奥妙的情节和台词,我很喜欢这个 GG 无赖方式和这种客观中性到残酷的语言。所以我模仿做这样一个结尾:

1995 年 9 月到 1999 年 7 月；
中国, 上海, 邯郸路 222 号；
我的复旦；
我的精神的故土；
我一生的种子。

天空没有翅膀的痕迹

章颖子

　　祖籍浙江，1976 年出生于贵阳，1995 年就读于复旦大学世界经济系，毕业后先后任职于上海自动化仪表股份有限公司和上海 Foxboro 有限公司，从事合资管理、商务翻译和市场策划工作。

　　1999 年获经济学学士学位，然于本行专业学而不精，偏喜舞文墨、论古今。平生最爱两味：辣油与书香；最恶两物：权术与奴性；最向往两境界：精神高贵，思想自由。自撰人生五行经曰：智慧为金，淳则焕彩，矫则流俗；道德为木，韧则参天，羁则脆折；情感为水，沉则深广，浮则冲溢；肝胆为火，贤则温煦，愚则烧灼；名利为土，明则育材，迷则埋骨。进复旦前的人生格言：人不可有傲气，但不可无傲骨。出复旦后的人生格言：To err is human, to forgive divine。

旦初有梦

相信很多人的记忆中都和我一样清晰地铭刻着这个日期:1995年9月11日。那是我们95级新生第一次走进复旦的日子。

到今年说起,刚好是十年前了。记得当时校园里90华诞的余兴尚在,我们这些正自在兴头上的新生便格外受到熏染,很自然地乘兴憧憬了一把百岁寿辰的盛况。不过在那时的我们,2005这个年份毕竟只如一处缥缈梦境,不会太当真,也没法怎么当真的;那是懵懂中的某种直觉:前往2005这一路上所预设的道道沟坎、重重疑障,除了时间,找不到更好的填补和答案。

也颇滑稽,我在还没上小学的时候居然就知道了"复旦"。印象中是某次看电视,画面上出现了几个侃侃而谈的青年学子以及他们身后的四根红砖门柱,于是从大人们的啧啧声中,我便听到了一个新名词——"复旦大学"。大学是什么?我自然半点不懂,"复旦"这两个字却叫我莫名地生出好感,它们组在一起似有种格外悦耳的音律,以至于十多年后填写高考志愿表时,尽管遗憾于招生计划里没有自己最想读的专业,我最终还是被这两个字所透出的温润之质、儒雅之风、蓬勃之气所牢牢吸附,"不能自拔"。

这当然可以被嘲笑为是一种盲目的、幼稚的冲动;却也同样可以严肃为是一种奇妙的、宿命的选择。而且我相信,有着类似感受与经历的校友必不在少数,我们当年的"冲动"或"宿命",实在只是因为,复旦是一个太大、太强的磁场。

所以,当我在1995年9月11日走进复旦,当"日月光华,旦复旦兮"的篆体横幅第一次跃入眼帘的时候,一种前所未有的纷乱芜杂的情绪冷不丁地从心底直冒出来——这是个多么熟稔又多么陌生、多么亲切而又多么威严的地方，自己兜里那张用全省高考前十名的成绩换来的大红录取通知书，突然间变得轻飘飘的没有一点分量。

当然，那时的我还不可能完全意识到，人生有许多挫折和打磨将在这里展开，有许多蜕变和升华将在这里完成；而我既然选择了这个不平常的名字——复旦，我便要准备好去走一条不平坦的心路历程。

五行升日月

还是先从一个客观的复旦说起吧。

复旦的超凡脱俗，基础当在它的资源与环境。这当然绝非三言两语所能概括，甚至亦非几个有多少院士、多少教授、多少九五重点学科、多少国家重点实验室之类的统计数据所能说明。在我看来，复旦不仅是一个小社会、小世界，而且还是一个五行俱全的"小宇宙"。

● 金

复旦是一座金矿。除非你故意视而不见，这里到处都是各种会令你惊叹和欢呼的发现。

"千万不要小看你身边的任何一个人。复旦绝对是个藏龙卧虎的地方，每个人都是一本书。"这是我初进复旦时一位师兄对我们的"告诫"，而据他自己说，这其实已是句"代代相传"了多年的老话。身为复旦学子，你的下铺是一位奥数冠军、你的隔壁住着两位高考状元之类已不是什么稀奇事，这句"老话"所包含的要义更非仅止于此；复旦在这方面会带给你的惊奇和唱叹绝对是全方位、多角度的。如果要以我自己的亲身经历来对此作注解的话，是的，我曾在"中国近代思潮"的课堂上见到过一位将国学大师胡适先生的思想脉络梳理得非常到位的数学系同学；我曾在食堂里亲耳听到过两位法律系同学在热烈讨论现代物理学中的混沌理论;我的一位同班同学曾在某次心理学讲座中一口气向主讲老师连提五问,其问题的专业水准令举座皆惊;我还曾在某个理科院系的自办报纸上读到过一篇《论新闻自由与司法独立》的杂文,其言辞之犀利、思想之新锐,恕我见少识浅,竟是此前与此后多年在各类刊物上都罕见的……

如果说大学阶段每个人都在经历一场寻宝生涯,那么,能够与复旦这样一座金矿朝夕相处、耳鬓厮磨,这是每一位寻宝人多么盛大的幸运与福分。

更大的幸运与福分是,如果说我们每个人初进大学时都还是一块未凿璞玉,则复旦的各路渊博学者、敦厚师长,无论从学识方面还是从品格角度,他们中有多少人都足以点石成金。

绝不要忽略了你在复旦的任何一门选修课,即便你最初的"动机"只是为了"骗学分"。我有幸选修过力学与工程科学系宋家骕教授专为文科院系同学开设的"力学与人类"课程,记得第一堂课上偌大一间坐满了文科生的教室便都被宋先生那一手漂亮的粉笔字深深震慑。我还有幸选修过中文系胡中行老师专为外系同学开设的"中国古代文学史",本是很容易老气教条、佶屈聱牙的一门课被胡老师上得活泼灵动、妙趣横生,尽管课时排在晚上,整整一学期却几乎场场"爆满",而抢坐第一排的则大多都是数学系、物理系的同学……

还有一项比课堂更为灵活更为丰富的珍贵资源,那就是校园里的各类讲座。那时的复旦,南区的新楼还没建起来,北区就更不用说了,所以整个本科生群落都还集中在本部(包括东区的女生宿舍区),每天中午二食堂前(这个地理概念可能在今天的复旦已差不多湮灭了,也不知是否已被拆除,至少去年四月我有一次回去看时那里已然门可罗雀,完全是一副即将进入历史档案的样子)的中央海报栏便成了校园里——用今天的话说——"人气最旺"的地方,一张张色彩各异大小不一的海报前围满了三三两两端着饭盆的学生,不分院系、不分年级都在那里殷殷搜寻着各类信息——恕我直言,那时的海报没有今天那么多的商业内容、时尚气息;在那里我们找得最多的就是每天晚上散布在校园各个角落的各类讲座。

周一:倪世雄教授　当前中美关系的三大焦点

周二:葛剑雄教授　中国地理与中国神话的起源

周三:陆谷孙教授　英语学习漫谈

周四:陈观烈教授　东南亚金融风暴的深层原因分析

周五:特邀台湾著名作家龙应台女士谈当代文学批评

……

这样一张讲座清单列出来,连写的人都会觉得奢侈。而在复旦,这不是奢侈,而是现实。倘若赶上一些专题学术节,校园里各色讲座更是开得热热闹闹轰轰烈烈,真个是繁花似锦,令人目不暇接。

只可惜,人往往不懂得"惜福"。复旦是一座金矿,有幸置身其中的人却反而容易被这满目金光眩惑了双眼,因为太明亮,反而视若无睹;因为太亲近,反而失之交臂。

——如果允许再多吹毛求疵一句的话,其实多年来我一直在想:如果复旦这座金矿里能再多一些品类、多一些来自兄弟院校的声音、多一些他山之石的攻玉之举,也许,会更好些。依我愚见,复旦的"近亲繁殖"有时似乎还真重了些。

当然这只是句题外话。

　● 木

据说上海的高校界普遍流行"玩在复旦"的说法,其实在我看来更公允些说应该是"学在复旦"。这绝不是我要替母校故作学究。以我的经验,复旦的真高雅处就在于它的所谓"玩"实质上都是一种极有底蕴的"学"——例如××剧社上演全英语版《哈姆雷特》;××诗社征集庆祝香港回归主题对联;××学社举办原创科幻小说大奖赛……像这样的"玩",不是每个人在复旦都能玩得起来的;在它下面衬着的是一片扎扎实实坚挺如木的学风。

有一例为证：复旦的自修教室。

我比较恋家，那时每次开学都是掐着日子返校的，所以感受不切；但一直都听说，复旦自修教室的灯光总是早在正式开学前的两三天就亮得满满的了。2002年的中秋夜，我刻意挑了去相辉堂前的大草坪上看月亮，顺便到校园里走了走，又一次亲眼看到了二教、三教里的灯火通明、座无虚席。

可以想见，那场景对其时已远离象牙塔的我的震撼。

再举一例：复旦的书店。

现在回想，复旦周围书店的密集度之高实在是有点惊人的。那时候我个人常去的就有好几家：大门东侧有一家外文；进门后右拐，在曦园的绿阴丛中又隐着一家；隔着邯郸路，文科图书馆的一楼也有一家，常有优惠打折；后来国权路上傍着复旦大学出版社新开的经世书局，是复旦学子的一处大众书斋；至于散布在南区各处的大小书店更是不胜枚举，其中有一家叫"鹿鸣"的，因常有一些品位格外出尘脱俗的书籍供应，渐渐地便成了很多复旦学子众口相传的经典去处。

正所谓久居兰丛而不觉其香，复旦四年娇纵得我们竟把这一片书香当成了常态而浑然不觉，以致毕业后很长一段时间，我都无法适应新的居所周围居然找不到一家书店。也是直到那时我才明白，复旦四年，我曾经多么幸福地拥有过一个多么珍贵的书香世界。

对母校这片书香的眷恋让我至今都保持着一个习惯：如果有什么书在市面上买不到，我的最后一招就是回复旦来觅；只有当在复旦都买不到的时候，我才会心安理得地放弃继续搜寻的努力。

曾经有一种风趣的传言，说是"复旦南区的看门老伯都会说德语"，这当然也许只是说笑，但是，我还真的曾经在南区一家门面毫不起眼的书店里碰到过一位貌似退休工人的看店老伯，兴致勃勃地与我聊了好一会儿林语堂，并准确地说出了《京华烟云》的英文原名——A Moment in Peking。

● 水

复旦精神里有着如水的一面，它澄澈、柔和，而且恰如《道德经》里所说的那样，虽属至柔，却又"莫之能胜"、"无以易之"。

复旦的空气里充满着智慧，也充满了宽宏。如果你是以一种读死书的态度走进复旦的，那么，这里的整体氛围很快会传递给你一份善意的奉劝：不要让对技能、技艺的片面追求缚住了你的灵性，复旦的水土滋养的是你的风骨、气韵。

在复旦的自由空气里，一个人很容易流淌起来、奔涌起来。这里经常搭建有各种舞台，各种一流的社团组织、大型的社会活动、高水平的科技节、高规格的交流会……你是读生物的，但你同样可以去赛诗会夺魁；你是学经济的，但你照样可以去"挑战杯"折桂——有什么关系！在复旦，各种"心血来潮"甚至"异想天开"都有可能付诸实践——只要你是勤恳的；各种"标新立异"甚至"离经叛道"都有可能得到回应——只要你是真诚的。至今都记得自己在选修"中国近代思潮"课时曾交过一篇全凭个人喜好发挥的、无论思路或体裁或格式都全然没有遵循任何章法的所谓论文，当时全未考虑分数问题，只图自己写得淋漓痛快足矣，不料杨宏雨老师却仍给了我一个九十分的高分，只为了鼓励我"今后更多地思考些问题"。那次看到成绩时，与其说是欣喜，不如说更是一份感激与感动，感激于老师对少年心气的包容，感动于复旦对个人性灵的尊重。

复旦有如一泓清泉，我们在其中畅游四载，因它的荡涤而澄澈，因它的轻柔而舒展。

● 火

都说复旦天性属"火"，因为"日月光华，旦复旦兮"。

记得那时每到新生入学的时节，一进校门便会看到一条醒目的横幅："复旦因你而年轻，你因复旦而成熟。"这句话总是让我很感动，感动于其中散发着的青春热力,感动于其中跳跃着的一种生生不息的律动。

有幸进入复旦,就绝不要错过了它的热情与朝气。

不知道3106、3108这两间大教室今日的地位是否还如当年那般显赫;在我们上大学的时代,如果把每晚的复旦园比作一方大舞台,它俩就绝对是聚光灯在舞台上打出的最亮的两个光圈。那时的复旦学生们事先判断某场讲座、演讲赛或辩论赛的层次和水准有一个最简单的方法,就是看它是否安排在这两个地方,换言之,3106、3108这两个数字,成了整个复旦晚间学术系统的"默认值"。曾经有人说,若能站在3106或3108的讲台上与台下数百人一道热血沸腾群情激奋一回,这样的体验堪称人生中的一个"绝版"。因当年参加过几次演讲和辩论活动,这样的机缘我有幸曾经历过几回,印象最深的一次也是第一次,那是我初进大学时参加复旦的传统赛事——"新生杯"演讲赛(后获亚军),带着一股子初生牛犊的劲头,在3108讲台上慷慨直斥了一通初入复旦数周内的"目睹之怪现状"。至今仍清晰记得当时迎着台下数百道清亮而热切的目光,自己胸中是怎样一股激情在愈益汹涌、语调又是怎样止不住地愈益高亢,当全场海啸般爆发出据说是当晚最热烈的一次掌声时,我清清楚楚地记得,自己的眼角是怎样一种濡湿,心头又是怎样一番炽热。那一瞬,我突然了悟何以谓这是一种"绝版",因为掌声还可以在人生的其他场所制造和收获,唯独这一片赤诚的、直击胸臆的青春共鸣,也许一生中真的仅此一回。

还有一个比3106、3108更磅礴大气的地方,那就是相辉堂。

入学典礼、毕业典礼都在那里;它见证着我们每个人在复旦的起点,以及另一个更大的起点。

我还曾在相辉堂度过两个难忘的时刻:1997年7月1日的零点;1999年12月20日的零点。

这样的时点实在是应该到相辉堂这样的地方去过的;所以1999年12月19日的晚上,我们几个已经毕业的同学专门又回到了相辉堂。只是为了再体会一遍那种在没有任何现场组织的情况下千余人自发起立高唱国歌的氛围,只是为了再亲近一回这股如火青春、干云豪气。

● 土

算起来我们这届毕业至今也仅短短六载,然而在上海这个"一年一个样,三年大变样"的大背景下,六年的时间也足够几番旧貌换新颜了。参照今天的复旦,我们那时的环境实在要"土"得多——

我们进校时住的是6号楼,和那年住12号楼的外文系女生一起,成为复旦近代历史上据说是第一批住进本部的女生(以前女生宿舍一直集中在东区)。6号楼当时是六人一间、除了电灯以外各类电器设备一概全无的老式宿舍,每层楼两间盥洗室,只有底楼有一间冲淋房,有限的几个冲凉的水龙头到了夏天便成了整栋楼的女孩子争抢的对象;热水澡楼里是没有的,房间里更没有电话——直到大四那年"201"才走进我们的寝室,至于"手机"的概念就更没有了,一些大四学生为了找工作而配的 BP 机便已算是校园里最先进的通讯设备——整栋楼五百多个女生共享一楼门房阿姨那里的唯一一部传呼,那时最怕的就是你在等某个电话时恰好赶上某位姐妹与男朋友煲电话粥,碰到这种情况,你就只有"另谋出路"。到了周末要打长途回家,还得到0号楼去排队,若正好有些大件衣物要洗,不至于太不舍得花那几块钱的,便可顺路送到对面的洗衣房……

那时候电脑还是从 DOS 学起(我们那一届还享受了一把最后一批学 COBOL 语言的历史殊荣),不要说"网络",大四时终于接触到Windows,摸的还是3.0、3.1。所以那时的大学生对资源的掌握远没有今天这么便捷,没有 Download、没有 Google,一切资料都得到图书馆去翻 hardcopy;能享受到的娱乐形式也远没有今天这么丰富,没有网络游戏,没有视频聊天,甚至没有 VCD、DVD,那时的一大乐事就是课余时间到理科图书馆的放映室去看各种原版录像,记得1998年

《泰坦尼克号》热映时我就是到理图去看的,票价三元。

前网络时代或许是单调了些,当时却也有滋有味。很多现在已为大家所不屑的传统媒介,在我们当年的生活中仍扮演着重要角色,校园广播就是一个例子。那时每天中午打回饭来在寝室里边吃边听"复旦大学广播站现在开始广播"是午间的必修课,大到国际时事,小到校园要闻,有时还会在不经意间从某个专栏里收获些知识,例如我个人早年曾在金庸先生《连城诀》中读到的"人淡如菊"一词,后来便是在某次广播中才得知这个优美的词汇出自《二十四诗品》。——当然偶尔也有爆笑料的时候,记得有一次播某个访谈节目,主持人一时口误,冒出一句:"当代的大学生,尤其是男大学生和女大学生……"引得我们一寝室集体喷饭,至今聚会时忆起,每每相对开怀。——我不确知校园广播这一形式如今是否早已淘汰,但它确确实实曾经是我们那个时代的大学生活中一道别致的风景线。

那时候复旦的围墙还没有实行"开放式",仍是那种老式的爬着青藤的灰砖高墙,邯郸路北侧的人行道上也没有如今那些个漂亮的现代雕塑;那时候还没有五一、十一的黄金周长假,有一两天假期大多也就只窝在上海过,几个要好的女同学一起去买衣服,逛的最多的是五角场的小店(现在都已经没有了),奢侈点便跳上139去趟四川北路,若不幸看中一套百来块钱的衣服就会比较痛苦,再三犹豫、再三盘桓也仍下不了这个"狠心"。那时候,去"大家沙龙"喝杯咖啡便是复旦园里数一数二的"小资"行为;赶上同学生日或有其他庆祝活动需要"腐败"一下的,活动范围基本都在学校周边诸多价廉物美(用今天的话说就是"性价比较高")的小饭馆,记得毕业前夕同寝室几个女孩去南区一家小饭馆吃"散伙饭",放手点了一桌子的菜,最后结账,人均消费不到十二元……

——六年后的今天,当年的一班老同学坐在"新天地"里举杯欢聚,彼此怀念最甚的,却仍是当年南区的那桌菜、"大家沙龙"的那杯咖啡。是的,那时候在复旦的我们实可谓是"土"得掉渣,几无"品位"可言，可是我们依然记得，在上那盘六块钱的鱼香肉丝的时候，你正在质疑我对凯恩斯和弗里德曼的差别分析；在给那杯五块钱的咖啡加糖的时候，我俩正在和她俩争论如何用赫-俄模型来解释今天的中美贸易……那竟是怎样的一种奢侈和高贵！

五味炼光华

起这个标题的用意绝非是要大言不惭地夸耀自己"炼"成了什么"光华"；我想说的是，每个人都会在复旦品尝到一份滋味唯自知的酸甜苦辣，而复旦这个整体与我们各个个体之间的关系又是如此微妙，往往在你汲取复旦的日月精髓的同时，你也在逆向地、以某种谁也察觉不到的方式影响着复旦，你的萤虫之光，同样也融入了复旦的灿烂光华。

● 酸

五味之中酸居首，据说是因为酸是这个世界的自然原味。比如，一切果实的滋味最初都是从酸涩开始的。

我们在复旦的整个过程也好比是一枚果子从生到熟，第一口滋味总是酸涩——复旦，是一个刺破你过往的光环与荣耀、颠覆你传统的优劣评判标准的地方；而我相信，每个人甫进复旦时都会因为它的博大而感到某种必然的失落。

在进大学以前的十二年"寒窗"生涯里，我已习惯了考高分、拿第一，已经习惯了在客观上用一些高度量化的指标，比如分数和名次，来作为自己信心天平上的砝码。所以那段瞄准大学进军的路线虽然不可谓不辛苦，实际上却也很简单。而一旦走进复旦殿堂，便仿佛是突然抬头看到了一片浩阔星空，突然间感到一阵眩晕，一阵惶恐，意识到自己以往的狭隘和今后的有限。

第一堂《政治经济学》课上，徐为民老师就给了一声当头棒喝："将来你们踏出复旦校门后，社会上对你们的评价不外两类：第一，'不愧是复旦的'；第二，'不就是复旦的'……"

心头震撼之余，眼前却仍似一片挥之不去的茫然——我不知该如何去做到"不愧"，我不知该以怎样的标准来衡量自己？

当然复旦也有各种"第一名"可以去考，也有各种奖学金可以去争。然而大学里的课程大多只延续一个学期，考试的偶然性便不免增大，有些课的确被自己考得了"A"，可扪心自问，自己侥幸过关了的只是对考试这一卷面行为的应付，至于这门课本身，不要说精髓，根本是连皮毛都还没摸透。那四年里我也一直在获奖学金（虽然等级不高），可是，在此请恕我不敬一次，我分明能感受到奖学金的局限，它奖励的基本还是我们的考试工夫，而我更分明又看见，有不少在得奖方面逊色于我的同学，他们却已经可以独立地撰写学术论文、开展研究课题，不管这些论文和课题有多么稚嫩，相形之下，我却自知自己连独立思考的能力都还没有形成。

很多人进复旦后的最大心理障碍是维持了多年的"第一名"地位的丧失；而我，即便已然意识到在复旦的星空里要转变多年来的"第一名"思维模式，却只是陷入了更大的茫然，在"第一名"这个星系黯淡了以后，我找不到新的观察坐标。

一边是表面的光鲜成绩，一边是内心的焦灼与困惑，夹在这两者的巨大反差之间，那真是一种难以言说难以下咽的酸涩滋味。

——随着四年时光的推移，我才终于明了一个道理：在复旦，每个人应该争取的是属于他（她）自己的那个独一无二的"第一"，而这个"第一"在哪里，必须靠各人自己去定位。传统意义上的分数、名次不是不重要，但我们的襟抱应开得更为大气，复旦这片浩阔星空、自由空气不是让我们墨守成规、亦步亦趋的，它潜藏着太多让我们释放自己、发现自己、创造自己的机会。比如，也许通过投入某次原创性的学术活动，你会比较精准地发现自己的某项优势技能、某些兴趣领域，你会获得资源积累和行动经验，甚至从另一个角度说，也许你当前的一些重大缺失会得到暴露，从而有助于你迅速填补、调整，甚至果敢转向。比起一两次考试几百元奖金的"局部战役"，像这样的"战略行为"不知要重要多少倍！——只可惜我们那时往往不明白。古人"买椟还珠"之举贻为千古笑柄，而现在回想，那时的我曾有多少次放弃了这样的机会，只为战战兢兢地守护某门课的分数以及相应的某次奖学金，此举岂非当代高校版的"买椟还珠"？

而这种"买椟还珠"，我当年犯过，我当年的许多同学犯过，甚至，在今天的复旦园里仍在反复上演。就像一方清水碧潭，有许多人正密集其中各自戏水，此时如果能有个声音告诉他们：你们眼前只是一个游泳池，外面还有远为浩瀚的海洋！那么，该会有多少人可以游得更畅，游得更远！

● 甜

酸随着成长的进程在慢慢向甜过渡，身边的同窗好友们则正是一起成熟的助推和见证。

如果说进入复旦有如一段新生，则同寝室的室友便好比是先天注定的缘分了。开玩笑时大家总说，四年的朝夕相处，不知道是用前世多少年修来的呢。而事实上这话说得并不轻松。复旦的同一屋檐下汇聚的都是鲜明的个性，朝夕相处首先产生的效果往往不是彼此的拉近，反倒是矛盾的凸显。谁会愿意主动调整来适应他人的逻辑，谁会甘心先行内敛而成全他人的张扬？……我当年与室友的关系，最初也是在表面的客气下各隐一份锋芒，颇有几分"貌合神离"、"志趣各异"，好在后来一路上的风雨冷暖让我们渐渐看到了彼此身上的亮点和真性情，悟出了谦和与感恩、悟出了宽容和理解这些人生最朴素也是最宏大的道理。至今清晰地记得，有一天晚自习时校园里突然停电，正在寝室的几个女孩担心那晚唯一一个出去自习的室友，便找出蜡烛一起摸索着去三教接应；我二十岁生日那天晚上在四教上课,下课时一位室友专门跑来"截"我回寝室,一推门只见满室烛光,其时已近期末大考,而那晚姐妹们却谁也没有出去晚自习,一起留在寝室为我"祝寿";毕业前夕我有一次感冒发烧,那时人人都在找工作的奔忙阶段,行色匆匆之余纷纷替我配药、买饭,怕我食欲差,还细心地买来我爱吃的开胃食品……毕业离校前的最后一个下午,六个人聚在已经搬空了的寝室最后打了一次牌,尾局终了时不约而同地伸出手来握在了一起,那一刻,我突然强烈地感应到这是一份多么宝贵的默契。

毕业多年后的今天,彼此的生活都发生了巨大的改变,亦不可能再有当年那样的朝夕相处,然而每有挫折、困惑、抑郁难平的时候,我们的第一个电话,通常都是打给彼此。

感谢复旦,给了我这么好的室友,这么巨大的财富;感谢我的室友,陪着我从生涩一路走来,陪着我一起收获人生的大学问。

另一道甘甜滋味,来自于一段"办报"经历。

大一下学期,班委会决定自办一份报纸,一来二去"主编"的职务便落到了我的头上。报纸定名为《WE 95》,既体现集体精神,也正好是我们的系名——"世界经济"的英文起首字母。首期推出的时候,从报头设计,到组织稿源,到拟创刊辞,到后期的输入、排版、印刷……还真有点风风火火的气势,很多热心同学都被调动起来跑腿、打杂。现在回想,那时候我们办报的方式相当稚嫩,办报的条件也比现在差得多,最基本的一点——当时全班九十一人,宿舍里没有一台电脑,所有拿到的稿件都是手写版,每一期光是输入工作就得召集十来个同学——都是义务劳动;还得借场地——因没有足够的经费到外面去租电脑,大多是找系里管机房的老师帮忙(当时在 300 号楼);而且那时的我们几乎还没有人掌握在今天看来是再简单不过的 Word 排版技术,得到处找"高手"帮忙——基本也是义务的——印象中似乎找关系托过计算机系的同学;还有两次甚至"没大没小"地扰上了教我们数学的朱弘鑫老师,好脾气的朱老师没有半点架子,有求必应地抽出自己的业余时间替我们义务排版,还慷慨地给我们"捐"过稿件……直到大三,我们班的男生宿舍里才开始出现了几个人凑钱买的拼装电脑,才开始有同学可以独立完成排版工作,我们的《WE 95》才开始逐步实现"国产化"……

比起班里同学对《WE 95》的期待,坦白地说,忝为主编,我实在没有投注足够的精力。《WE 95》一直不定期地坚持办到了大三——我一直没有机会感谢当时的另一位主编同学,他对报纸的责任心、敬业心实在远在我之上,可以说最后的几期报纸,除了少量文字工作,基本都是靠他一肩担尽——然而随着大四时节考研、求职的尘嚣日上,《WE 95》最终在我们的生活中黯然淡出,我甚至没能组起一期正式的"告别版",而这一遗憾,已然无可弥补。

我没能为《WE 95》做到更多,但《WE 95》却曾经带给我一份真真切切的甘甜滋味。有几次我抱着新印出来的一期到各个寝室去发放,总会听到几句真诚的"辛苦了"、"谢谢";有几次我会在信箱里收到没有署名的来稿,一首诗、一段散文、一篇小说,简单地附了张纸,上面写着:"谢谢你们为系报所做的一切。你们是幸福的……"

还有一段不能不提的甘甜滋味,那便是我在复旦的社团活动中的收获。

因为初进校时的"新生杯"演讲赛,我有幸参加了一些辩论活动,在那里结交了几位"同壕作战"的队友,也结识了一些高年级的师兄师姐,他们的辩才、学识、涵养、哲思成为四年的复旦生涯中对我影响最大的因素之一。从他们那里,我第一次听到"白马非马"、"彼岸世界"、"终极关怀"、"经济学的良心",从他们身上,我开始感悟复旦某种人格化的魅力。——如果一定要比附,我愿勉强把它具象为是一种纯粹的智慧与纯粹的道德的混合,这种混合让智慧明澈,让道德充盈,而在我看来,这正是一个真正意义上的大学生——不分专业、不分院校——的品格标志。

四年时间只是短短一瞬,离开复旦以后,很多当年的队友、辩友也就各自流散,各自淹没在茫茫人海的一角;而有幸至今仍保持着联系的,彼此之间一份淡雅的君子之交亦是一如当年,在各自快速的生活节奏中难得抽空一聚,无论是在哪里,我们便可无须借助任何卡拉OK之类的形式而畅聊不懈,一如当年围聚在相辉堂前的大草坪上讨论某个辩题的底线设计,任由星移北斗、明月西斜……

每个人都会在复旦品尝到不一样的甘甜滋味,唯有一点也许是共同的:这是一分专属于复旦的滋味,你很难再在其他地方领略到。

● 苦

对这个滋味我无法多说;倒不是怕触到自己心里的某种苦楚,而是因为这个滋味太沉,沉到几乎凝固,总是梗在了胸口,很难向他人描述到位。外界似乎总有一种误传,把复旦的校园生活描述得非常轻快,轻快到一种轻佻和吊诡的程度,对此我只能以自己曾经是复旦一名普通学生的身份说一句(而且我的专业介乎文理之间,来谈这个问题可能也会比较中肯):正因为是在复旦,所以只要你还想读点书做点学问,那就真的是苦的。四年中我尝到的最大的苦,莫过于那整整半年时常食不知味的复习考研,那一本又一本的专业书真的就像是一块又一块的硬骨头在等着我去啃,而我相信任何专业、任何学问都是一样的,那就是一旦你深入了、较真了,你就很难再肯放任自己有半点的马虎和敷衍,那时真的就是一种"欲罢不能"的状态,明知是块硬骨头,纵使耐个半宵寒也是非要啃下来不可的。——而比这苦更苦的是"白辛苦",我最终却是名落孙山。即便今日说起,我仍不讳言这是我整个大学生涯里的最大遗憾,因为它让我与复旦缘尽本科;但同时,这又是一份没有遗憾的苦,因为它是我人生中与经济学最为严谨和认真的一次磨合,它是我至今最扎实也最严肃的一次学术努力。

按照中医的理论,味苦属凉,可以"清火"。而我深信每个人在复旦尝到的苦味亦是如此,它可以浇灭我们心头的许多浮火、躁气,可以让我们变得更加沉稳、坚韧。

● 辣

辣是一种能刺痛人也刺醒人的滋味。在复旦，有时某一个场景就有这样的功效。

我曾有幸在 1998 年的春天亲眼看到过一次谢校长的背影。

那天是李政道教授来复旦开讲座，地点在逸夫楼，我和几个同学得知消息后赶去，门口已被和我们一样匆匆赶来的学子围了个里三层外三层，而会议厅内据说已经坐满，工作人员便在门口拦阻，由于态度不太妥当，便与门外的学生们发生了口角冲突，正有些吵吵嚷嚷，忽听有人喊了一声："谢校长来了！"嘈杂的人群顿时为之一挫，不约而同地回过头去，只见一辆黑色的小轿车开到门前停下，车门开处，穿着一身非常普通的黑色套装的谢校长缓缓走了下来，缓缓举步向台阶走去，这时候，仿佛有人在指挥似的，刚才还在鼎沸的人群刷地一下向后退去，台阶上顿时让出了很大一圈空地，几百双目光一起静静地围向谢校长的身影。谢校长的动作非常缓慢，她的步子不是在走而是在挪，逸夫楼前短短几级台阶，谢校长却差不多用了五分钟的时间才走完。看得出她的每一步挪动都非常吃力，可是她的步履中却又有一种难言的平稳，她的身形异常瘦小，是那种真正的弱不禁风；神情却又是出奇的平淡和从容。我记得，自己几乎是揪紧了一颗心在目送谢校长的背影，当她走上最后几级台阶时，我几乎感觉自己连呼吸都困难了。曾有一瞬我有一种想上前去搀她一把的冲动，并几乎愤怒于随同的工作人员为什么都在"袖手旁观"，后来才知道，是谢校长定下的规矩不让搀扶，因为她说自己还可以走……

可以毫不夸张地说，那一次，我的一个同学当场流下了眼泪。

是的，我们都被刺痛了，被谢校长的背影、被一个伟大人格的巨大辐射力、被一份自舛难中炼出的高贵，刺出了一道钻心的疼痛！

直到今天，我还经常用谢校长已然远去的背影，狠狠地刺痛一下自己。

● 咸

如果说酸是原味，那咸就应该是一种基调。它不比其他四味那么鲜明突出，却又最是朴实、醇厚、不可或缺。

在我的体会中，复旦最醇厚的滋味，就是那一分精神的充实与自由。

我的大学四年过得很平淡，没有取得突出的学业成就，也没有拓出绚丽的事业蓝图，我自认最大的收获，只是我曾经在复旦享受过一个闲云自在的四年。有无数个周六、周日，宿舍——文科图书馆——南区教工食堂——南区各处书店——文科图书馆便成为我的规律，这是我百走不厌的一条路线，也是复旦在我心上刻下的一道永远的轨迹。

——2003年秋天我曾去美国公务，途经波士顿，特意去了趟哈佛。当那酷似复旦的红砖楼、绿草坪遥遥出现在面前时，刹那间，我模糊了双眼。

旦复旦兮

1999年7月2日的中午，我告别了复旦。

此后的六年里，我曾无数次地回来过，虽然已不再是真正意义上的"回来"。这其中实在存在着一个很大的"不公平"：我费尽心机仍带不走它，而它不经意间却永远留住了我。

所以我明白，其实，自从踏入复旦的那一天起，我便再不可能与它告别。

有句话说得好：天空没有翅膀的痕迹，而我已经飞过。

借助以上这么多极其啰嗦、琐屑和杂乱的文字，我实际上也是想借此机会、隔着一段六年的时间来总结一下那个曾经的四年所带给我的一切。但我失败了。复旦于我的意义，如果用一些诸如"复旦使我受益良多……"之类的话来说，都会显得功利，这就像，我们永远不会说"我的双手帮助我劳作"、"我的心脏帮助我存活"这样奇怪的句子。

在我现在的职业中，一些最最基本的技能，比如电脑、网络，不是我在复旦学到的；比如英语的口译、笔译，也大多是我在毕业以后另外进修的。——然而复旦却永远是我的起点；或者说，正因为有了这个永恒的起点，我才有可能向其他目标进发。

这篇文章我写得颇为随意和主观，没有提炼出，也无法提炼出多少可供"后来人"普遍借鉴的"成功经验"，因为，在众多业绩骄人的同辈校友中（前辈我就更不敢比附），我从来不曾是，也至今不算是什么"成功"典范，我在这本书里的意义，可能只是代表所有曾经的复旦人中的一个普通阶层。这个普通阶层，他们在离开复旦以后的路途可能颇不平坦，也没有取得预想的光鲜与精彩，在与各种现实的碰撞中他们与原先设计的轨迹出现了偏离，出现了时断时续，他们还带着三分迷惘、七分倔强在继续摸索……

好在，所有的断续，都因为还有那一份"旦复旦兮"的坚持。

"日月光华，旦复旦兮"，后者，嵌着我们永恒的名字。

自由的神灯

1982年生于广东省中山市，
2001年就读于复旦大学计算机科学与技术
专业，毕业后准赴美国
Pennsylvania State University
读计算机专业的博士。著政项目结束后，
一直在实验室工作，已有两篇文章被录取。

黄 健

复旦的四年，珍藏于记忆中的是那一片片闪烁着各色光芒的玻璃片。

成功的定义，并不仅仅囿于一面：无论是喜欢天文地理，还是法语日语，在复旦，你总可以像擦亮阿拉丁神灯一样，发展自己各个方面的特长，让自己梦想成真。

成功的来源，乃是在于厚积薄发：在复旦，你总能够找到自己感兴趣的研究领域，在本科阶段就能够得到完善的研究支援，接触学科的最前沿，与指导教授互动。

寻找复旦的阿拉丁神灯，这是自由的神灯——无穷的可能性，丰富绚丽的人生。

一、玩在复旦

　　大学四年生活中留下的一片片彩色玻璃,为它们拼在一起,也能像教堂的玻璃窗,闪出五彩的光芒。

　　儿时在那一箱的《十万个为什么》的丛书中,我最喜欢的就是天文卷。如果说还有什么编织了我当个天文学家的梦想的话,可能就是希腊、罗马神话赋予那些遥远的星球可以名状的故事,又或是曾经在自行车后座遥望星空时候的浮想联翩。

　　我们可以长大,但无需让梦想褪迹。

　　这个梦想因为时间和城市光污染的缘故而在心里埋藏,直至大学第一年,加入了天文协会,才终于有了萌发的机会。协会,是属于拥有共同梦想的朋友,难以忘怀的有仲夏夜相辉堂的观星,佘山上海天文台的观星,当然,还有那年隆冬晚上的狮子座流星雨的观测。

　　那天晚上,我们在南区舞蹈室稍事休息(其实就是在讨论流星雨的情报),好不容易熬到半夜,浩浩荡荡一行几十人朝着北郊骑行。一路快行如飞,直至到了传说中的民工子弟学校,再朝着一个山冈骑行,路上一个岗亭上赫然写着:"傍晚六点至早上六点勿入山"。当然,我们还是走到了路的尽头,在一片伸手不见五指的稻田旁停下来。

　　狮子座的仰角较高,所以我们都躺在大路上,仰望星空:在近乎180度的视角下,在繁星闪耀的天穹下,在屏声静气的气氛中,欣赏大自然排布的最美的棋局。"流星!",第一颗流星就随着话音同时落下,狮子座流星雨就开始正式上演,精彩的有比翼双飞(两颗流星同时滑落),留下视觉中一长一短两条尾迹,惊呼之余,地下的情侣也踩脚说没有许下心愿；接下来的是火流星，暗红的一点就在天空中炸开了，还发出轰隆隆的声音，奇怪的是，这一点并没有化作尾迹，"我们是不是要给流星砸中啦！"此话一出，大家都乐透了。

凌晨3点，稻田里升起了雾，浓浓的水汽让人寒彻骨髓，我们再也躺不住了，大家捡来树桩、枯叶，在路边生起火来，驱走寒气。此时天上无尽星雨倏倏下，地上红红篝火腾腾起，虽然眼睛看过强烈的火光后就再难以观星了，但大家都兴致甚高的唱起《星雨心愿》。只是不一会儿，警车就打着大灯过来了……翌日早上，坐在长椅上，看着数分教授满黑板的算符算子，跟流星还颇有几分相像。

人称"玩在复旦"，这一点不假。大一刚进来，还是个循规蹈矩的高中生，却按捺不住爱玩的天性，那就在你有这样的时间的时候尽情释放吧。我比较欣赏的除了有天文协会外，还有自行车协会（注意：不是修自行车协会，是自行车远足协会），登山协会，摄影协会等等。虽然复旦也有给协会评星级，但正所谓青菜萝卜各有所爱，多听听、多参与，除了认识不少志同道合的好友，还能增长不少见识。无可否认，这么多的协会中也会鱼龙混杂，挂羊头卖狗肉的情况也是时有发生。但毕竟参加协会活动不同于上课，来去自由，选择一两个真正参与的协会，度过大一时候闲适的时光，其乐无穷。

二、学　在　复　旦

大学一年级还带着高中时代的几分青涩，但却从不枯燥：3106和3108的教室里，每天我都会准时的在晚上六点一刻报到，读那五部头的《吉米多维奇——数学分析全集》；8号楼每天十点半熄灯后，我们寝室每日的固定节目109室友夜谈；还有光华大道上、梧桐树下，我们的爱情故事；还有……

大二一觉醒来，忽然觉得，你就会满足于专业课学得好钻很深，或者课程拿个 A 或者奖学金吗？当然,这要成为我的一个部分,但不应该是所有,我们的学习需要其他感兴趣又有挑战性的课目,譬如法语。

陈良明老师的法语课,无疑算是复旦的明星课了。第一节课,五教二楼最大的教室,除了三个位置的板凳上挤了五个人,除了课室前后各加了两排长椅,除了每条走道上挤满了人,就连窗台和阳台也是人。选上课的旁听的还有慕名而来的,济济一堂;初来乍到,还以为是某宣讲会现场。

人称法语为世上最美、最严谨的语言之一,这说中了法语的两个方面,语音和语法(词法)。为了练习那个小舌音"r",每天早晚刷牙的时候都会在洗手间多呆十分钟,从开始呛水到后来熟练地用舌头与喉腔发出浊响;为了练习词法语法,每天走路都会念念有词的背着每个动词的八个动词变位,对着英文单词也会想它的法文读法。这一切原是那么无味枯燥,却因为 M. Chen(我们对陈老师的敬称)而变得不同。

M. Chen 在每节课的间隙,总会在走道上吞云吐雾,偶尔也会跟他的 Fans 聊天。然而每当上课铃一响,他就会精神一振,健步如飞地踏上讲台,然后以一句响亮的"Bon jour"开场。上 M. Chen 的课,就像一顿法式大餐,丰盛而不腻味。从路易十四到巴黎腔,从香喷喷的 Croissant(一种法式羊角面包)到清澄的葡萄酒,连桀骜不驯的万人迷 Delon(阿兰·德隆)也能被 M. Chen 精彩的陪同所佩服,更无论座上的诸位了。学语言离不开学培育语言的文化,M. Chen 的文化讲得生动而不离题,而他讲起语言本身更是精准到位,丝毫都不含糊。

法文课每个星期上四节课,四个学分,这比我很多专业课都要重,加上课下听磁带,写作业,正是万事开头难,花的功夫一分不少。然而一个学期下来,我从法文的零基础到现在法文水平达到初中的英语水平,个中的成就感哪是三言两语可以说完。

人在复旦,不可少的是要上几节名师名课,例如谢百三教授的

"中国金融市场"，美国研究中心的"当代美国"等等。上名师的课，不在"名"，而在"明"，作为一个理工科学生，更值得听听人文方面的老师纵横捭阖、针砭时弊，我想，这无疑就是复旦的人文关怀所在。

三、 吾爱吾师　吾爱研究

踏入大三的门槛前，自然而然地有两条分岔道，是做研究还是工作。我选择了前者，很大原因是䇹政学者计划，给了我一片做研究的新的视野。

䇹政学者计划是国内属于本科生的影响最大的研究资助计划，是李政道先生为纪念他妻子秦惠䇹女士设立的基金。面试当日，我们一行六人，来到吴立德教授家中。这是专家楼的一处寓所，屋里陈设简朴，面积不大——我们几个人就把厅堂挤得满满当当了，墙上几张证书，虽没看清内容，但已胜过任何其他陈设。

吴教授无疑是一等一的学者，他高屋建瓴地给我们这些本科生介绍文本组的研究，没有多么艰深的语言，而是一个个生动的例子：如何让计算机回答类似"美国第一个登上月球的宇航员是谁？"这样的自然语言问题，如何让计算机做托福的阅读理解题目，又或者如何估算通过多少个中间人可以跟国家主席认识等等。自此至终，他都是笑容可掬地娓娓道来。我当时都在想，在吴老师看来，他的研究已经变成了一种乐趣，我将来的研究也应该是这样。

有幸入选"䇹政学者"以后，我从系统评测工作做起，用大规模的数据测试搜索引擎的性能参数。暑假里这段时间，我的收获就是厘清了搜索引擎的架构，学会了 PERL 这种程序设计语言。暑假回来，一个偶然的机会，863 计划需要用到中文的搜索引擎，而当时，我们的工作是基于英文进行研究，因此，我就开始有了做自己研究的机会。因为时间紧迫，我与几个学长组成了一个项目开发小组，每逢下课我就会赶快奔向系楼,每逢午休我们就会边吃便当边讨论,每逢夜晚我们也会把系统运行起来,尽量的节约出机器时间进行开发。由于有暑假的工作基础,这段时间我担当了开发组长的角色,当时最大的考量是如何在最有限的时间得到最大的成果,因而我保持了项目组的人少而精,减少沟通的代价,同时也使我自己能够尽量投入到开发当中。而最后交收的时刻,我们更通宵地在火车上用手提电脑测试系统的运行。

作为工科生,那次的经验是在大学期间最弥足珍贵的,因为从当中真正实践到如何进行时间规划、如何协调沟通整个项目组、如何在遇到障碍时协调解决。然而,更多时候,我更加享受研究的快乐。大三时候,我专门选了我的指导老师黄萱菁教授的中文信息处理课程,而期末的项目恰好是一个开放性的项目。因为前一阶段做中文搜索引擎的时候,发现对香港地区、新加坡等的语料库中某些词语不能正确地切分,我猜想用计算机来分析中文在其他华语区(例如香港地区、台湾地区、新加坡等等)的差异性。我有预感这是一个非常新颖的课题,也许有人从语文的角度去度量方言与普通话的关联,但在计算语言学的角度去研究中文的地区差异应该是很新鲜的。而且普通话不是我的母语,我更有信心在这种研究中更加有敏锐的触觉。

与往常的研究不一样的是,在这次的研究中,几乎没有什么先验的知识作为指向,有的只是一些基础的统计语言学方面的知识,所以在研究中感觉特别的自由。另外,因为研究不是走解决问题的路,而是尝试从研究中去发现问题,所以,研究中很大的灵感来源于错误驱动的方法——通过系统产生的错误去发现问题。最后,整个系统完成以后,可以达到用统计学的方法识别方言的词语,以供辞典学家作进一步研究的效果。

我想,"箬政学者"为我打开了一扇通向学术研究的大门。也许有的同学一开始就由导师把题目拟订,然后按照一定的路线图做出有创新性的成果。而一年多做研究的过程,我走的是另外一条路,从学习基础的知识，到系统的实际操作，到真正的做研究，更多的是处于"弱监督"的状态。很感激吴老师的话：我们缺乏的往往是自己发现问题的眼睛。因此，我将研究中更多的时间用于发现问题，而没有将自己的研究局限于一个已知课题的框架下，然后，才是考虑怎样去解决问题。"箐政学者"对我最大的意义，是让我可以享受研究的乐趣，可以让我跟从名师，分享他独到的眼界。至于成果，到最后便是厚积薄发的过程，也就不一而足。

在做箐政的过程中，我有幸加入到"箐政学者"的学生管理委员会中，因而接触到复旦各科系最优秀的同学。特别是专责箐政项目的徐红老师，她谦和的态度、她独到的视野，莫不令我们深深为之佩服。这整个过程因为跟他们的互动，而变得更加生动且更有裨益。

四、思 考 之 旅

如果要从大学生活里撷取一段最浓缩又精彩的经历，我想，2004年我们复旦八位"箐政学者"的台湾之行一定会是我们不约而同的选择。

来台的当日，飞机在雷雨中从香港起飞，在雾雨中的台北降落，然而天气却没有影响我们的心情。刚下飞机，就感受到接待单位新竹清大的热情，他们在学校住宿紧缺的情况下腾出条件最好的新斋让我们入住；第一天知道我们的空调无法工作后，第二天就为我们开通，让我们在台湾闷热的天气下更好地工作、休息；校方还提供了许许多多的便利条件，例如临时图书证，临时网路，悉数以最快的速度为我们办妥。特别是专责交流事项的赖怡君老师，还亲自为我们在新竹市寻找最合用的充值型手机卡，且不论之前她为我们的交流事宜奔走新竹市政府、台北市等等部门多少个来回，这其中看得到的又或是幕后的无数工作，莫不让我万分感动。

　　这段经历细细述来,真是千头万绪,所以为之定下关键词,曰"游学"。

　　关于"学",我想最重要是让我拓展了视界。平常我们在实验室工作,都有非常明确的目标或者计划,比如要用统计方法做一个分类器,达到某个指标等等。然而在进入清大的人工智慧实验室后,我就深深地被他们的一个研究计划所吸引,对中文古诗进行研究。现代人对古诗进行分析不足为奇,然而我已经有了自然语言处理相关的研究基础,一下子无穷种可能性在脑海里迅速闪烁:是否可以用统计的方法对中文古诗的搭配关系进行分析,从而可以自动或者半自动地研究古诗;分析不同作者的古诗,然后比较他们的写作风格;李白、杜甫作诗不奇怪,但如果计算机能够"学习"他们的用词,进行作诗,那就是一大奇闻了。所有的这些可能性,就像火花一样的闪烁着,又稍纵即逝,但我都一一的将他们记下来,虽然我知道每一个都足以写下一篇博士论文,又或者只能作比较粗浅的研究。然而我跟苏丰文老师讨论的时候,老师非常赞同我的这些近乎天马行空的看法,并鼓励我尽量的去尝试,不用局限于现有的自然语言处理的方法。

　　接下来的日子中,我首先研究他们在卓越计划中(中文古诗的研究是 AI 实验室得到"国科委"支援的项目)积累的研究成果,然后开始自己的研究工作。捧着厚厚的一本《中文同义词林》,翻着三本枕头一样厚的《苏轼诗词全集》,才觉得自己的中文知识时有"书到用时方恨少"之感。其间,跟学兄学姐有很多的交流,我们一起一边吃便当,一边讨论很多的想法,然后付诸实现,测试各种方法的效果,他们也告诉了我很多他们在卓越计划中的经验和尝试过的路子。而老师,更是每个礼拜专门抽出一个小时跟我们讨论,对我的想法提出各种各样的有挑战性的问题,比如现在的方法不能保证作出来的诗句前后的搭配关系,诗句似曾相识等等,这些问题都使我接下来不断地想办法去完善。每天从早上十点到晚上十点,在实验室里时间总会飞快的流逝。那一个多月来我的工作效率特别的高,以至于从想法到雏形初现的系统，到一篇完整的文章，一切都是那么水到渠成的完成。

　　这段研究经历，带给了我很多的思考。我做中文古诗的研究，很多自然语言处理的专家可能会觉得是天方夜谭，首先是英文语义理解都是非常浅层的，我们对人类的语言习得还知之甚少，对中文这种弱文法语言（也就是说中文是粘贴式的语言），进行语法分析更是难上加难，古诗又较之现代文灵活、修辞丰富，更别说自动生成中文的古诗了。可能还会有很多专家会质疑，这样做的动机在哪里？是不是也能像现代科技一样带来实用的、商业上的效益？所以从一开始这些"实用性"的理由就可能把这样的研究枪毙了。然而就如 Galois（伽罗华，法国数学家）研究近世代数一样，当时很多人都不清楚用那么复杂的观念来看问题有什么实用的价值，但所有这些年来，从证明五次以上方程无根式表达到在密码学上的应用等等，所有这些都是那个时代的人所始料不及的。所以如果从开始的时候就把动机思考得非常明确，把研究工作的路线图定得非常清楚，我想，这无异于把研究当成了一条流水线上加工的产品，当然这样会比较容易得到一件如你所愿的成品，但也许，这样的桎梏就扼杀了很多意想不到的可能性。

　　而关于"游"，初到台湾，市长秘书及"国推组"的老师就语重心长地嘱咐我们，除了希望我们能了解这里的研究工作进行学习外，还希望我们能够尽量多的进行交流、旅游，广泛接触台湾的人和事。在台湾的每个双休日，我都会利用省下来的生活津贴，到岛内各地旅游：从北部基隆的风蚀地貌，到南部垦丁的白浪细沙，从西部台北高雄的文化商业都会，到东部花莲的峻岭汪洋，还有中部阿里山的云海神木、日出日落，日月潭波澜不惊的湖水，岛内的旅游资源的确让人惊叹不已。此间，还接触到台湾各阶层的人士，从地位显赫的政商名流到能歌善舞的原住民，从能言善道的记者播音员到朴实和蔼的欧巴桑，使我对台湾社会的众生百态有了比较完整的了解。

这里非常值得一说的是台北,有人说,台北外表不美,的确,作为旅游城市,台北不像香港那样有国际大都市的繁华喧闹气派,也不像上海一样有令人忆起20世纪二三十年代租界的小资气氛,但是——台北是书香四溢的文化之都。"府前"重庆南路长长的一条书局街,我花了一整天的时间在每个书局里浏览,从规模宏大的金石堂到小巧的各种主题书店,让我饱尝了文化大餐。在敦化南路的诚品总店,我更是花上了整整一个通宵,天文、旅游、摄影、科学前瞻各种各样的书让我一次看个够。

台北是亲近人的生活之都。台北没有香港、上海那样的寸土寸金,没有东京那样绷紧的神经,台北有熙熙攘攘的士林夜市,让人大快朵颐;有北投的冷热温泉,让人舒展身心;有淡水日落和特产"阿给",让人闲适。

毋庸置疑,台北也有令人失望的地方,如泛政治化的选举气氛,被人为割裂的社会族群,还有讲求"政治正确"的媒体等等。

这一路的旅游,带给我的思考是,在大陆一片唯 GDP 论成败声中,我们是不是忽视了什么?书店里销量最好的就是中考、高考、考研的一站式辅导书,人们为了衣食、住房等日夜奔忙,乃至无奈地诚惶诚恐。虽说"仓禀实而后知廉耻",然而缺乏人文关怀、生活环境变得越来越不人性化、离传统离大自然越来越远,这又是不是我们所追求的工业化的明天呢?

这一路的游学,每一天都是非同寻常的充实,无论从研究,还是从社会,有很多深层次的思考,同时,也带给台湾的朋友关于大陆的认知。在写上句点前,正好想到这四个字"不虚此行"。

五、神灯是什么

掩卷而思,复旦的四年是如斯的精彩,正如本书的主题,让我触碰到阿拉丁的神灯,让我梦想成真。

感谢复旦,她没有给我沉重的课业负担,没有给我一个模子让我变成千篇一律的"优秀生"的形象,没有给我名牌大学学生所谓的傲气。

感谢复旦,她打开了她的大门让我作为保送生进来,她提供了她的舞台让我做我的兴趣所在,她给了我最好的研究和游学的机会。

阿拉丁的神灯是什么? 我想,是自由。

谨祝母校百年华诞尤胜日月光华。

为文学拐弯

徐敏霞

1981 年生于上海，
1999 年被复旦大学中文系录取，
2004 年 9 月入复旦大学中文系
攻读现当代文学专业硕士研究生。

　　1999 年，幸运之神似乎眷顾了徐敏霞这个普通的上海女孩，首届"新概念"作文大赛的获奖，令文学创作先选择了她，使她在既定的人生道路上拐了个大弯，进入了复旦大学中文系学习。只有她自己明白，一两年间，在委屈、泪水中迅速的成长才是贵于一切外在荣誉、成绩的最大财富。2003 年，她主动选择了再次拐弯，只是这一次她更懂得了放弃。去宁夏西海固支教，看似离开文学，却是源于内心的坚定——为了更好地回到文学。

至今，高考是我所经历的唯一一场升学考试。身为普通工人的父母从来没有对于我施加过多的压力，我对自己的要求也是"量力而行"，所以在许多同龄人业余苦读或操练一些看家本领的时候，我总是在胡思乱想，给上海的一些中学生报纸投投稿。同学们除了知道我是学生干部、学生党员，并不知道我还喜欢写写小文章。高中毕业前的愿望是希望能考进华东政法学院，将来做一名律师。去华政面试的时候，一位教授还觉得我更适合报考侦察系，居然在我的推荐表上写下"线上加十分"。

今天我在做一个研究生的基本工作——整理资料。如果没有1998年的那个冬天，今天我会在哪里呢？是在政法大学的图书馆整理资料，还是在一个事务所里穿着套装泡开水？也可能正进行刑事侦察。我是不知道那个冬天的一张破海报会在我的人生轨迹上留下一个拐弯的，就是说在我以为自己还在走着直线的时候，在我捧到"光荣退休"证一样的奖状的雨天，我是不知道自己已经偏离了梦想，走到别的地方去了。

就在即将参加高考的那年，我参加了《萌芽》杂志和包括复旦在内的全国七所名校联合主办的首届全国"新概念"作文大赛，并获得了一等奖。文章得到了著名作家王蒙和铁凝的赞赏，1999年春天前的日日夜夜，我和写作的交集都只是些偶然的摩擦起火，包括那年的新概念。但复旦大学中文系的陈思和教授作为评委之一，很希望我能进入中文系提高自己的文学素养。在家人的一片反对声中，我填报了复旦大学，因为我想为自己选择一条更开阔的路。从之后几年实习、求职等经历来看，我对自己当时的冲动有了比较理智的见解，在这个"职业专门化"日趋完备的社会，双向选择将成为我们常常要面对的事，"鱼与熊掌不能兼得"，在行为上学会权衡和选择的同时，在心态上我们还要学会放弃，这样才能真正抓住属于自己的机会。

我的阿拉丁神灯，在复旦

当然通往大学之路也不是一帆风顺的。成绩公布后，我的分数和复旦的录取线相差了一分。只用了一天的时间，我就从失落中走了出来，让情绪钻牛角尖对自己只有是折磨，一边安慰自己考得并不差，一边安心等待上海中医药大学的通知书到来。可与此同时，"新概念"作文大赛的主办方《萌芽》杂志的编辑老师却觉得我不能进入中文系学习很可惜，积极向复旦的党委和招生办争取。非常意外的，在新学期开学前，我收到了中文系的录取通知书，成了班里特殊的"最后一名"。有时候我们不得不承认，规定通常是硬性的却不是一点点都不能动摇的，日常积累的点点滴滴都可能在关键时刻成为一块敲门砖。

很希望就此过起一个普通大学女生的日常生活。可我的得奖和被录取在五六年前的教育界被认为是一个"特殊"事件，不少平面媒体和电视媒体的采访纷至沓来，给你带来了意想不到的"名气"，也带来了你摆脱不了的伤害和误解。刚刚成年的我很稚嫩，也为此深深苦恼，只好抱着试试看的心情向辅导员张新颖老师求助，他只说了句"别紧张，轻松点"，我顿时豁然开朗：生活是自己的，你日日夜夜与之朝夕相处的人，才最需要你认真对待，至于其他的虚名，不过是一阵"人来风"，被动的人，才为之利用；至于做不做得成普通人，全在自己取舍。比起做一个速成的作家，可能知识更让我有敬畏感和神圣感。这个时期的情绪激荡比之高考的挫折更让我成长，从此以后我发现自己渐渐成熟起来，也懂得了保护自己，学校围墙内外的大小社会都独自游刃有余地面对。

不过说起大学生活的初体验，还真是件丢人的事。过惯了走读的日子，无法适应东区六个人挤在一起从早上刷牙到晚上洗脚的"耳鬓厮磨"，没有隐私和丝毫个人空间，我甚至还偷偷哭过呢。拥挤到无法下脚的房间，白光颤抖的日光灯，林林总总的应急工具，在今天住宿条件改善后可能已经成为学长们在 BBS 上怀旧的经典道具，可说实话，我依然不愿回首。与此相反，和室友的感情却在彼此的体谅和互助中日益升温。我没有和同班同学们住在一起,却有幸和高年级的师姐共处一室。她们把自己两年来对这个大学的观察和生活体验都告诉了我,供我选择,尽量避免我走弯路。她们中的不少人是外地生源,但很快就能适应大学的生活,因为几乎无一例外,进大学的头等大事就是找同乡取经。而同乡的学长通常也会毫无保留地传授秘笈给学弟学妹,大家都在异乡难免要别人的照应。例如师姐们从节省开支的小计划到求职之路的大计划,大多都是同乡们帮助实现的,公共课的教科书,走遍校园少不了的自行车,乃至业余兼职和最后的工作落实。认识一些同乡还能在想家的时候略解思乡之情,这是大多数本地同学体会不了的。其实只要抱着"以和为贵"的信念,很多相处中摩擦带来的不快都是可以避免的。我面临的另一个小问题是,大学的班级管理相对松散,不和同学们一起住,该如何融入我的班级? 同在学校生活多年后的练达相比,大学新生的特征就是常常成群结队,生怕自己有什么不知道的,被落下,心理上缺乏安全感,我也不例外。好在我们还有个集体的水房,这便成了我和同学们交流的好场所,师姐们的"秘笈"也成了搭讪的好话题。可以尝试和尽量多的人交往,但不要奢望和所有的人都能相处融洽(这样等于没有朋友),在交往中找到适合自己的一个圈子,无论在班级之内还是班级之外都需要这样的心灵驿站。成功绝不是单枪匹马独自练就的,如果感到"高处不胜寒",或除了自己和亲人就没有人和你共同分享喜悦,即便成功也有些索然无味。

　　几乎从一入学开始,我在心理上就处于一种很谦卑的状态,并适时地鼓励自己取得的小小进步。大学新生较多的都要面临一次重拾信心的过程。考试是强强的争斗,状元榜眼探花的拼杀总有人要"挂"了。作为"最后一名",我从不强迫自己年年要拿上个几等奖学金,但同时也要求自己总要尝尝奖学金的味道,不能四年过后空手而归,一点大学生的荣耀感也没有。当然如果目标直逼"直升研究生"的话,每次考试,特别是一二年级的基础课程时期就至关重要了,几乎每一次都不能落马。

我明白自己不是埋头苦干的类型，如果学习对我来说不造成沉重的负担而是愉快的积累，我会很乐意终身学习。大学之前我从不知道"可能性"这个词对于一个活生生的个体的意义，进大学这件事让我有点开窍，而上了历史系姚大力先生的古代史课，由于他时时强调历史真相的可能性，我开始考虑这三个字在自己身上会发挥怎样的效用。我开始不刻意给自己谋划将来的职业之路，却始终相信到我手上的事情，努力做好就又强大了一点，又获得了一种可能性。

我始终谨记的一句话竟然是"人的精力是有限的"，这成为我睡懒觉和打游戏时常用的借口。因为爱好写作，学习之外，我做的有意义的事基本上就是它了。曾参加过一两个社团，但由于活动过于频繁，任务侵占我的写作时间，中途就被我炒了鱿鱼。我会不时去听听感兴趣的讲座，或者"蹭"几场电影看，但不再进入"围城"，避免承担"义务"，也避免给别人的工作添麻烦。我有个同学特别喜欢大学夜间大大小小社团活动百花齐放的氛围，结交各种各样的朋友也是他的梦想，所以四年里把自己有兴趣的社团参加了个遍，总也不下十几个，天天晚上四年如一日安排满满，他也乐在其中。除了叹为观止，我只有自惭形秽的份儿，建议大多数懒汉没有超人的精力不要盲目效仿。

进大学不久上海电影制片厂的导演彭小莲就找到我，要把我在作文大赛中获奖的五千字小说改编成电影。内心深处我非常希望得到这样一个机会，学习一些我们的课程中没有的实践经验，但没有马上答应，而是虚心向系里的老师和一些有经验的作家征求意见，最后自己和导演谈判，要求劳动成果能够获得尊重，剧本要联合署名，并得到相应的劳动报酬。这是我第一次和成年人就我的劳动价值进行协商，对方有些始料未及，他们保留意见的地方就让我回家和大人商量，我总是坚持自己能做决定，最后达成了友好协议，开始了长达五年的资料收集和改编工作。一旦合同签署，我知道自己就要承担相应的法律责任,不可以随便中途退出,所以这次社会经验也让我较早地遵守起工作过程中的职业操守,尽量按照时间表行事,不延误整个工程完成的时间。

初次进行剧本创作是很艰苦的,原作中许多人物情绪化的句子都要落实到具体的事件和细节中去。遇到彭小莲导演对我来说是一件非常重要的事,她开了很多书单给我,要求我恶补现代派小说,着重研读作品中对人性的刻画。当时她刚刚创作完成了记录父母革命历程的纪实小说《他们的岁月》,在她对这个故事的复述和对自己的剖析中,我对人的复杂性有了直观的认识,这种认识最后就演化为对电影人物命运的控制。着手写剧本的时候我是个大一新生,而全国公映却在我四年级时,这期间小小说先被改编为长短相宜的中篇小说,再创作剧本,而剧本也根据不断变化的要求五易其稿。从拍摄完成到最后出品我体会到了电影人的艰难。这次难得的经历几乎耗费了我最初两年的大学生活,没有参加过学校的各个社团,也尽量推辞同学间的聚会,加上课程的紧张,整个人像一只团团转的陀螺。但这也加速了我的成长和对社会的了解。在对人物进行设计的过程中,我不断转换看问题的角度,这对后来研读文学作品理解人物都大有裨益。

可毕竟电影是要遵循大众娱乐口味的。很多次我和导演商讨定下的情节场景会被临时拉下重写;考虑到有著名演员担纲主演,原来的主角小女孩的戏份也要不断削弱,最后成了没有几句台词的角色。虽然我还在履行着合同规定,却明显感到我逐渐得到的领悟并不能在这个电影作品中体现出来。最后毛片由上海电影技术厂冲印出来的时候,我又激动又陌生,几乎不敢相信这就是和我相伴了三年的人物了。就这件事,我又和张新颖老师谈了心,他说只要是精力允许,我完全可以自己单独完成一部长篇小说,这样所有的人物和领悟就都是我自己的了。他的建议给了我启发,他也不是一提就完,而是时不时旁敲侧击我的近况,让我不敢懈怠,终于在电影上映的同时,我的小说也由作家出版社出版了,算对自己和师长有了拿得出手的交代。张老师也适时地送上给我的新书写的序,在这篇序里没有客套和蓄意的赞美,却是如实记述了我完成这样一部小说的过程,不是出于情面也不是出于敷衍,满纸中肯和了解。四年的本科即将结束之时,文汇报有记者问我对张老师带班的看法,因为有人觉得他的管理太过随意,基本从不组织集体活动,也很少召集班级会议。可就是我们这样的班级有人写出了电影剧本;有人写了小说;有人编了实验昆剧;有人成了首届青年 DV 大赛最年轻的评委;有人的文学评论在社会上引起极大反响——凡此种种,都得到了他的真心帮助。大学能给我们什么? 时间和空间,然后你自己琢磨着独自跳舞。你要学会求助,也要知道什么事情应该向谁求助,你不说,我怎么知道呢? 第一次写给张老师学年总结的时候,我是个戚戚哀哀的小女孩,好像这个陌生硕大的空间就要涨破我的心胸,使我彻底报废。但当我再次送上自己第二本书的时候,他说:"看来还是很努力的。"我们都长长舒了口气。

也许初入校园,对夹着包就走人的老师,我们会有些误解,以为他们难以亲近或者没有时间管我们鸡毛蒜皮的小事。可其实老师也很希望能和同学们多交流,不然就不会选择教师这个职业。不过也不要对他们所能提供的帮助抱有太过功利的期望,大多数时候他们起到提点的作用,给你提供另一个思路,而不是手把手地指导或者包办代替。大学老师和中小学的老师看待学生有一个根本性的不同,他们总是以你是一个成年人,你已具备和他共同探讨什么问题的能力为前提来同你对话,而不是之前我们所受居高临下型的灌输式教育。我本科一个同学患有比较严重的神经衰弱症,夜里需要准时睡觉,一有响动就会惊醒,但同寝室的同学都比较用功天天自习到翌日凌晨。她向辅导员提出换一个寝室,辅导员的回答是:"如果你和同学商量她们没有意见,我同意的。"同学觉得这是一次无用的求助,问题最终还是要自己解决。但仔细想一想,真是无效的吗? 此中不是含有一种暗示：你完全有能力自己解决这个问题。我会时常和老师保持电话或 E-mail 的联系，让他们了解我的近况，谈谈困惑和对策，听听他们的意见和建议，就这样自己的思路也开阔了，想问题也全面起来。

在文学上取得的单方面成绩是不能令我自己满意的，因为我很清楚这是爱好而不能当作事业来维持生计。多年来我一直仰仗着这个爱好挣一点零花钱，但很大程度上说来，文学是生活有所保障的时候气定神闲安下心来做的事，也同时需要作者加强生活阅历来维系。为此我还是需要为将来的职业进行谋划。报社编辑的工作对我来说比较理想，上班的时间固定，每天都有自己的业余时间。大三实习的时候，在解放日报报业集团的人事处，我主动选择了去《报刊文摘》编辑部工作。文摘的工作每天需要纵览大量的报纸杂志书籍，对各类出版物的风格研究比较全面，既有利于我积累今后的职业经验又有利于我开拓作品发表的平台，但相比在记者岗位实习的同学有独立的采访报道，这个岗位的实习成果就不那么夺人眼球了。不过，我不在乎。可能部主任最初对分来的本科生并不感兴趣，因为这几乎就是一份研究性的报纸，研究生通过系统学习掌握一定的研究方法才能较快成为熟手，本科生往往会坐不住，耐不住寂寞。他常常旁敲侧击，这是一份为他人作嫁衣的工作，不像记者的大名经常能见诸报端，如果有能力重新找个实习单位，他建议早走为妙，估计以往有不少实习生就这样着了他的道。但我总是一笑了之，坚持工作了三个月，不仅了解了报纸的主要风格，还对同一新闻事件在不同类型报刊上的报道深度了然于胸。做完带教老师布置的工作，还和编辑部里所有的老师搞好关系，他们新配备了电脑，我就成了故障排除员；他们午休打乒乓我就陪练；一个老师腿骨折我就是她的拐杖。因而老师们都爱在业务上教我两招，渐渐连版式设计也放手让我做了。一天午饭的时候，主任悄悄对我说："其实以前说这工作未必适合你，还不完整，下半句是，是金子总会发光的。"我也悄悄地回答："我要的就

是您的下半句。"又有一天,他拿来一本《电影故事》,指着封底《假装
没感觉》的海报说:"小徐,这个编剧的名字和你一样的。"我说:"哦,
这就是我啊。"他露出惊讶的神色,又问我对未来工作的薪酬有怎样
的展望。我如实表达了自己希望在这里工作的愿望,也表示没有特
殊要求,和每个新进的大学生一样就好。实习期满,主任诚邀我常回
编辑部坐坐,来年愿我能成为大家的同事。职业生涯的帷幕好像正
徐徐拉开,我的面前是平坦的通途。

　　我总在冬天拐弯,过去的生活还在这里继续,我就想跑到那里
去。两年前的冬天,我决定在大学毕业后去一年西海固做志愿者。
真的,如果让你一生只做一件事,你会做什么呢? 你其实说不出来,
但你还是狡猾地回答,我的一生尚没有完,如何决定? 不过我肯定尽
心尽责,无愧于心。

　　2002 年 10 月初,我听说了团中央组织的中国青年志愿者扶贫接
力计划研究生支教团再一次启动了。这唤起了两年前的暑假,我在
嘉定某乡镇实习时曾有过的冲动。那天整理完档案,我无意中在《解
放日报》上看到了对第一批研究生支教团的跟踪报道,当时心里就为
之一动,强烈希望自己成为他们中的一员。但在向家人略微表示出
这样的意思时,却遭到了同样强烈的反对。父母维持我的学业非常
不容易,最大的愿望就是我能快快独立,承担家庭义务。因为是研究
生支教团,必须先取得研究生入学资格再去支教,这样前后就要将就
业再延迟四年。原本我已将这个计划按下,但启动的通知一出,我又
按捺不住了。决定像四年前参加作文比赛一样,先斩后奏,一旦未
果,那就不了了之,也可以避免一场家庭战争。

　　在上海生活了二十年,每次登上一座高楼我都会由衷地升起一
种压抑感——我们的目光总是被眼前的又一座高楼挡住,看不见远
处的东西,头顶是被摩天楼割裂的天空。也许夸张地说,睁开眼睛,
我们仅仅只熟悉自己的鼻尖。我不认为出国是拓宽眼界唯一的出
路,事实上给我一个陌生的地方,让我生活一段时间,就是非常宝贵

的经验。看看这些年我们写作的题材吧,除了人还是人,除了城市还是城市,除了自己我还有什么呢?城市里的工作,我会用漫长的余生来完成,又为何舍不得用一年的时间来换取一生难忘的经历呢?放弃理想的工作是可惜的,但我自信事后能把它找回来,过分谨慎保守不应是复旦人的行为方式。

由于对这件事年年关注,所以在向系里的老师询问的时候,他们反倒还没有接到通知。我又向团委主管这个项目的督导员咨询。当这个项目正式在全校启动的时候,我就得到了多方的通知,也很顺利地拿到了报名表。而事后有这方面意向的同学问我,他们怎么不知道这件事,我只好遗憾地告诉他们,自上而下的信息传达难免有遗漏和疏忽,守株待兔的结果往往只能是坐以待毙。最好的办法是如果对一项活动有意,就密切关注每年这个项目启动的时间,浏览团委网页也会得到第一手资料,还可以在 BBS 相关版面上问讯。

志愿者的选拔要经过申报和答辩两个程序,目的在于展示自己的风采,给评委一个选择你的理由,不经过准备盲目上阵是有欠考虑的。根据经验,一般都会按照比例事先有入选人数的控制,在入选的人员中也会适当考虑各院系的平衡和文理的均匀。外语能力佳,或数理化特长都是过硬的优势,因志愿者即将从事的是基础教育工作。注意仪表和谈吐风度,大学的松散生活有时会养成过分随便的习惯,蓬头垢面睡眼惺忪地站在讲台上是大忌。如果本院系有好几个同学共同入围答辩,就要逐一比较自己的优势和弱势,要善于扬长避短。在软性的综合素质上,要突出参选的目的,评委一般会在这方面考验你支教的动机。最失败的是说自己为了直研而支教,这显然有悖于活动主办方的初衷,会被归于动机不纯,不但招致评委的反感,还会成为不抱这样目的的同学接下来演讲的攻击对象,而你的规定时间一过,就意味着失去了任何辩解的机会,只能任凭竞争对手的发挥和攻击。诚恳地表达自己想为别人做些什么的愿望,比较能打动人的是自己曾经参与过类似公益活动的小故事和证明。我事前没有这方面的经历，也和盘托出，告诉大家自己在校外取得过的成就，表达想在毕业之际为学校做贡献的愿望。自己对于教师职业的适合度也很重要。有同学为了表示自己的能力强，强调16岁就上大学的事实，不幸被提问"20岁不到你有没有能力让年龄比你大的学生听你的话"后，哑口无言。其实应该相反的强调自己的老成，即使一时想不出对策，也不要冷场，可以说说因为自信而获得成功的例子，底下可都是模拟的"学生"向"老师"提问哦，被难倒多没面子？对于受援地的了解程度和适应程度也是评委们很关心的方面。不要报有关受援地的数字，像西吉县有多大啊，有多少贫困人口啊，这些网上都有，评委还会"不怀好意"地提出来，应该切身谈谈你是如何知道这个活动的，如果有对以往工作的意见和建议就更好了，暗示了你上手就能投入工作的能力。评委会问，你看上去很弱小，或者你是个城里的孩子，你怎么在艰苦的环境下生活啊？一定要拿出有说服力的证明来，比如你是个体育健将，比如你的自理能力很强等等。畅谈多年来的阅历可能也是一种打动评委的攻心战术，入选后我们这些志愿者交流时，都觉得对一位同伴当时的演讲记忆犹新，他的家乡也在西部，他讲述了很多西部的现状和自己同父亲一起四处打工筹钱上大学的经历，让评委的提问在不知不觉中都向着对他有利的一面倒去。

我把通过答辩入选的事通过电子邮件向远在韩国讲学的张新颖老师汇报，由于多方的反对，我很需要一个熟悉的人来支持我的行动。张老师的意见是我应该去，并相信我有能力克服那里的单调和记录下那些单调。

2003年8月，本科刚刚毕业的我就和八个复旦的同伴一起踏上了宁夏西吉县的土地。在这里我们将作为大社会里独立的成年人而存在，不是谁的掌上明珠，也不是躲在学校的围墙里不经历风雨的受庇护者。教学本身的挑战对我们这些没有经过师范专门训练的年轻人来说还不是最大，毕竟大家多少都有做家教的经验，困难的是如何融入陌生的生活环境和兄弟民族和平共处。你只能依靠前辈留下的点滴心得和自身的摸索来完成这一次融入。黄土高原的天空是很明净的,比你想象的更博大,但生命之源是混浊的,甚至干涸;你的学生是好学的,天天瞪着乌漆漆的眼睛求知若渴,但他们也是健忘的,第二天就说那些知识点你昨天没有讲过;你的嗓门变大了,你喝上酒了,会猜拳了,有点世故了,好像都不是你期待的,可是你更懂得保护自己了,懂得迂回地为学生争取长效的利益了。你有点不温和,甚至强硬,即使一年后回来,发现自己什么也不怕,心和面都有些隔阂。

新华社的一个记者通过电子邮件采访我,我写给他"我愿意做城市与乡村间沟通的桥梁"。后来我在网上看到的新闻,成了我说"我愿意做爱心的桥梁"。看来大多数世人都没有认识到"沟通"的重要性,所以城市和乡村才这样隔膜,像两个世界。城里人希望通过我们的行程来说明贫困山区不堪想象的现状;而乡里人希望我们承认自己的养尊处优,放下水桶扁担,撒开炉子锅铲。我却让他们两厢都失望了。在《东方早报》和《文汇报》的纪实散文里,我高高兴兴地在西海固生活,每一天都忙着照顾工作和自己。在人烟稀少的空旷环境里,自然是这样大,人是这样小;也只有在这样空旷的环境里,你听到了自己的呼吸,体会到了存在。人都应该有去陌生地方生活的愿望,天大地大,总有你的地方。

在通往西吉县的路上,我接到香港中文大学的电话,说我年初参加第二届"新纪元"全球华文青年文学奖的小说作品《脆弱的联系》获奖了,希望我圣诞节前能去香港领奖。这对当时的我来说,成了一件荒谬的事,处在偏远的深山,如何抽身去香港领奖? 远在千里之外的团委老师和院系老师、师姐却忙成一团,为我积极办理通行证。12月,西海固已冰雪封山,我还是辗转回到了上海,又转道去了香港。参加这次的比赛,我是为了摆脱四年来"新概念"加于我的标签,为了证明自己没有停步不前。在面对众多获奖的华人青年和两岸三地的著名作家学者发表的获奖感言中我说:"之所以我要花费这样大的精力从遥远的地方赶到这里,就是为了告诉你们世界上还有这样的地方；也为了回去后能点着照片告诉孩子们，真的有一个城市名字叫香港。"华文奖的获奖者有很多，青年志愿者也有很多，我很荣幸自己是一座桥。

虽然功夫常常做在校外，校内却有我最好的良师益友。从西吉回到上海，研究生的生活刚刚开始不久，我很庆幸自己能跟随最信任的老师读书，在他的庇荫下赖着不走；又能得到陈思和老师的鼓励和教诲。因为他们和另一些早已从复旦毕业的前辈的帮忙，我的许多小困难才能迎刃而解，我才摇摇晃晃地长了起来。有时真的非常任性，非要拧着走，甚至发脾气说"再也不要从事和文字相关的工作"。但怎么可能呢，敬畏之心常在，努力不懈，即便偶尔离开文学，也是为了更好地回到文学。

附录：

作者 1992 年起公开发表习作。1999 年，小说《站在十几岁的尾巴上》获萌芽杂志首届全国"新概念"作文大赛一等奖。与导演彭小莲共同创作电影文学剧本《假装没感觉》，2002 年 9 月上映。2002 年出版长篇小说《我是波西米亚人》、散文集《书女屋》。2003 年小说《脆弱的联系》获香港中文大学主办的第二届"新纪元"全球华文青年文学奖小说组季军。

起舞弄清影，我走化学路

张任远

1981 年生于上海，
2000 年就读复旦大学化学系，
2004年开始攻读复旦大学化学系博士研究生，在赵东元教授课题组从事纳米材料、介孔材料方向的研究。

高中时与化学结缘，仅凭着一份兴趣来到了化学系，在这里，找到了自己前行的道路；小学时与舞蹈结缘，初中高中的无奈，终于在大学里寻找到了舞蹈的乐趣。化学和舞蹈，都已成为我生活中不可缺少的元素，起舞弄清影，我走化学路。

一、少年壮志不言愁

从小学开始，就觉着电视里穿着军装的叔叔们特别得威武，特别得帅，所以一直希望能有一天自己也能穿上军装，有朝一日能够成为一名将军。这个梦想一直伴随我到了初中。初二的某一天，视力检查，发现患上了近视，犹如晴天霹雳，将我的美梦惊醒，顿觉百无聊赖，生活失去了方向。第二天一觉醒来，大吼一声"天生我才必有用"，又高高兴兴地开始了新的一天，真是少年不识愁滋味。

初三，无意中看了一套科学家丛书，深深被爱因斯坦、牛顿、居里夫人这些科学巨匠们独特的人格魅力所吸引，于是乎长大做一名科学家成了我新的目标，幻想着有朝一日能够登上斯德哥尔摩的领奖台，希望能用自己的双手和聪明才智来推动社会前进的步伐。高三保送复旦大学，选择专业的时候，我对物理和化学都怀着非常浓厚的兴趣，但由于高中物理学的大都是经典物理的知识，感觉上已经是一个完善的体系，不可能有很大的突破了；而化学书上却经常能看到某某问题目前还没有研究清楚之类，有很多的假设和猜想，想来以后需要而且也应该会有一些重大的突破性成果，相比之下化学有着更多的挑战和机遇，所以考虑之下我选择了化学。当时作决定的时候还遭到了老师和父母的反对，因为他们都觉得搞化学很危险，对身体不好，固执的我到最后还是没有听从他们的劝告。

二、初来乍到

　　初进复旦,第一个感觉就像是一条小鱼游进了大海、刘姥姥进了大观园,一下子眼界大开。特别是在基地班,到处都是非常"牛"的同学。班里有位姓丁的同学,高二高三连续两年拿到全国化学竞赛一等奖,化学方面的功底非常深厚,人非常聪明,没见他怎么用功的学习,但是考试都能取得非常好的成绩。物理基地班则有一位姓周的同学,高中参加全国化学竞赛好像拿到了全国第四名,据说他刚来报到的时候,物理系的某位领导激动地握着周同学父母的手说"感谢你们为国家培养了这么好的人才"之类的话。他学习非常刻苦,和我们一起上高数课的时候,经常课间去和老师讨论问题,我们称之为和老师"单挑",只看到两个人在黑板上写着一些奇怪的式子,下面的人刚开始还试图看懂他们在讨论什么问题,到后来就放弃了;周同学后来在大学四年里除了修习他本系的课程外,还学完了数学系、化学系所有的专业课程,而且几乎所有的成绩都是 A,所以后来这两个系的同学看到他来上课的时候就大呼"抢 A 的人来了";他毕业后去了哈佛大学。还有生物基地班有位姓张的女生,高中考托福,大一考高级口译,大二 GRE 拿了两千三百八十分。各式各样的"牛"人真是一抓一大把,而相较之下,我却什么突出的地方都没有,可能唯一拥有的就是对化学的一份兴趣吧。

　　来到这样一个"牛人遍地走"的环境,很多人都会一下子很难接受这样的事实,毕竟在高中里大家都是各个学校的佼佼者。我倒没有很大的不适应,因为我有法宝在手——阿 Q 自我调整法。其基本思想就是,为什么一定要和其他人去竞争呢? 既然差距太大,那么就不去 care 其他人,变与他人竞争为与自己竞争,以昨天的自己为原点,今天的任务就是超越这个原点,而明天的任务则是超越今天的自己,一步一个脚印,走自己的路,不为其他人所左右。这一招是我在高一的时候领悟到的,当时也和现在一样,刚从自己镇上的初中毕业来到松江二中这所市重点中学。

三、学在复旦

大学里没有了高中时升学的压力可以自己选择怎样去对待学习,但作为学生,学习还是我们的基本任务。

大一的时候为了四年以后能够出国留学而心无旁骛的学习,但到大二,系里某位领导在一次年级大会的讲话中表示我们这种没有参加高考的保送生毕业后不能出国,只能直研,顿时有种失落的感觉,学习的热情一下子降至冰点。(后来到大四的时候才知道实情并非像那位领导说的那样,还是可以出国留学的,但已经为时晚矣,没有考 G、考 T,这也算是大学里略有遗憾的一件事情吧。)

之后开始为直研而做准备,选择方向、导师和课题组,大三开始进入实验室,一边在实验室学习,一边还是要继续完成所要修习的课程。

平静下来之后,想想之前为了出国而一味的专心课程的学习其实并不一定是一条最适合我的道路。"条条大路通罗马",没有了之前那种对课程学习的专注和对绩点的过分看重,开始在实验室与课程学习这两者间寻找一种平衡。我后来的学习方式是将课程的最基本的要点掌握住,不在边边角角的地方花太大的精力。很多东西知道一个大概就可以了,以后用到的时候知道上哪里去查就行。

我发现这样的学习方式就其效率而言非常高,可见小学里老师说的"想要拿到一百分中的后三十分所花的精力是拿到前面七十分所花的精力的好几倍"这句话确实是正确的,这样的学习方式也非常适合像我这样不再一心想着出国的人,因为虽然绩点已经并不看重,但如果太低的话是连直研的机会都没有的，想着毕业后找工作的同学也应该是一样的吧，基本的绩点还是需要的，我后来的绩点基本上维持在 3.5 左右，既可以顺利的直研，又可以省下很多的时间和精力可以放在实验室的学习上了。

四年里上了几十门的课，对某些课的印象特别深。

实验课——最感兴趣的课。好多同学对我的评价是上其他课的时候无精打采，有时候甚至睡眼蒙眬，但一到实验课的时候就生龙活虎、精神百倍。确实，实验课是我最感兴趣的课程，无论是物理实验还是化学实验，无机实验还是有机、物化，这也是我所有实验课都是 A 字头的缘由吧。每次做实验之前，我都会对将要做的实验提出一些问题，然后再做实验过程中寻求问题的答案，这应该是实验带给我的最大乐趣吧。特别是到大三、大四的综合实验，基本上每个实验都是一个小的课题，有很多值得探索的东西。比如有一个做氧化钇发光材料的实验，讲义上的实验过程非常简单，只需要将两种固体混合在一起，充分研磨之后，放在炉子里烧一下，取出来测一下发光效率就可以了。但我在做这个实验的时候，就在想，产物的颗粒大小和晶化程度对发光性质有什么影响呢？于是就利用自己实验室的设备对材料进行了激光散射粒度分度测试和 XRD 的测试，通过比较得到了一些结论，这些结果虽然不一定有什么价值，但我非常享受这样一个自己提出问题并试图去寻找答案的过程，乐在其中。

谱学导论课——最有用的专业课。这门课主要讲一些常用的谱学分析方法，绝大多数化学系研究生回忆本科课程时都觉得这门课是对现在的科研最有用的一门课。所以虽然其他很多课我都不求甚解，但还是花了一定的精力在这门课的学习上的。而且由于已经在实验室学习了一段时间了，很多分析方法都接触过，经常是在学某一种分析方法的时候就去实际做几个样品测试，验证一下课本上的一些结论，有什么不懂的就及时请教老师，并且将实际科研中碰到的一些问题也和老师进行讨论。

物理化学（上）结构部分——号称化学系最难的课。讲授这门课的老师是被我们评为化学系最受欢迎的老师，著名的陆 sir——陆靖老师。陆老师也是化学系有名的"杀手"，有人甚至谈"陆"色变，或许你会奇怪为什么一个"杀手"也会被评为最受欢迎的老师，那么建议你去上一堂陆 sir 的课，亲自感受一下陆 sir 的魅力就会知道答案了，深入浅出、激情睿智、发人深思的物化课会让你疑问烟消云散。在课堂上，同学们尤其喜欢听的是陆老师讲一些相关科学家的奇闻轶事。一个个小故事，引人入胜。有一次讲到奥本海默，说他小时候非常聪明，经常在网上和一个类似"奇石爱好者协会"的组织交流探讨，造诣颇深，但其他人都不知道他还只是一个九岁的小孩，有一次被邀请去一个学术研讨会作报告，结果被保安拦在门外，理由是未成年人不得入内，解释之下才被许可进入，并从此名声大噪，被称为"神童"。一个个小小的故事，引人入胜，听得我们津津有味。

音乐审美——培养了我对高雅艺术的品味。从小耳闻目染的大都是一些流行音乐、通俗歌曲，对此我兴趣缺乏，这门课主要是让大家欣赏一些经典的音乐、歌剧之类的。从此一些诸如贝多芬、莫扎特的钢琴曲之类的 classic music 开始在我的电脑上出现了。一直幻想着能像爱因斯坦那样会拉小提琴，却总是高山仰止，没有勇气和信心付诸实践，想想自己有舞蹈这一爱好也就够了吧，虽然不去学，但偶尔欣赏一下感觉也是不错的。

四、科研路，良师益友

说实话，虽然没进大学前就想着要从事化学科研，但是直到大一的时候对什么是科研的认识还是非常肤浅的。

大一暑假，我们班的几个同学申请了一个暑期社会实践项目，是做市面上的一些软饮料（如可乐、美年达、橙汁等等不含酒精的饮料）

163

中添加剂含量的测定。我和另外两个同学分管实验部分，从一开始的查资料，设计实验方法，到后面的做实验，总结数据，得到结论，忙乎了半个多月。虽然是一个非常简单的项目，但让我第一次对做一个项目有了初步的概念，最后得到结果时的喜悦自然是不言而喻的。当时我们只是对市面上一些知名的品牌进行测试，结果当然都是符合国家标准的，但我们也发现相对来说，美年达中的人工色素是所分析的几种饮料中含量最高的，之后的一段时间里我每次跟其他同学聚会的时候总是谈起说以后不要喝美年达了，呵呵，第一次如此深切的感受到化学就在我们身边。

大二既然得知只能直研，那么就想着要开始早做准备，提前进入实验室了。大二下学期，我开始着手了解化学系各个课题组的一些基本情况，研究方向、导师带学生的方式之类的。然后在自己感兴趣的几个课题组实习了一段时间。

大三上学期，基地班学生必须要进实验室，我最终决定选择化学系赵东元教授课题组，从事纳米材料和介孔材料的研究。影响我做这个选择的主要有三个因素，首先是这个领域是化学中非常新的、正在蓬勃发展的一个领域，富有挑战和机遇，加上我对于微观世界也有着非常浓厚的兴趣。另外两个因素则是因为人的关系，一个是赵老师，还有就是田博之和刘晓英两位师兄师姐。

第一次知道赵老师是大一的时候，我们基地班科学讲座的第一讲请了赵老师来给我们作讲座。那时候就觉得赵老师是一个科学家，既有着严谨求实的科学态度，又有着小孩子般的对未知的微观世界无比的好奇心。后来在打听之下得知赵老师带学生的方式非常开明，能够让学生有非常大的自主空间，不过也听说赵老师对学生的要求非常高，所以很多人都不敢到赵老师课题组，但这不正是对自己的一个挑战吗？

进了课题组之后，慢慢对赵老师有了更多的了解，赵老师的的确确是一个真正的科学家，也是一个好导师。赵老师对科研的态度非常严谨，他对我们实验记录的要求是让别人能够看着实验记录就能够重复出你的实验结果；要求每个工作在发表之前都要有重复实验。赵老师还是一个"工作狂人"，每天早上 8 点之前就来实验室，晚上要到 11—12 点才离开，有时候凌晨 2—3 点甚至更晚，而且没有双休日，每周的工作时间在九十小时以上。化学西楼的大门由原先的晚上12 点锁门变成现在的电子刷卡自由进出据说就是赵老师提出的；吉林大学的肖丰收教授有一次从国外出差回来，拉着行李到了实验室，他的学生说他是"工作狂"，肖教授就说他和赵老师比差远了，这都是跟赵老师学的。赵老师也很谦虚，虽然他头上的光环有很多，但他常说的一句话是"我首先是一个科学家"，并不为其他虚名所累，每两个礼拜会看一次我们的工作汇报，和我们讨论工作进展，平时遇到什么问题都可以随时找他。对于学生的科研，赵老师非常严格，他经常教育我们要 focus on 在科研上。还记得有一次周六的晚上 9 点多，我在寝室休息，赵老师打电话到我寝室和我讨论工作，最后说了一句："要去做啊！"我就又跑到实验室去做实验了。而且，对于我要做什么课题，赵老师也没有任何硬性的规定，当我自己有个 idea，就去和赵老师讨论，一起进行可行性分析；更多的，是我在碰到问题的时候去和赵老师讨论解决的方案，这样，我的自主空间非常大，可以充分发挥我的潜力。赵老师也非常关心学生的日常生活，有一次还在接受采访的时候为实验室的几个高年级但没有女朋友的博士做宣传。

　　第一次知道田博之和刘晓英的名字是在赵老师给我们作讲座的时候提到的，之后又听到了系里的很多老师对他们两人也都大加赞赏，据说两人的学习成绩是他们年级的第一、第二名，被人称为"天生一对"、"神雕侠侣"。很多羡慕的人就说这样的强强联手，岂不是少了两个 F2 的机会？系里师生之间至今还流传着很多关于他俩各种版本的爱情故事，有一个版本说田博之是用一个量筒插着一枝玫瑰花向刘晓英表白的，呵呵，果然有化学系特色。后来在一次座谈会上，认识了田博之和刘晓英，他们的博学和谦逊深深地令我折服。我想和这样优秀的人在一起工作应该是一件令人赏心悦目的事情吧，以他们为榜样，也可以成为我前行的动力之一。

进组之后，了解多了，更觉两人的优秀，特别是博之师兄，无论是科研还是做人，他都是我学习的榜样和奋斗的目标。博之师兄不但非常聪明，而且是一个非常勤奋的人，每天工作十二个小时以上，他的成功相信也来自于此，他 3 + 3 本硕连读毕业，被授予博士学位，期间共发表 Nature Material 等期刊论文近三十篇，后被美国哈佛大学录取。更可喜的是晓英师姐也同时拿到了哈佛大学的 offer，两人双飞哈佛，成为一段佳话。博之师兄还是大家公认的"好人"，是那种觉得如果自己不去帮助别人就是自己做错了的人。科研上，博之师兄和晓英师姐两人都非常热心地指点我，一起讨论各种问题，经常提出一些非常好的建议。在我的一个研究结果被国外某课题组抢发而失落的时候，两人也不断地开解和安慰我。生活中，我和他们也是非常好的朋友，空闲的时候还指点他们跳舞，遗憾的是他们举行婚礼的时候我由于要参加毕业典礼而没能赶去。

进入赵老师课题组，实际从事一些课题的研究之后，才开始真正体会到了科研的苦与乐。一周在实验室工作六十到七十小时是家常便饭，晚上 11 点以后才回寝室也是正常现象（和赵老师相比还是差远了），有时候甚至要通宵做实验，还记得大四作毕业设计的时候有一次连续三天只睡了八个小时。一次次的失败也是不小的打击，但身边有赵老师和各位师兄师姐的鼓励和支持，失败了就一起讨论，分析问题；一次次的发现问题然后解决问题，科研的乐趣或在其中，成功时的喜悦让人觉得之前的所有努力和失败都是值得的。

五、起舞弄清影

记得小学四年级的时候，学校里新来了一个年轻音乐老师，然后找了一群人排练了一个交谊舞,在"六·一儿童节"的学校文艺演出中表演,我也是其中一员,而且由于表现出色,被老师挑选为领舞,从此我喜欢上了跳舞。后来初中和高中以学业为重,一直没能有机会好好学跳舞。

到了大学,终于有了这样的机会。大一得知体育课中的体育舞蹈课教的是国标舞之后,非常后悔自己为什么不选那门课呢? 心想大二的时候一定要体育课选修体育舞蹈。结果第二年选课的时候体育舞蹈成为一大热门,我不幸的没有选上课,但我没有放弃,因为听说由于很多人没有选上体育课,第一节课的时候部分班级会增加一些名额,所以第一次上体育课的时候我就早早跑到体育舞蹈的上课地点,向老师报名,终于赶着末班车进入了体育舞蹈这一班。

怀着激动的心情,开始正式学跳国标舞了。第一学期的舞种是被称为拉丁之王的伦巴,由于伦巴有很多的胯部动作,和我们一般的行为举止不大一样,所以一开始非常不适应,我就每天抽空练习基本动作,经常练得浑身酸痛,但功夫不负有心人,随着时间的推移,渐入佳境,越来越体会到了伦巴作为拉丁之王的魅力,而且考试的时候也得到全场最高分。第二学期学恰恰和华尔兹的时候也是如此。

欢乐的时光总是流逝得比较快,转眼一年过去了,大三开始没有体育课了,但我已经深深喜欢上了国标舞。于是,我就加入了复旦大学的国标舞协会,经常去参加他们的舞训,成为协会的"资深人士",后来还经常给一些院系的舞训当老师,虽然实验室的工作是非常紧张的,而且很多时候的舞训也都是纯义务性质的,但是我一般还是会非常乐意地抽空去的,既能让自己享受到舞蹈的乐趣,又可以让更多的人体会到舞蹈的乐趣,何乐而不为呢?

舞蹈已经成为我生活中不可缺少的一个组成部分,虽然我的水平还是停留在业余水平,但这并不重要,因为我也并不想成为一名专业的舞者,将舞蹈作为生活的全部;舞蹈是我的一项爱好,是生活的调味品,也是我享受生活的一种方式,对我来说重要的是舞蹈给我带来的乐趣。实验室的生活是非常单调的,压力也非常大,舞蹈可以让我舒缓压力,在紧张的工作之余得以放松。有时候太忙了,没有时间跳舞,我就会放一些舞曲听听,也是一种享受,在我的电脑上是找不到流行歌曲的,有的只是一些 classic music 和很多的舞曲。

舞蹈也为我的大学生活留下了很多美好的回忆,不会忘记第一次去上体育舞蹈课学的第一个动作、流的第一滴汗水;不会忘记第一次被舞蹈老师称赞时内心的兴奋;也不会忘记第一次被请去当舞蹈老师时的忐忑不安;更不会忘记在毕业晚会上作为压轴节目表演华尔兹时的绚丽夺目。点点滴滴,成为我大学时代一道亮丽的风景线。起舞弄清影,生活因舞蹈而精彩!

六、我 与 箸 政

"秦惠箸与李政道中国大学生见习进修基金"是李政道先生为纪念其夫人秦惠箸女士,而在复旦大学、北京大学、兰州大学、苏州大学和台北清华大学设立的,其宗旨是支持这几所大学的二、三年级优秀本科生,使他们通过科学研究或者社会实践,了解并获得基础研究领域研究工作的训练和经验,参加并完成这一计划的学生将被授予"箸政学者"的称号。

大三的时候,已经进入了赵老师实验室,觉得没有申请"箸政学者"的必要了,所以一开始没有申请,后来临近截止的时候赵老师来找我,说要我申请,于是就申请了。当时觉得没什么大不了的,但现在想想,幸亏当时申请了,让我的大学生活又充实了不少。

顺利通过"箸政学者"的评审,正式加入了这个大家庭。一开始也没感觉到有什么特别的,还是像平时一样在实验室做我的实验。转变来自一次提议,原先的"箸政学者"之间没有很多交流,新接手负责"箸政学者"的徐红老师提议让我们学生自己组织一个学生委员会，主要目的是加强各个同学之间的交流，并由我来负责这个组织。本来，我已经打定主意为了专心学习和科研，不去做一些干部之类的职位。但考虑到"箓政学者学生委员会"这个组织并不是以一个管理者的形式出现，仅是大家联系的纽带，而且通过这个，我也能认识更多优秀的同学，于是我就成了这个组织的第一任主席。

之后，正如我所期望的，我认识了很多来自各个院系不同背景的同学，和很多人成为了好朋友，大家在一起讨论科研心得，谈天说地，不亦悦乎！另外在我们的提议下，"箓政学者"的中期书面报告改为了中期交流，每位同学要向大家介绍各自的课题，汇报自己的进展，让大家相互了解其他人都在做什么，不同学科的交叉碰撞出了智慧的火花，不亦悦乎！还有，2004 年 10 月份，第六届箓政年会在复旦举行，李政道先生亲临复旦，和我们亲切会谈，谈他对科研、对人生的感悟，不亦悦乎！2004 年暑假去台湾进行两岸箓政学者间的交流，感受当地科研氛围和风土人情，也将是我终生难忘的回忆，不亦悦乎！

七、些许遗憾，几点经验

大四临近毕业的时候，回首四年本科，也留下了些许遗憾。

首先是在我的实验室工作中，有一个非常好的结果，正在我们写文章的时候，一篇类似工作的文章发表出来了，我的第一个好结果就这样夭折了。那段时间真的是非常的失意，好几天提不起精神来做实验。现在想想，其实这也是很正常的事情，由于我们现在所从事的是化学中最热门的领域之一，世界上有成千上万的人都在做这个，在如此激烈的竞争之下，你的动作慢了，就会被人抢先。虽说如此，但还是有一丝遗憾的。

其次就是我前面提到的误信那位领导的话而没有申请出国，现在想来，虽然我也找到了一条未必比申请出国差的路，但还是略有遗憾的，不过我并不后悔现在选择的这条路，仅是遗憾当时少了一条可以选择的道路。

还有一个遗憾就是大学四年没有能找到一个好的国标舞舞伴。国标舞是两个人的舞蹈，像我现在的水平，如果想要再提升一个层次的话，一个好的舞伴是必不可少的。但复旦跳国标舞的氛围不是很浓厚，想找一个志同道合的、喜欢跳国标舞而又有一定舞蹈天分的女生实在是太难了，我寻寻觅觅了三年还是没有找到，所以现在我的国标舞造诣一直停滞不前。不过这里面也有我自己的问题，毕竟除了学习和实验室工作以外，我的剩余时间也不是很多，并没有花很多时间和精力去寻找。

最后就是个人的感情问题，直到大学毕业都没有谈过一次恋爱。有人将谈一次恋爱成为大学时间必须经历的四件事情之一，还记得大一、大二的时候，很多相熟的老师都叮嘱我说"现在先不要找女朋友，要先好好学习"，等到大三、大四的时候，这些老师就反过来问我"你怎么到现在还没有女朋友呢?"弄得我非常郁闷。当然，这种事情的选择跟老师的"谆谆教诲"是没什么关系的，一直告诉自己这种事情就随缘吧，或许是我的要求过高，或许是我的缘分未到吧，其实在高中里暗恋一个女生未果，之后就一直有点"取次花丛懒回顾，半缘修道半缘君"的味道吧。到大四的时候看着人家成双成对的，心里还是有淡淡的遗憾的。

遗憾之余，有几点经验。

大学里面最重要的一件事情是要找到自己的方向。毕业后是要出国留学还是在国内读研究生，抑或者是找工作。有了方向，就会有前行的动力，也可以有的放矢的做一些准备，少走一些岔路。

大学里的生活是丰富多彩的，培养一定的兴趣爱好，挖掘一下自己的潜力，生活将更加绚丽多姿。

李珂

1979 年生于云南昆明，
1997—2001 年就读于复旦大学
新闻学院，
1999 年成立小珂舞蹈工作室，
不间断地进行原创现代舞创作
及表演，在复旦形成了一道独
特的艺术风景，现影响力逐渐
在社会上凸现。

海是唯一的，
躯体是唯一的

　　我看见了远处的山羊，它在向我微笑，可是你却说它是在嘲笑，我伸出手去抓那只远处的羊，你说我永远得不到它，也就永远不会知道羊到底是怎么想的。我奔跑过去，羊在专心的啃着我那心爱的绿草，我伸出手却什么也没抓到，你嘲笑我是个白痴，你在远处笑翻了身，笑到我浑身发抖，我缩成一团，我再也站不起来。我开始睡去，仿佛回到了妈妈的枕边，她亲着我的额头，安抚我受惊的心，我开始暖和了起来，我睁开眼，看见那羊和你在舞蹈，你们在草地上舞蹈，跳着那个年代的舞蹈，笑得天都变成了桔色。一阵风吹醒了我的梦，我的妈妈变得模糊不清，羊儿飞了起来，变成一朵云儿，飘向远方，你还站在那里，手里捧着火红的太阳，向我微笑。我却站在绿绿的草地上，静静的舞蹈。

大学的四年对于每个经历过的人都有那么些怀念与不舍，对于正要经历的人的确多了很多好奇与向往。

1997 年的初春，我和每个十七八岁的孩子一样，幻想着属于自己的大学生活，带着这份憧憬，开始梦想属于自己的职业。至今我都清楚的记得，梦里看见一位风衣飘飘的记者，手拿相机站在高高的山顶，头发在狂澜飓风下随意飘扬，美极了……孩子的梦总是美的，美丽的梦是有巨大的能量的，于是我毫不犹豫的选择了新闻专业，于是在我的高考志愿表上有了"复旦"的名字。

我是那么自信，并且毫不回头的不给自己留下任何缓解的余地，但是我是幸运的，我走进了复旦，走进了新闻学院的课堂。

进入大学的那种兴奋，对于我来说还有另一个原因：我可以真正独立，不用再以艺术特长生的身份存在，没有人有权利叫我周末练舞，没有人可以阻止我的自由！天啊，自己当初的那份天真，现在看来却是那么的蠢蠢可爱，可是对于十八岁的孩子来说，又有谁可以如此敏锐的知道，什么才是真正属于自己的呢？无论怎样，我在高三拼足了劲学习，想结束艺术特长生的做法，在今天看来也是完全正确的。

来到复旦东区 13 号楼 108 寝室的第一天，那是滑稽而又可爱的记忆，心里带着云南省文科第二十九名的自豪面对另外的五人，后来才知道这里住着广东文科单科状元、青岛文科状元和上海市三女中的高材生……心里凉了半截。这就是复旦新闻学院，学会重新定位自己吧！

后来，后来接受了更多的刺激，也在这个陌生的环境下，开始寻找自己的自信与位置。有时候会想起妈妈说的："我一直坚信自己的女儿是最棒的！"妈妈说这个话的时候是多么的自豪啊，也是多么的期待啊！高中的那个梦是该变成现实的时候了……

　　当我们七十七个 '97 新闻学院的新生站在系办公室走廊里，准备接受小专业分配的时候，我努力地使自己再次确定自己的选择，"新闻学是我真正愿意选择的吗？"要知道当自己什么都不懂的时候，一位年长的学者会给予一些看似客观的帮助，在我犹豫是不是要再考虑一下广播电视专业时，一位学姐走过来说"就是新闻学了，这是复旦最老的牌子，师资力量也是最好的。"于是我听从了。

　　就这样我开始了自己把梦变成现实的过程。

　　新闻学专业的学习方向是平面媒体，以报纸为主，于是所有专业课的设置上都以报纸媒体作为先导进行教学。还记得小时候自己是多么喜欢写作文，当别的孩子苦不堪言的下笔时，我早已思如泉涌，与其说我喜欢写作，不如说我喜欢讲故事，喜欢把自己的幻想用文字的形式变成现实。可是新闻不是这样的啊，新闻是严谨的，有时候是严肃的，那么我的文字呢？自然不是快乐的了。

　　渐渐的我发现自己的兴趣所在是视觉的，于是我开始后悔当初为什么没有坚定地改变自己的选择，于是我开始觉得这是一个错误，于是我开始想摆脱。当然我知道我还有机会，所以在大二小实习的时候，我毫不犹豫的选择了电视台，我想用切身参与的形式改变一年多前错误的选择。短暂的两个月实习，给我是新鲜的。虽然在电视台很多时间是帮老师打杂，但是自己还是开心的，毕竟我不用坐在书桌前，为一块豆腐干的小文章要死要活了。第一次摸到了编辑机；第一次亲手改变了 BETA 带里的内容；第一次走进了直播间，看着老师自信的面容……实习，对于我们这些在复旦一年多的学生来说是一次新的转变，新闻的概念开始从教室里走出，并身体力行地用心去感受什么是真实的新闻工作。

　　回到学校，发现同学们的精神状态都有了不小的变化，互相交流实习经验的时候，发现埋怨失落的声音更多一些，也许这是大家第一次切身感受到理想与现实相差很远的原因吧。我知道我是不会再回去做报纸了，但是电视这个选择我还不敢马上决定。等待，等待时间,等待自己,答案会自己走出来的,而不是师姐告诉了。时间过得真快,转眼到了大三,新闻学院最重要的大实习开始计划了,我选择了北京,选择了中央电视台。

2000年的冬天,我来到北京,开始了央视小实习生的日子……

中央电视台机构之庞大,人员之复杂是让人愕然的。舌头吊在口外的惊讶对我来说真是家常便饭。我进了中央四台国际频道,《中国报道》一个专访的新闻栏目。在央视感受到的工作状态与上海有很大的差别,工作方式也大相径庭。但是这一次投入工作,我显得成熟许多,有了在上海的经验,做事情判断事物也就多了一份把握,只是把握而已。有多少像我一样的实习生耗在这个显得破旧的楼里,就是等待一个小小的机会?又有多少已经在里面干活的人苦苦盯着一张正式编制的表格?想到这些,我就觉得或许这里只是人生路过的小站罢了。我不喜欢急功近利的做事,而且我认为从事新闻更不能这样。在央视半年多的工作中,我就是抱着"只是实习"的态度艰难的度过了。之所以艰难,我想是自己没有足够的头脑去思考做节目以外的复杂的事物吧。直到实习接近尾声,我使出自己最大的力量工作,一天站在访谈间里,摄像的老师傅对我说:"小李好好努力吧,年轻女孩子嘛,聪明一点不是很难的……"我不知道是我过于敏感地理解了这句话,还是长期压抑的心情被堵到了极限,在那刻,我只知道我再也不想做电视了。

回到复旦是快乐的,久违的大学生活,就像夏天的冰块给人无尽的愉悦。同学们从四面八方回到熟悉的邯郸路,每个人脸上多了些许沉稳与惆怅,东区门口的小摊小贩依然勤劳着,生活就像又回来了一样。

在复旦的最后一年,时间以跑的速度进行着。而我只是不想做电视了,报纸就更没兴趣了,于是四年前那个美丽的梦想,也在最后的一年渐渐画上了句号。

在全球500强进校大肆宣讲的时候,对外企的向往我想是大多数毕业生共有的。对于一个学新闻的女孩子来说，我不知道外企工作的性质是怎样的，只是带着好奇听着各式各样的宣讲。在人山人海的教室里，个子矮小的我常常连宣讲的人长什么样都不知道，只是努力地竖着耳朵捕捉回荡在嘈杂声中的关键词汇。"创意"，"个性"，"独立"，"领导能力"，"开创精神"……大家都瞪着滚圆的珠子，就差没有流口水了，我又何尝不是呢？那段听宣讲会的日子，心跳一定是加速的，每每看着台上复旦的师兄师姐们，滔滔不绝地讲述他们在外企的工作经历时，我是那么的羡慕，如果时光倒退二十年，我愿意用我所有的棒棒糖和他们换这种切身的工作感受……

我把为新闻媒体单位准备的精美简历放进了抽屉，开始重新拟定一份简洁而又看似 professional 的 resume。还为自己寻找了一个英文名字，郑重其事地打印在简历上。是的我要朝外企努力！良好的工作环境，简单的人际关系，优厚的工资待遇，不错的社会地位，多么直接有效的追求！

而且我坚信自己的脑子里有外企喜欢的创造力。

第一个给我面试机会的是一家响当当的广告公司，我特意去淮海路购置了职业女装和穿着硌脚的高跟鞋，反复练习着英语口语，猜想着面试时会问什么样的问题。那种感觉兴奋极了，以至于寝室里的姐妹们都叫我"革命小将"。但是当我走出面试办公室的时候，我知道没戏了。整个面试是中文的，而我的脑子里全是自己准备的英文句子，紧张得连自己的母语都说得咯咯噔噔，就像不是自己了一样。也许当你越想得到某样事物的时候，它却离你越远了，而自己也就越不知道怎么去面对了。不出所料，我在第一轮面试后，被无情的刷掉了。看着同学们继续奔波于报社、电视台与学校之间，努力争取留下的机会时，我心里莫名的感伤起来，我心里清楚我再一次把自己逼到一条路上，就像当年报考复旦一样。感伤归感伤，却从来没有害怕过，也许这就是"革命小将"的精神吧。或许我知道妈妈不会错的……

　　紧接着我得到了第二个外企的面试机会，知名的美国快速消费品公司。我顺利通过了笔试，进入第一轮面试，在第一轮面试中我接受了两轮，第一轮是销售部的面试，结束后，面试官对我说："是不是想做 Marketing？""是！"后来当所有人都结束回寝室吃饭的时候，我开始了第二次市场部的面试。这一轮面试是愉快的，我是从容的。但是在接近尾声的时候，面试官问我有什么问题要问她吗？我直截了当的问："什么是 Marketing？作什么的？"面试官微笑的对我说："这个很难回答，或许你以后就会知道了。"或许是为了让我知道什么是 Marketing 的缘故，我进入了第二轮，与来自不同高校的优秀人才竞争，这个我不怕，早在新闻学院锻炼出来了；接着我进入了第三轮面试，全英文的 consulting 案例分析，对于大学四年不沾经管知识的新闻系女生来说，这简直跟编造假新闻没什么两样。我拿着头天晚上应急准备的一点分析理论，面对着公司的 Marketing director 胡侃起来。等我说完为止，我都没有给出这个案例的最终解决方案。面前一位台湾男人，微笑地用英文问了我一两个有关这个案例的问题，我也就想一处答一处，奇怪的是自己全然没有了在第一家外企面试的紧张。紧接着他居然突然用中文问我："堂堂复旦新闻学院的高才生，为什么不去做新闻？"我连想都没想，脱口而出："在中国要做真正意义上的新闻，现在是不可能的。"……一片哗然……我知道我又演砸了。回到学校恨不得自己抽自己两耳光。可是想想自己为什么会说出这样的话呢？这真是自己内心想的吗？……

　　一个星期后，我接到了一个电话，"是李珂吗？恭喜你，你被我公司市场部录取了。"不是在做梦吧？！

　　2001 年 7 月份我走进了外企的办公室，开始了新的生活，一个没有校园却在上海的新生活。这样一坐就是两年半，我也从一个管理培训生变成了市场助理品牌经理。直到有一天我发现当年那个革命小将悄然无存，我才恍然自己其实还没有上路……

　　或许一些事情、一些时间是自己必须去经历的，之后才能明白原来渴望着的生活在哪里。在外企的两年半中，我并没有找到曾经向往的也坚定会有的工作状态。Marketing 的工作非常琐碎，这是一份细致的工作，过于细致了，头脑就没有空间去大胆的创意了，想创意了，却发现自己是没有权利这样的。于是我成了一台不愉快的工作机器，时不时还会缺点油，运转的不够圆润。每个月底就像噩梦一般的做各种数据表格，数字的杀伤力原来不比豆腐干文字弱，每每到这个时候，我总想站起来，狠狠地跺一跺脚底属于我的不大的空间，于是我真的做了，于是我发现这空间对我来说太小，于是我想迅速逃离这里，去那阳光照耀的草地，尽情的占有一切可能是属于我的。

2003 年 9 月，我带着最后一点家当，永远地离开了这块我可以拥有的贫瘠。我幸福得快飞了，就差一点点加速了，我知道这一点我会在未来的某天得到……

坐着，缓了口气。抬头看见曾经在校园的照片，才意识到转眼离开校园已经近四年，是啊，又一个四年，曾经熟悉的南京路，燕园小景，破旧的单车，历历在目。那里的四年，是那么让人割舍不下，而如今走在校园，感到自己已经是这里的过去了。

四年脑中晃过，拾起的片断似乎都与舞蹈有关。的确那是疯狂舞蹈的四年，当别人彻夜自修的时候，我们在痴情的舞蹈，当别人依偎散步于校园的时候，我们还在忘我的舞蹈。这就是让我刻骨铭心的大学生活。

当初满怀信心背着行囊来到这个城市，看着校园开怀的师兄师姐，我是那么向往而迫不及待走入这里的生活。坐在带着历史沉淀的教室，听着老教授的谆谆教导，那时候的我们，常常课堂小憩，一觉醒来是一张慈祥而无奈的脸，那时会警告自己不能不给好老师面子，而后还是无法克制的走神。

大学的四年是人一生中莫大的财富，这是我们真正脱离"小糖包"的四年。而对于我这是找到自我的四年。从小学习舞蹈，不敢也不会用它来表达自己，总以为舞蹈是个累赘，什么时候可以不跳了，什么时候就自由了。记得小时候的一个舞伴身患绝症时说"当我不能跳舞的时候，我才知道我不能没有它。"八年前刚进校时，自己也是在离开舞蹈的那刻，才明白已经和它紧紧的拴在一起了。可是没有想到的是，大学的舞台给予了我如此奢侈的自由，我像一匹脱了缰的马奔了出去，一奔就是四年。

记得四年前四月的那个晚上，坐在舞蹈房地上，看着美丽的生日蛋糕，在吹灭二十二根蜡烛的那刻，我许下了三个愿望：祝愿告别专场演出成功；希望步出校园后的工作顺利；在死之前可以见到在座的每一个人。前两个愿望都实现了，我很知足。第三个愿望，如今想起，未免觉得有些感伤的情怀，但这的确是我的梦想。一帮朋友坚持了四年，不知道在那个熟悉的地板上留下了多少汗水和眼泪。我们共同的四年是令人羡慕的，因为我们不仅在用嘴说话，而且还在用我们的身体。

还记得在舞台上流血的脚掌，坚韧的摩擦着地板，疼痛在红暖的灯光下显得是那么微不足道；记得和伙伴彻夜刷洗着工地麻袋，为的就是第二天演员们可以穿上我们自己做的原始草裙；记得为了维护作品的完整，所有人坐在团委老师的办公室，天不怕地不怕的争执；记得演出结束后，台上台下哭成一片的感动；记得那一束束鼓励我们继续前行的鲜花；记得那一个个为舞蹈创作而折磨得不能入睡的夜晚；记得在燕园绕着一对对情侣打转的开心；记得辅导员批评只会跳舞，不用心读书的责备；记得浩浩跳舞跳得拉链崩开的滑稽；记得妈妈在专场上为我留下的眼泪；记住了太多太多，确淡忘了这些都是因为在校园。

那个时候，我们就像天真的孩子，没有烦恼，没有牵挂，只有舞蹈，每天除了睡觉，几乎时时刻刻都在一起排练，排练的过程是痛苦的，大家都在和自己的精神挣扎，但是当站在舞台上，音乐响起的那刻，我觉得我是世界上最幸福的人了，就像经历煎熬之后，迎来了盛大的节日般兴奋，以至于我们在演出完的几个星期都无法彻底平静。

这是一种疯狂吗？我不知道，但我为它乐此不疲。

告别演出的那晚，在后台听着校园歌手为我们写的歌，眷恋与不舍在激昂的歌声中一步步刺进我的神经，转身瞬间，我已泪流满面，身后的舞伴也已泣不成声，大家无法控制的紧紧抱在了一起，那个时刻真的以为这将是最后在一起的舞动。我不知道当时的泪水是为自己还是为这个熟悉的舞台，这个熟悉的校园。英子哭湿了我的整个肩，手却紧紧抱着我的身体，在那强烈的力量下，我显得是那么无能为力。是啊，我的不舍是那么强烈，就像当初如此激动的来到这里一般。在这种必然的结束下，我几近崩溃。歌声画上了句号，我们来不及摸去眼角残留的泪花，再次站在了舞台上。忘我的舞蹈，任意泪水的飞洒，耳边已听不清音乐的旋律，只有舞伴的哽咽声。站稳最后的舞步，台下传来今生难忘的掌声，我笑了。

在校园的时候，找不到一个理由可以让自己从舞蹈中走出来，于是我们选择了继续；而如今，活在物质的世界里。给我一个理由吧，让我停下来，让我忘记过去的自由，让我忘记舞蹈赋予我的一切！……我无法做到，所以我再次选择继续。

别人忙着考各种证书的时候，我在干什么？别人在为感情伤尽头脑的时候，我在干什么？拼命地想啊，答案总是一个。大学生活因为舞蹈而与众不同，因为舞蹈我拥有了不一样的朋友，有了至今稳固的爱情，有了自己的工作室。我还奢望什么，老天对我不薄。朋友们总说我很幸福。此刻我真的从心里感恩上天，虽然毕业时我放弃了大学的新闻专业，但是进了一家让人羡慕的外企，生活质量有了质的飞跃，感情稳固有佳，而且还拥有了自己的舞蹈工作室。这是大学给予我的一切，我还能说什么，如此美好的回忆，如此理想的今天。我无话可说，今天再大的困难，都显得不值一提。

刚毕业的时候，每个周末都会长途跋涉去校园走走，寻找曾经举手可得的宁静。过去不经意留下的足迹，如今都变成难得拥有的回忆。记得那时候寝室的一帮疯丫头从四川北路徒步回学校，路经同济门口，就坐在地上放声高歌；通宵在永和豆浆，麦当劳复习一学期拉下的课程，听着自己喜爱的音乐；赤裸着膀子在寝室里大叫"窗外有男人！"；凌晨6点拉着伙伴在走廊里练功压腿，立志一周不吃晚饭；无奈的洗着上铺呕吐在拖鞋上的污渍，满嘴的"TNND"；拿着法式大面包去恐吓常常骚扰我们的"露阴癖"……而如今的108寝室已变成新学生公寓的卫生间了，校园里那棵日本樱花也已悄然无存。

我们真的就这样成为这里的过去，连熟悉的课桌都换了模样。而我却怎么都无法割舍这里的一切，这个让我知道应该如何生活的地方。

无意中翻出大学时代的笔记本，拾起掉落在地上的枫叶，泛黄的清脆，带回逝去的青春。

谈到大学，很多人就会谈到修养，我想这是和别人或书没有直接联系的，回首在复旦的日子，有太多值得尊敬的老师，却太少有收获的课程，或许和我所学的专业有些关联吧。我一直坚信人生必读的书目是母亲和自己。在母亲身上我们可以解读的东西实在是太多太多了，而对于脱离母体而单独存在于世的自己，我们又可以看到一个完全不同的体系。我想我是母亲爱的结晶，当妈妈强忍极致的痛苦把她的爱排泄于世后，我的爱开始慢慢吸食这个世界的一切，而妈妈却在一点点萎缩，这是一种自然的规律，在这里呈现我的爱，其实也是在呈现妈妈的爱啊。

爱，在大学，在每一个青春萌动的身体里都是无法去阻止它蔓延的，这是一种纯真的美丽。恋爱，多么美丽而敏感的字眼！对于十七八岁的男男女女来说，那是绝世的烈香，而不是暖暖的饭香。

程同志我是偶然下的必然认识的。初次见面，他骑着一辆破旧的山地，硕大的百事书包掷在身后，消瘦的身形掩盖不住脸上的青春。第一次对这个名字有印象还是从好友鱼儿的笑话里听来的。鱼儿是京妞，程是京爷。大一的寒假，在火车的卧铺车厢京妞和京爷对面坐着，沉默不语，突然京妞的一抬腿，打破了持久的安静，"对不起，不小心踢脏了你的裤子。"京爷头都不低地回答"没事,我裤子两个月没洗了。"京妞哪能放过如此难得的人才啊,于是两人搭上话了,后来才知道都是复旦的。一路说说笑笑,从生变熟,后来回到复旦,某个夜晚,我和京妞去一教自习,透过教室后门,京妞兴奋的指着坐在第一排的男生说"他就是两个月没洗的家伙! 看啊!"后来在走出一教的时候,又巧合的撞见了"两个月没洗",那是我们第一次说话,没什么浪漫的,就两字"你好"。当年的程是个看上去书生气很重,充满活力的男孩,我和鱼儿再次见他是在燕园,他专注地拍照,这次大家聊得就多了,还记得那天我们坐在草地上,程认真地阐述他对友谊的理解。"这男孩真有意思,傻乎乎的"这是我那天的结论。后来的许多个日子,我们仨总是一起去一教自习,一起晒太阳,一起放风筝。直到有一天我在一教兴奋地告诉程"我要谈恋爱了",这种美丽的三人友谊彻底被打破了。(我遇到了一个刚毕业的男孩,仅仅一个星期后,他吻了我,我决定恋爱了。)程沉默了很久,突然转过身对我说"我有话要说"于是我们坐在了燕园的石凳上。程渴望我慎重考虑的眼神让我觉得非常陌生,我只是想恋爱了而已,我走了,留下他一人。

　　之后的大学生活没有了程,一年后,我们在政通路偶遇。那时我刚和男友分手,我回到平静的生活中,他进了疯人院。程的出现是那么富于戏剧性,我们都有了很多变化。没去多想,只想疗伤,我继续在电视台实习,程准备过两天就回北京。在程离开上海的头一晚,我没有回学校住在干爸家,他一人在 55 路车站等我,坚定我会出现,直到最后一班车。

　　隔了一个月,我们都回到了学校,我收到了一封很长的信,程在信里告诉了我这一年来的变化和生活,也告诉了我他的感情。我们没有过多的去想未来,只是回到了过去在一起的友谊。渐渐的我们发现我们长大了,看待爱情不一样了。程耐心地等待着,我慢慢地接纳着……美好的友谊成了我们爱情的基石,在我大实习以及找工作的经历中,程总是默默地帮助我,给予我一些理性客观的建议。如今我和程在一起六年多了，想想过去的一切，好像就在昨天。直到我辞职，告别拿月薪的日子，他仍然支持着我和我的理想。今年春节我们一起在昆明过的，晒着暖阳阳的太阳，我知道程会一直陪着我，我知道，这就是幸福。

对于在复旦的四年生活，我非常欣慰于自始至终那独有的自由氛围。让自由不拘的文化艺术可以在这里滋生。但是这种自由少了些支撑，学校给予的支持过于贫乏，对于学生们的热情反应有些时候过于迟钝。文化是复旦可以下工夫做得更好的事情。

这个世上没有后悔药，就算有谁吃呢？

如果退回我的高中时代，我还是会义无反顾的填上"复旦"这个名字，没有进复旦，那是一种崇拜，进了复旦，感受了，经历了，那是一种热爱。直到今天，每每出去徒步旅行的时候，我的行囊上都会挂着复旦字样的牌子，你可以理解这是一种骄傲或者叫做"丑屁"，对于我来说，我只知道我曾经属于它，现在，以后仍然属于它！

**毕业院校：
双黄蛋**

"成长史"：生于书香门第，自幼在严父的督导下熟背唐诗宋词；对画画有一种"天然"爱好，痴迷各类视觉艺术；小学初露尖尖角，自四年级始成为彼时少儿"主流媒体"《中国儿童报》小记者，五年级被评为只有3名的全国的"优秀小记者"；初中阶段升级为《中国少年报》小记者；中学获全国中学生作文比赛一等奖；美术、书法作品在全国、市、区各级大大小小的比赛中拿奖拿到手软。

进入江南第一学府后，立即投身火热的校园文化活动，如鱼得水。1998年创立复旦历史上第一个漫画社团——复旦漫画社，成为当时校内人气比"旺旺仙贝"更旺的一个社团。

ing：在路上

1977年生人，江南子弟，生于西北，长于深圳。

2000年毕业于复旦大学经济学院国际金融系。

毕业后进入光大银行深圳分行国际部。2003年4月开始了广告创意人生涯。

多年以后，当我已垂垂老矣，一根根断弦般银白稀落的发丝堆积头顶，有如喜马拉雅雪山，安然坐在摇椅慢慢聊时，一定还记得在我那号码为 154018807 的 QQ 中，"毕业院校"一栏赫然填着三个字——双黄蛋。那是许多年前给母校起的昵称。

那要追溯到 2000 年夏天毕业前夕，我们用卖书所得的几百大洋杀到蓝欣大快朵颐。席间一哥们点了一个荷包煎蛋，我叫道"小二，再来一个！"。一个荷包蛋，再来一个，在行为上构成了"旦复旦兮"。

继续深入想象，如果那只蛋恰巧是一个双黄蛋，那么就可一次性地完成一道"校名菜"了：复旦。

我最爱的双黄蛋——我最爱的复旦。

吾 爱 吾 师

他们中的第一位，已经驾鹤西去，对于现在的小朋友而言只是传说中的人物。另外的几位，在我的记忆中永葆青春。

蒋孔阳先生

大一国庆节，老爸来上海看我，还想拜访一位以前在高校间交流活动中有过一面之缘的复旦老前辈、中国美学界泰斗级人物——蒋孔阳先生。一个电话打过去，接电话的是蒋夫人濮之珍老师。她竟还清晰地记得旧友，并热情洋溢地邀请我们去家中。于是，我便有了机会去大师家做客。

坐在蒋先生的书房，我极力睁大眼睛四处张望，想将之永存脑海。书房中墙壁一排书架，全是书，桌上整齐地摊开几本正看的书，时间与尘埃似乎也屏住了呼吸，怕惊动这方净土。而关于美的文字

187

却从这里静静流出流向远方。

两位老人的平易热情,直叫人忘了他们在学术界令人高山仰止的崇高地位。

我们出门告别时,再三再四地请他们留步,当时蒋先生身体已不甚好,步履有些蹒跚,但两位老人很坚持地把我们送出楼门口,并肩站在路口跟我们挥手道别。

当时光如水,冲淡一切记忆墨痕时,那一对站立挥别的身影,却清晰如昨。每次想起,心底都涌上一份感动。此后我也见过不少自以为是的人物,卷着鼻子眼高于顶,让我不禁暗自冷笑。我常想,也许真正的大师风范就是蒋先生那般的淡然平和。

1999年6月蒋先生去世,一直想写些纪念的文字,当时难过得不知从何写起。弹指一挥,六年过去了,时光拉远了距离,却使一些影像愈发凸显起来。今天,终于了了我这个小小心愿。我知道,那些摊开的书仍静静的,一直回想着他们的老朋友、大学者。

童裕苏先生

当时作为以最高录取分进入复旦的我们这些国金系学生简直是享尽了厚待,教我们这群小毛孩高等数学的,竟是数学系主任——童裕苏先生!

童先生高高瘦瘦,温和得让最有想象力的人也想不出他生气的样子。板书永远是那么一笔一画,衣着永远是那么一丝不苟。

曾在数学楼前遇见他骑着大破自行车哐当哐当地经过,向他问好,他总是很有风度地点头回礼。

相比那些应酬酒席间大鱼大肉、坐着轿车进出校园的所谓教授专家权威顾问之流,他尤显可爱。那远去的身影,那作响的单车,令人起敬。让人想起那句"大学之大,非谓有大楼之谓也,乃谓有大师之谓也。"

后来得知童老师还是新中国自己培养的第一批博士生、复旦"四博士"之一。

应用写作课　鹿鸣店主

我得承认，在学校我绝对不是个听话的好孩子，我所选的课几乎从未全勤过——甚至出现过英语精读老师曰："难得见到你呀！"；连半军事化管理的军理课我也冒着大不韪翘课，如此找死行径当然落得个被剥夺考试权利\成绩记作 F\勒令重修的惨烈下场——只有一门例外，我大学四年唯一全勤的一门课：应用写作。

应用写作老师姓张名金耀，彼时还是中文系硕士生。棱角分明的瓦刀脸，一副镜片色泽不甚澄明的大框架眼镜。讲课时很少看台下，翻着眼珠\目光轻易跃过镜片，仰视，再仰视。他那很不标准的普通话，却是那么生动有趣，且掌故典故信手拈来，臧否人物自不在话下。比如，他说，季羡林先生的学问固然好，但文章的气味则与臭豆腐相去不远，咱随便拿出一篇都比他"香"，你们真幸运啊选了我的课；比如他愤愤揭发陈子昂的《登幽州台歌》少原创性，早在《楚辞·远游》中就有"惟天地之无穷兮，哀人生之长勤。往者余弗及兮，来者吾不闻"的句子。张老师最是喜欢龚自珍的那句"可能十万珍珠字，买尽千秋女儿心"，每每说起其意气风发有如女儿心尽收囊中，接着"但"一个转折，现在的女孩是只认珍珠不认字的了，神色不禁黯然下去，大有知音难觅之憾。

张老师的课我不但全勤，且每每去得最早，占据第一排翘首等待着一个妙趣横生下午的开始。由是可见，一个老师对一门课的决定性作用。

后来他在国权路开了间著名的鹿鸣书店。为了一尽师生之谊，我时不时千米迢迢地晃过去买上几本书。方寸小书店里常常是一派他埋头 K 书、师娘收钱的男耕女织温馨场面。

他曾嘲笑居然我买《第一次亲密接触》。我的老师呦，你的书店还在否？你还是一店之主否？你给我的那张贵宾打折卡还有效否？

Mr. 老王

老王者，英语泛读课老师，性情中人。

老王年逾花甲，但壮心不已，酷爱足球。于是每堂课最初五分钟必成球迷沙龙。因此第一节课上座率很高，男生一般都听完足球点评才从后门溜走。

老王课上纸上谈兵，课下真刀真枪地与民同乐和我们踢球，老胳膊老腿地都如此生猛，倘时光倒流个十年，我等万万不是其对手（因为，经计算时光倒流十年我们大概都在读小学，全未发育）。

老王时常发明创造一些自己的理论，比如说，他认为人的性格和地理气候有莫大的关联。严寒极地之人须调动精神注意力与之抗争；评价我则是：Mr. 赵同学来自亚热带地区，气候温润，因此生得慵懒容易犯困，上课打盹。

老王好球，甚至一次期末考试题都是 '98 世界杯 24 强的国家名，让一纵从不看足球的女生愤懑不已。

和老王最后一次的见面是毕业前在文科楼那个随时罢工的老破电梯中。他问我毕业将何往，我曰：银行，他说：很好。他的楼层到了，门开，他出去了。逐渐合上的门终于将他的身影挤成一道小缝，直至看不见。

现如今，中国足球堕落成这个样子，全中国球迷排行榜上绝对排得上前几名的王老师，尚看球否？

大排经济学

信史记载：大排经济学创始人乃朱强也。

朱老师是我们的"政经"老师，为人却很不"正经"，幽默细胞超级发达，配合以丰富的肢体语言，上课有如单口相声 show。于是在一片欢声笑语中，大家轻松掌握了原本枯燥的关于政治经济学的东东。不少别班的同学慕名而来，因此每每上座率狂高，一座难求。

估计非经济学专业的听了老朱的课肯定会误会他不讲文明：满嘴的"屁股""屁股"，其实那是他最喜欢提及的一位经济学家——庇古，他的口音让"庇古"与"屁股"同了名。庇古如泉下有知兼且懂得中文，一定会爬出来算账。

他常常以二食堂大排作为等价交换物进行讲解，开创了经济学大排一流。

还有一些老师，他们都很可爱，不光教我们以知识，更教给我们怎样真性情地做人。

大 课 堂

在复旦，你最能强烈感受到身为复旦人是何等幸福的时刻之一，就是身处一个美妙绝伦的讲座中之时。那么多大师级人物，只隔着区区几米的空气，和你分享他/她的思想，他/她的智慧，甚至他/她的口水。它使我逐渐进化为一头讲座饕餮，肆意享用精神盛宴。

他们的开场白，许多都是从礼貌恭维复旦开始的。而其中主讲者若是和复旦发生过某种关系，那么，乖乖，他受到的宠爱几乎可以几何级数增长。

经常翘课的我，讲座倒是场场不落。它们是我真正的课堂，供以养分，让我成长。它们是浓缩了的精华，是可享用一生一世的精神满汉全席，一句话就足以影响你一辈子。

这其中的几位先生已经辞世，现在的弟弟妹妹已经无法一沐他们的春风了。而痴长了几岁的我是何等的有幸，能够聆听到他们 live 版的话语。在这儿，我只是凭我所忆忠实记录。让他们的音容笑貌得以保存。

至于对他们中仍健在者，年轻人，去现场听他们的讲座吧！

191

"白菜与国王"三人谭

1997 年 5 月一个下午,三位文坛重量级人物冯亦代、董鼎山、董乐山同时亮相陆谷孙先生主持的"白菜与国王"讲座,集一时之盛况。

讲座后提问,有人递条问乐山先生:"你以为与哥哥鼎山谁的文笔更佳?"乐山笑云这条子有挑拨之嫌。说,文章有如孩子总是自己的好,不好作答。鼎山抢答:"他的好,我许多文章要乐山修改。"一个爽直幽默,一个谦虚大气,珠联璧合,昆仲是难分伯仲了。

5 点半光景,晚饭时间到了,中途不断有人退场,证明了物质文明与精神文明的地位轻重,即使在复旦,肚子问题也永远占据着最优先级。

散场后,我拿着恰好有三位先生漫画像的丁聪《我画你写——文化人肖像集》请他们三位一一对号签名。如今,乐山先生已经故去,而他在自己画像边上题写的"似曾相识"还在我的书架上保存着。

仍记得冯亦代先生的一句话:吃饭本领与兴趣要兼顾。它至今仍影响着我。

1998 年 6 月 谢希德先生《成材之路》讲座

谢希德先生回忆自己学生时代因股关节结核休学四年,心里很难过,但在困厄面前未曾低头,苦学专业知识、阅读大量英籍,为日后的学习与事业夯实了基础。四年,那是 1460 个日日夜夜。倘在如今这个浮躁的时代,且不说忍受肉体上的痛苦,又有多少人能在这么漫长的日子里耐得住寂寞,沉下心来积淀,期待有朝一日的厚积薄发呢?

2000 年 3 月谢先生去世,校道上飞满了白色的纸鹤。

2000 年 6 月 杨福家先生讲座

杨先生认为,实行通才教育的复旦学生不应存在"转行"一说。

换言之,做什么都成,职业不应受专业所圈(后来我成为了这一理念的身体力行者)。

他说,学生凡事应有"let me try"之精神,而学校做的应该是"let you do it"。

直到今天,又有多少忙于啃书拿 A 的同学萌生过"try"之心呢?

还有许许多多难忘的片段:刘震云讲座上给他画了幅小漫画像,传纸条递给他,他打开看见笑了,连声说像;陈村对 21 世纪的贺词竟是:"我将死于 21 世纪";"草原部落"黑马文丛作者讲座,在《火与冰》扉页上余杰的"余非国土羞先乐,杰也平民勇自任"藏头句、摩罗的"自由是一种责任"题字……

它们都深深烙在我的记忆中。

逍 遥 游

有云:"学在复旦"。又云:"玩在复旦"。

校园内代代相传的"切口":大一浪漫主义　大二感伤主义　大三现实主义　大四批判现实主义。(照此理论,我回头惊奇地发现,自己竟还停留在大一大二水平。)

现在说说上个世纪发生在复旦的故事。我们曾经那样年少轻狂,鲜衣怒马,愤怒而骄傲地活着。而与那时候结识的老朋友,我们可以自豪地说:我们上个世纪就相识了! ——"上个世纪",如此遥远,却又恍如昨日。

这些发生在复旦的事,宛如破碎的拼图,散落的珠子,我只负责一五一十地讲述,至于将之如何拼,如何串,随你们喜欢了。

漫画社

1998 年 5 月与老郑联手创建复旦漫画社，往崇高了说是希望能给复旦添一抹亮色，往私里说那是想满足一下我们的小小爱好。那是一段伸手触梦的岁月。我们以革命浪漫主义情怀，每晚热烈畅想，写写画画。那时候每晚在走廊上借着昏暗灯光画海报直到很晚，画得很用心，如同达·芬奇对待《蒙娜丽莎》。接连贴出的海报，成为当时中央海报栏的一道风景。我们收到许许多多热情洋溢的投名状。于是 5 月 28 日正式招新。

《复旦人》记者来采访，当时说了句："不喜欢漫画的女孩不是真女孩，不喜欢漫画的男生是乏味的男生。"总觉得喜欢漫画是好的。真的，这样活着会更美好一些。多一些天真，多一些梦。

漫画社第一次活动竟是——丢手帕。许多年后还能想起一个暖暖的午后，一方蓝手帕，一张张充满笑意的 angel 般的脸庞和那一场丢手帕游戏。

漫画社成立之初，甫一出手就捷报频传。我和老郑炮制的大作获选学生会会徽设计大赛前三甲。在相辉堂举行的颁奖典礼上，从张济顺老师手中接过证书。这也是在复旦我第一次觉得自己挺像个好孩子的（幸亏也就止于"挺像"了）。

我们那段"有笑有泪滴，有梦有朋友"的日子已是很久远的事了，只在 fudan bbs 中 cartoon 精华版至今还能找到依稀留下的遗迹，证明它存在过。

我们离开复旦了，希望十年、二十年后，复旦还有一个漫画社，还有一群天真的孩子在画梦。而，有多少梦，就有多少实现。

附：这是当年我写在漫画社社刊《漫画集中营》之 98 新生特

刊的卷头文,同样送给今天的弟弟妹妹:

《"新生"两个字好幸福》

九月开闸,又一拨新鲜出笼的 new Fudanese 挺着小鸡胸傲然地涌入红墙之中。

记得自己刚进校那会儿,一位今年 6 月份刚刚毕业仓皇离去的卷毛学长作过来人状地告诉我们这群到处挥霍热情的 freshmen:"你们一眼就能被认出来,就像是脸上刻着两个字——'新生'";当时自以为已经成了地地道道的复旦人的我们很不以为然:你不就比我们在复旦多呆了几天吗,充什么大瓣蒜,哼!

如今,在复旦浑浑噩噩地花销了一天又一天,摸摸头,才蓦然惊觉头上的棱角早已浑圆平滑,肋下的梦想之翅不知何时已经退化成了两根肋骨。脸上的"新生"两字也已如宋江颊上的金印,被"岁月"这安道全磨去,不留痕迹。

一个熟识的大二女孩过二十岁生日时直嚷嚷:老了,老了。这正是"老"生们的心态。

从来只有新人笑。

欢迎你们,弟弟妹妹。

海报

如果说眼睛是心灵的窗户,那么食堂路上的中央海报栏就是"复旦之眼"。每每当我深夜路过海报栏,都觉得它像整夜不合的眼睛,静静地注视着复旦。

而白天,则可以由那些花花绿绿的海报,窥视复旦的魂灵。

对于我而言,那是最好的画板。有所表达,有所寄托。

其实觉得那些贴着的海报,和我现在做着的广告何其相似——属于它们的时光同样短暂,即使再如何美丽。

1998 年春天张雨生突然辞别人间,一个中午,想纪念一下这个在我们少年时代无忧无虑唱着"我的未来不是梦"的阳光大男孩,我和哥们拎着一部又大又笨的收录机,在中央海报栏贴出《再别雨生》的海报,放着雨生的歌曲。在来往于饭堂的人群中,我们完成了向天堂的致礼。

海子十年忌的1999年3月26日,天空下着蒙蒙小雨,在湿漉漉的海报栏贴上一张黑底白字的纪念海报,上面录有自己最喜欢的他的诗句"你说你孤独,就像很久以前,长星照耀十三州府的那种孤独……"。

毕业前夕,曾想在校园内展开一次行为艺术:给每个水龙头套上安全套,名为《节》。未遂。于是贴一张介绍行为艺术理念的海报略补遗憾。黑卡纸上用雪白而具质感的牙膏书写标题,黑纸白字地一个个反写汉字阐述"艺术就是观念改变空间,就是人在思想的支配下通过一个行为对空间进行有意义的占领。"

1998世界杯期间,为最喜欢的巴乔出了一张漫画海报,上贴巴乔小卡片一张,不翼而飞。哪位同学拿的,看到这篇文章请还给我。

当然,海报不仅仅贴在中央报栏,毕业的那个雨天,在女生宿舍楼下贴了张告别海报,白色纸上盛开着一支真的红色玫瑰,旁边一行字:最后一眼,一眼看成了永远。

愚人节

这是我们的保留节目,这天大家总是不遗余力地发挥着各自的聪明才智,捉弄人的鬼点子让人防不胜防。它对我日后的创意生涯起到了至关重要的影响。

比如,1999年4月1日,贴出一张彼时当红球星范志毅晚上在3108开讲座的海报。引得一众球迷兄弟翘首等了一个空。

而最成功的一个案例是:找外援以学院老师名义打电话通知男生英语课取消。结果该堂英语课无一男生,英语老师纳闷而大怒。在这里我全招了,并向那些因此而错过一堂课的男同学们道歉——

虽然我知道其实你们很开心地享用那堂课的时间睡懒觉、踢足球、聊天打牌嗑瓜子，快活得跟过小年似的。

4月1日尽情发挥你的创意吧，年轻时不做几件好玩的事就等着以后追悔莫及吧！

Take it easy，让我们一起玩吧！

辩论

辩论对复旦的影响之深，怎么形容都不为过。某种意义上，它成为复旦的一种典型气质。

许许多多新生就是怀揣着对扬威国际赛场的复旦辩手前辈们的滔滔景仰之情，满怀憧憬地踏进复旦园的。

在校道上、在饭堂里遇见蒋昌建等"传说中的人物"，那也是大伙激动兴奋的话题。

许多年后，当我熟练应运语言学技巧与一个浙大 mm 唇枪舌剑时，她开始毫不示弱，几个回合下来疲于招架，最后得知本人产自复旦，不禁仰天慨叹：要知道你是复旦的我早放弃抵抗了——你们学校的口才都太好了。我于是暗想，毕业后复旦学子们还在各条战线上为校争着光。复旦产辩才竟也成为一个默认的共识。

剧社

那时候，复旦两大剧社燕园、麦田双峰并峙。印象中的名剧有指马、天之骄子、我爱凡·高——后来在我刚进梅高广告公司时，msn 名一半就用了它：我爱凡·高，我在梅高。

流水的演者，不变的复旦园，一幕幕青春大戏仍在上演。永无落幕。

意识流

大一下的一个晚上，和两哥们一道玩了场"意识流"游戏——我们将手表时间从晚 10 点调回到 7 点，然后从虚拟的 7：00pm 开始出

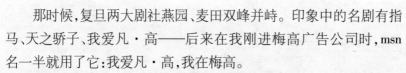

发，漫无目的地随意上车、下车、换车…… 最后随着末班车随意停在上海的某处，一个完全陌生的地方。就像人生，你永远不知道你将去到哪里。

一次关于时间和空间转换之体验的无厘头尝试。

大学玩的经历很多，但唯那次记得最清楚。因为，时间也被我们"改变"了。

任何事都可以改变。只要你想。

诗友

当时校内各小报风起云涌，有份《命运快报》，上有署名晓雯的诗歌，写得委实不错。尤其在诗歌境况已如明日黄花的年代，难得还有人如此用心。于是引为同道中人。投张小条去指摘了两句。遂鸿雁往来渔歌互答，成为笔友，保持一学期。圣诞收到了她自制的卡——自制贺卡简直是这个年代的稀有物。我们自始至终也没有见过一面。

毕业若干年后，在一本杂志上看到她的名字，附有相片，已成了作家。她"坐"在"家"里，发表着署名的文字；而我在广告公司成为文案，发表着不署名的文字。我们用各自不同的方式，在不同战线上将诗的语言转化为可以影响世道人心的文字。

在现今这个功利至上的年代，也只有在复旦园，才会发生这样以诗会友的故事了。

栖息地——7 号楼

自 1997 年全校大搬家后，7 号楼成为我的安身之所。那时候，7号楼名动江湖之处，在于它的一步一景。比如说，搁哪儿都算不上景点的 WC 吧，因为位于 7 号楼，竟也透着浓浓的人文气息。许多人在出恭时怔怔望着上游漂来的悬浮物领悟了大陆漂移学说或是吟诵着李后主的一江春水向东流。

大二时看古龙小说《血鹦鹉》，中有魔幻仙境名曰"奇浓嘉嘉普"，于是乎提涂改液在 7-225 门上大书——奇浓嘉嘉普。2003 年 9 月故居重游，在 7-225 门上竟觅得该字迹依稀健在。

5 号楼 对歌

2000 年 6 月 29 日毕业典礼。是夜一众男生奔赴经院女生居住的 5 号楼楼下吼歌——这是复旦毕业季节的一项传统。

原始人用唱歌表达情绪，古人渔歌唱晚此乐何极，刘三姐们用这种方式文明调情。

许多男生女生四年间可能都没讲过一句话，而男生通过这种最原始的方式完成与女生的第一次也许是最后一次的交流。

文 图

文图内卧凤藏龙，璀璨明珠洒落在各个角落，而其中最为明亮的一颗，经常落在朝南一个角落——就是指本人常坐的位子，不好意思。曾在《郁达夫日记集》后空白页用铅笔题《感郁文》七律诗一首，只记得最后一句是" 且浪大化岂空樽"。不晓得那本书如今在谁的案头。

经常到阅览室浏览群书。因读了钱钟书在图书馆从头到尾看个遍的先进事迹，颇受启发，打算如法炮制。但刚一操作即发现其不可行性——若按顺序看的话，势必要看许多这辈子都不可能感兴趣的无聊之书。这件事启迪了我：1. 一个先进事迹的背后，得付出多么大多么惨重的代价。2. 一个人要成功，既可以挨着书架从头看到尾再从尾看到头，也可以只挑自己喜欢的看，其余的皆粪土之。

理 图

两元的票价就可看一出欧美大片。简直是小花费，大享受。

而那个时候许多 dd mm 关于情爱的启蒙即发于斯。现在，电脑与 D 版碟早已普及，更有不少亲历亲为的实践派，让我们的老古董故事可归入史前文明的部分了。

3108

它的地位,如同圣斗士中圣殿的地位。"不到3108开讲座,便称英雄也枉然"。

在3108开讲座,具体内容已不重要,那已成为一种象征。

而如果你身为复旦人却没听过3108的讲座,那你在复旦真是白待了!

档案馆寻宝

档案馆里面着实藏有不少复旦陈年珍藏。你如果没拜谒过这儿,那么你的复旦历史将缺了一角。

在这儿可以看到竺可桢与陈寅恪同班的花名册;

可以看到李岚清副总理的学生证——

而我毕业的时候,为了留念,却私留下了学生证。这让我有点惶惶不安,万一自己一不小心成了名人,档案馆找半天竟至活活找不到我的证件,给他们的工作带来了多大的不便;另一方面,万一狗仔队回复旦取证我的资料,不得,竟至怀疑我身为复旦人的真实可信、童叟无欺性,又给他们的新闻报道带来了多少不便。这让我很是不安。而我那从A到F应有尽有、一应俱全的成绩单,估计也在具有百年历史的经院老庙的自焚中化灰了。唉,就这样,没了一切证明,我岂不成了三无人员。

秦琼卖马,我们卖书

卖书,和对歌一样,是复旦毕业季节的另一大传统节目。

每年夏天,总是由"卖书"拉开毕业离愁别绪的大幕。

大四的老家伙们纷纷翻出憋了四年的压箱底的各色书等,热门的如考托考G的可以卖个好价,倘若有字迹清晰、保存完好的笔记,那也是奇货可居——可见认真做笔记是何等重要啊。

其余的以课本为首的一堆书,往往落得个论斤卖的下场。

每年都有同一个传说：某某系花把收到的情书论斤卖，得了不少现大洋。

不过倒真有人在买到的笔记里发现情书的。

据说爱因斯坦有拿钞票当书签的习惯，可惜复旦人没这习惯。可惜。

《兰陵王》

毕业之际曾豪情满怀地填词一首——《兰陵王》。多年过去了，年岁渐老，情怀依旧：

> 疑是梦，千几日月曾经。共凝眸，浦江近望，志夺凌霄明珠顶。豪气破胸膛。不负青春好意。风起时，黄叶共数，爱恨弃枝舞飘零。
>
> 料梁园固美，怎羁鸿鹄志。青灯黄卷，白壁黑影黯黯语。亦独自狂笑，放泪如流。攀高方得纵目远，一展少年气。
>
> 长剑，早磨成。出鞘试锋锐。光影闪处，不禁大笑如电雷。总千年一回，天涯际会。歌罢把酒，醉便醉，莫唤醒。

后复旦时代

2000 年盛大的夏天，我毕业了。

《生活》

《生活》

一艘潜艇

靠一点激情的暗流

才能把它抛出生活的海面

只一瞬

这是 2000 年 7 月到银行上班几天后，在回家的车上找了张纸飞快地涂写下来的。

回头，已经 n 年过去了。

靠着这点"激情的暗流"，终于把自己抛出了平静生活的水面。

生活，数年后 回过头看，会有许多惊奇的发现。

行云流水账

毕业后到光大银行深圳分行国际部，过着朝九晚五的日子。

时不时坐着行里的"大奔"去人民银行。那时候，深圳 1/3 的黄金业务量经我手中流过。

2003 年的一天，睡醒了，突然不想再过这种按部就班、一眼望到头的生活，于是扯下领带，去广州开始了天马行空的广告人生涯。我的生命在这儿完成一个大拐弯，然后像舒马赫一样笔直地冲向终点。当你选择了目标，向前就成为你唯一的方向。

恕我直言：

1. 趁年轻，尝试生命的多种可能性。年轻没有失败。

2. 尽管去做喜欢的事情。认准的事，Just do it.

3. 一味患得患失，必将一事无成。

在广州的一年，我像夏天的麦子一样刷刷地生长。第一条 TVC（电视广告）就是与刘德华合作的 DVD 产品广告。一张与老刘勾肩搭背的合影就让我的许多身为老刘粉丝的女同学艳羡不已。

2004 年离开广州来到上海——四年一个轮回，毕业 4 年后，我又回到了上海，回到了拥有复旦的上海。

儿童节那天来到了梅高广告，在这儿继续呼啦啦地茁壮成长。四个月后，在我入行一年半后，我的作品在中国广告节上拿到了银奖。

现在的日子，常常在加班中迎来这座城市新的一天。

或许在别人眼里，疯狂加班是地狱生活，但对我而言却很是享受。因为，热爱。

喜欢"痛快去爱、痛快去痛、痛快去悲伤、痛快去感动"的生活。而痛快，不就是痛并快乐吗。

最近在一个公益广告大赛上拿奖，颁奖现场遇见程士安老师带领着复旦广告系的弟弟妹妹们。无论在哪儿，遇见母校人，都是最亲的感觉。

Dream

I have a dream，有一天为母校拍一个形象广告。

那一定会是我最好的一个作品。

星云·火焰·虹 杨逊

1977 年生于上海，1999 年获复旦大学法律系国际经济法专业学士学位，2002 年获复旦大学法理学硕士学位，现为美国凯寿律师事务所上海代表处高级中国法顾问。

小学时候想当发明家，希望像爱迪生一样让自己的创造走进千家万户；中学时候想当科学家，钻研物理理论的玄妙，领略化学实验的缤纷；大学和研究生时候想当法学家，期望自己能兼容古典法学的深奥和现代法学的严谨；工作时候认为自己不应该仅仅是个法律的工匠，而应当让自己创造性的劳动推动法律的进步。

我从事社会科学的工作，但对自然科学恋恋不舍；我明明对图画一窍不通，但对摄影颇有感悟；我似乎没有很深的文学造诣，但对吟诗作赋情有独钟；我体育成绩总在及格线上下徘徊，但对野外旅游兴致盎然；虽然很少网上聊天，但 ICQ、OICQ、MSN 一应俱全。

词曰：试看书香学苑，旦复旦兮风流。虚名薄利何关愁，裁冰及剪雪，谈笑论神州。博采古今看中外，辨真伪、创新功，独树一帜显雄风。寻得良师益友，书山籍海任遨游；钻研致知格物，潜心学术指方道，无虚度，列封侯。新月下长川，沧海变通途，待到水滴石穿，可谓英雄不问出处。日月争辉，山河共舞，复旦名号漫千秋。

会议室不算很大，已经坐满了与会代表：都是研究电子商务法律的专家学者、法官和律师，他们有的正仔细地阅读着会议资料——一份《上海电子商务管理办法》的草案，不时在材料上圈划；有的正轻声与周边的与会代表讨论着什么，似乎很平静，但又很激烈。

我也是其中一员。虽然已经不是第一次应邀参加全国电子商务法律研讨会，但这次我颇有些兴奋，因为今天讨论的主题是《上海电子商务管理办法》，而我也有幸参加了它的立法调研工作，成为课题组的一员。参与上海电子商务的立法不仅意味着重大的责任，对我而言，更是对我在电子网络法律领域成绩的肯定和研究能力的认可。

我在计算机网络法律领域的研究要从六年前说起……

一、星云：博大的宝库

星云是什么？星云不是云，也不仅仅是星。没有恒星的闪亮，星云就黯然无光；没有行星的环绕，星云就失去了生机与动力；没有布满星际的云埃，星云就不再有绚丽的色彩。取消任何部分都不是完整的星云，取消任何部分都无法孕育生命。星云俨然是一个应有尽有的宝库，一个完整的小宇宙。

我的阿拉丁神灯，在复旦

一个法学研究者需要怎样的环境呢？是一个纯粹法的世界的锐利，还是需要百花齐放的缤纷？法律不是孤独地存在于人世间，它是经济生活的升华，人性的折射，一切观念的明镜。在纯粹法的环境中可以造就法律的斗士，而百花齐放的世界才孕育法学的思考者。复旦大学就是这样一个百花齐放的世界，一个多姿多彩的宝库，一个博大的星云。作为一所综合性大学，我不仅学到了本专业的法律知识，而且还略览了计算机科学、经济学、哲学等各种学科的精深。

六年前，在我开始撰写计算机与网络法律领域第一篇论文的时候，我就深切感受到身处一个综合性大学的优势。

1999 年 5 月，我的本科毕业论文：《计算机发展与法律进步》完成了。现在看来，这并不是一篇灿烂的论文，但当时法学界对计算机与网络法律的研究并没有全面展开，这样一篇能够较为全面地介绍计算机与网络产业对现行法律提出的挑战的论文，对于一个在计算机与网络法律领域研究不到一年的本科毕业生而言已经是竭尽所能了。

这篇毕业论文顺利地被评为优秀，但我并不满足于此，我要以这篇论文为契机，开始我的学术研究之路。我首先想到的是将这篇文章发表。然而，几次投稿失败使我感到：要在学术界有所作为，我的论文不仅仅只是对现状的综述，而更应当有自己的观点，体现学术研究引领实践的价值。于是，我就开始着手修改这篇毕业论文。

然而所面对的现实情况是：当时在计算机与网络领域的法律规范几乎是一片空白，法律学者的评述也寥寥无几。我又何从形成并提出自己的观点呢？我意识到：法律只不过是社会最表层的东西，它的存在不过是社会生产和经济条件（科学技术即是社会生产和经济条件中活跃的部分）正确抑或歪曲的反映。倾听来自科技和经济学的声音是法学研究不可回避的要求。幸运的是，在复旦大学这所综合性大学里，我也认识了计算机科学系和经济学系的朋友。于是，我把我的论文发给他们，希望能够从他们那里得到建议。事实证明，他们的建议是极具价值的。

其中一项建议是关于数字签名的。当时,数字签名并没有在法学界得到重视,而在计算机科学界却是研究的主题之一。针对我在论文中提出的数据电文(如电子邮件及其中的署名)容易被篡改,因而其制成的法律文件缺乏"证明力"和"作者身份的不可否认性"的观点,我计算机科学系的朋友告诉我,在技术上以 Hash 函数为基础的非对称加密技术基本能够使得电子文档不易被篡改,同时能够确认作者身份。在向我仔细讲解非对称加密技术之余,计算机科学系的朋友还向我推荐了几本与此有关的科普读物。综合性大学的优势再次显现:作为复旦法律系的学生,不仅能够进入文科图书馆,而且能在理工科的图书中遨游。复旦大学图书馆丰富的藏书和便捷的检索系统使我顺利地找到了需要的参考文献。这些理科知识的获取不仅使我对数据电文的法律问题有了更深入的了解,而且渐渐形成了对那些法律问题的观点。在此基础上,我修改了我的本科毕业论文,提出了认可非对称加密方式的电子签名以提高数据电文的可执行性的观点。这一观点在 1999 年的法学界是相当领先的(虽然现在已经成为公知的理论)。于是,我的论文不再仅仅是对现实问题的评介,更增添了开拓性的元素。

修改后的《计算机发展与法律进步》被发表在通常只刊登教授论文的学术核心刊物《复旦学报》2000 年第一期上。这是我在计算机与网络法领域发表的第一篇论文。也正是这篇文章中体现的对电子签名技术的理解给上海市信息化办公室有关专家领导留下了深刻的印象。2000 年夏天,当我代表复旦大学竞标上海电子商务的立法调研课题时,信息办的有关领导立刻想到了我在论文中对电子签名的论述,而他们正需要能从技术发展出发解决法律问题的人员,于是我就被邀参加了立法调研工作。回想起来,我十分感激那位为我指点迷津的计算机科学系的朋友,当然还有为我提供和不同学科的同学交往的平台——我的复旦大学。

　　另一项来自计算机科学系的建议也不能被忽略,那是有关于自由软件的信息。软件的著作权保护问题并不是我那篇毕业论文的主题,但和计算机科学系朋友的谈话涉及了这个问题。我第一次了解到还有一种以 Linux 为代表的自由软件:与微软的商业软件不同,这种软件的源代码是公开的,任何人都可以使用它,修改它,条件是任何在自由软件基础上开发和改进的软件都必须是允许公众自由使用和修改的自由软件。这种新颖的软件开发形式令我开始重新思考对软件进行强力的著作权保护的价值和利弊。

　　2000 年我发表的另一篇论文《自由软件述评》,这篇论文高度颂扬了自由软件的开发形式并且探析了在自由软件制度下开发者、传播者和使用者的利益分配的机制。这篇论文第一次对计算机软件的强力著作权保护提出了质疑。但此后的现状是:对知识产权,尤其是软件著作权的保护被不断加强,甚至在立法上已经超越了发达国家主导的国际标准。于是,我就不得不研究法律背后的动力,即经济学上的原因。

　　依然归功于复旦大学的综合性。在复旦大学,我可以听到经济学教授的讲课,可以看到浩如烟海的经济学著作和教程,可以从经济学系的朋友那里得到生动的经济学前沿的信息。我了解了垄断的经济学表现,了解了消费者心理和无差异曲线,也了解了公共产品的价值规律。运用这些经济学的知识和方法,我对计算机软件著作权保护有了更深的理解。我认识到:知识产权制度并非仅仅是一种对创新的鼓励,现代知识产权制度在更大意义上是一种对新兴事物所带来的价值的分配机制;对于关系到人们基本生活的智力产品(如有关基因的专利)和普遍必需的产品(如系统软件),其消费弹性之低,导致知识产权的拥有者攫取了超额的价值利益。

　　有了经济学知识武装,我对与计算机及网络有关的知识产权法律问题的研究就不再就事论事,也不再靠激情的抒扬,更多的是利用经济分析武器的理性思考。然而,经济学的分析也会遇到困难的地方,比如,相同的知识产权制度在不同时期、不同社会产生不同的实效,为什么貌似普遍的经济规律会在不同的社会中表现各异呢? 为什么貌似普适的经济制度会有林林总总的演绎形态?

超出经济学分析领域的问题需要更一般的学问——哲学的指导。所幸,复旦大学给我提供了接触和学习丰富的哲学知识的机会。

当我初次步入复旦的文科图书馆的时候,我被琳琅满目的图书所震撼,这些图书中最令我着迷的就是玄奥的哲学书了。我曾经沉醉于萨特的现象学、斯宾诺莎的实践哲学、黑格尔的辩证法。在我研究计算机与网络的知识产权法律问题时,我又一次从那些伟大的哲学家那里汲取力量,通过图书馆丰富的藏书和他们做思想的交流。

于是,我有了批判的武器。我开始考虑这样的问题:什么是知识产权制度的目的? 什么是实现目的的手段? 什么是知识产权制度的内涵? 什么是它的表现形式? 我认识到知识产权制度的自我斗争和自我否定,知识产权制度不再是作为研究对象的一成不变的背景,它和人类社会的其他事物一样,也会异化,也必然消亡。渐渐地,我形成了关于计算机与网络知识产权法律问题的独特观点,这些观点表述于我的研究生毕业论文《高科技社会中知识产权制度的经济与法理思考》,这篇论文被答辩会的评审专家誉为"填补国内法学研究的空白",并被收入《软件网络法律评论》论文集。

回想在计算机与网络法律领域的研究历程(当然这个历程仍在继续),除法律学科这一我的本职之外,有多少其他领域的知识和方法成为我法学研究的先锋和伙伴? 没有计算机知识,我的研究就无法站在技术发展的最前沿;没有经济学知识,我的研究就有与经济生活脱轨的危险;没有哲学知识,我的研究就不能拨开现象的迷雾去发掘事物背后的规律。而复旦大学就像一片星云,像博大的宝库,只要用心去发现,那里有所需要的所有知识的来源。

这正是:

> 潜心学术六年前，
> 小试身手意在先。
> 电脑科学来助阵，
> 经济哲学任高参。
> 独树法学少功绩，
> 兼修百家共钻研。
> 浩瀚星云藏宝库，
> 无尽渊源在复旦。

二、火焰：炙热的帮助

太阳之所以孕育了生命，因为它那炙热的火焰。从中国燧人氏取火的神话，到西方普罗米修斯盗取火种的传奇，火焰一直被顶礼膜拜。对火焰的崇拜也许不是因为它的高贵，而是因为它热忱无私的奉献。火焰给人世间带来光明，带来温暖，带来生机。

我在复旦大学的七年学习研究生涯让我体会到它的炙热，这些炙热既来自朋友的热情支持，更多的是来自各位复旦老师的无私帮助。由于这些支持和帮助，我才能参与了《上海电子商务管理办法》的立法调研课题组，成为上海市律师协会信息网络法律研究委员会的特邀委员，在计算机与网络法律学术领域取得了一席之地。

感谢我的一位老师，他不经意的点拨使我开始了对计算机与网络法律的研究。大三时，在一次课间聊天中谈到兴趣爱好，我说：我喜欢数理化，喜欢计算机。这位老师立即建议我研究知识产权法和科技法，他说知识产权法律问题和高科技法律问题的研究非常需要对科技的理解。一句话惊醒了当时还在迷惘中的我，我欣然接受了这个建议。

这个建议在我开始学习钻研知识产权法和科技法的第一天起就被证明是正确的。当时我感到自己真的非常热爱知识产权法和科技法的研究，昂扬着潜心研究的斗志，希望在那片法学领域有所建树。

尽管本科学习只剩下最后一年，尽管本科阶段更主要的是学习而非研究，我在本科最后一年里对计算机与网络法的研究还是取得了一定的成果。我的本科毕业论文（即前文提到的《计算机发展与法律进步》）受到了计算机科学和网络技术在民法、刑法、知识产权法、税法和诉讼法等多个法学领域的影响。这样铺陈式的评价必须归功于法律系各科老师认真而有效的教学为我打下的法学基础。

复旦教师全心全意关心学生学术发展的事例更多地体现在我的研究生阶段。

我的研究生专业是法理学。法理学是研究具体法律规范背后的一般规律和解析法律体系整体与各种外部关系的学科，其与部门法的关系大体相当于医学中病理学、药理学与各科临床医学的关系。教授法理学课程似乎是一项艰巨的任务，因为法理学的理论是如此抽象而玄妙，普通的语言难以明晰其真谛，以至于在法理学史上，许多闪光的理论都隐藏在晦涩的长篇大论中，而理解这些长篇大论必须首先理解产生这些理论的社会背景。姑且不谈我的法理学导师需要阅读大量的书籍以回答我们不时的提问，要把这些抽象的理论讲明白就是十分困难的。然而，我的导师能够把玄奥的理论用平实的语言深入浅出地表达出来，为让我充分理解和想象法理学理论，他还擅用比喻，例如：他在解释黑格尔的存在与现象时就用过这样的比喻：一颗种子虽然微小，但可以长成大树，蕴含着大树的全部概念，因而种子在概念上"存在"了大树的全部信息；而塑料做的假树，即使再像一棵树，仍然只是缺乏内涵的"现象"。在我的导师循循善诱的教授下，我的法理学功底不断增强。从工具性地用法理学理论去分析一些计算机与网络法律领域的问题，到自如地将法理学融为自己分析问题解决问题的基本思想，法理学的知识已经成为我研究计算机与网络法律问题的自觉的武器。

法理学的理论极大地帮助了我在计算机与网络法律领域的研究。一方面，从法理学的高度看问题，我能够洞察到琐碎的法律规范背后，乃至集团意志背后的社会运行规律，能够分析这些规律正确抑或歪曲地反映着的社会制度，这就使得我的研究能有相对更深的研究点；另一方面，相对于2000年以后众多从各部门法或商务领域转行的计算机与网络法学者，我有着与众不同的研究视角，达到扬长避短的目的。2002年冬天，我应上海市律师协会信息网络法律研究委员会的邀请在律师培训会上发表讲演。讲演的对象是沪上许多知名的大律师，与他们相比我的实践经验少得可怜，驾驭部门法的能力可能也有所不足，我如何才能避免班门弄斧呢？法理学是我的救命稻草。我以法理学的方法论述了知识产权法律的有关问题，并试探性地提出了一些实际的解决方案，受到与会律师的欢迎和好评。

除了教授法理学知识之外，我的导师对我写作能力的提高也有很大的帮助。每当我写完一篇论文时，他都会十分认真仔细地帮我评析和修改。尤其可贵的是，作为一名资深的教授，我的导师仍然孜孜不倦地给我修改句法、词法和标点的使用。有时候，我的导师和我坐在一起，一边读我的论文，一边细致地推敲每一个字词的用法，一篇五六千字的文章可以改上大半天。于是，我读研究生初期的论文初稿上往往布满了我的导师亲笔修改的笔迹。

在导师无微不至的指导下，我不仅分析问题的逻辑能力有了长足的进步，而且驾驭文字的能力有了显著的提高。我从杂志编辑和导师日益减少的对我论文的修改上看到我的那些进步和提高，更是从自己分析和论述计算机网络法律问题时论证观点和表述思想时的自由境地深切地感受到。可以说我发表的论文和完成的专著中都凝聚着导师辛勤耕耘的心血。

专业方面的辅导之外，我的导师还为我的研究工作提供了不少宝贵的机会。

机会之一是介绍我到当时著名的网络公司 etang.com 担任兼职法律顾问。如果说打工挣钱,网络公司不可能是首选,但在一家网络公司的工作却让我切身体会了互联网产业的发展既面临的众多现实的法律问题。其中之一就是超链接(Hyperlink)的著作权保护问题。超链接是互联网上最为重要的技术之一,它不需要实际的复制,就可以将存在于其他服务器上的图文资源为近端服务器上的网页共享。在某种情况下,超链接可以做到虽无复制之形式,却有复制之效果。放任超链接的滥用固然有失公允,但过于限制,无异于取消了技术进步和互联网资源的共享。通过在网络公司的观察,我积累了一手素材,以此为基础,我完成了论文《超链接的法律问题探析》。这篇论文发表在《法学》上。

又一个机会是出书的机会。作为一名硕士研究生,出版自己的专著非常困难。2001 年春,当我在计算机与网络法律领域的研究取得一定成果的时候,我的导师就鼓励我写一部专著,他说:只要内容写得好,资金和联系出版社的问题我来想办法。出书对于当时潜心学术的我而言是很有诱惑力的,于是我开始总结几年来研究的成果,寻找撰写专著的主题和设计写作方案。在导师的鼓励和指导下,我决定将专著的题目定为《网络法学》,并拟定了令人满意的写作提纲。我的导师先是从我们做科研课题的课题经费中拨出两万元作为出版资金,接着,又联系了多家出版社,探讨其出版我的专著的可能性。最终,东方出版中心在看了我的专著写作提纲之后,同意为我出书。

写作的进程是辛苦但也是令人兴奋的。看着键盘下不断增加的"白屏黑字",感受着自己的法学思想渐渐浮现在眼前,一种成就感油然而生。对这么一本近二十万字的专著的修改工作也是艰辛的,我的导师看过了所有的文字,并且一如既往地延续他谨慎仔细的作风,字字推敲地帮我修改。终于,一本像模像样的专著得以出版,专著的出版少不了我的导师对我的支持,还有我热情的师弟师妹们的援助(由于交稿时间较紧,我的师弟师妹们也根据我的提纲参与了个别章节的写作，当然他们也是该专著的作者。）

在我研究计算机与网络法律问题的历程中，另一位老师的支持也不能不提。他是当时的法律系主任，也是民商法专业的导师。本来，系主任并不教我的课，似乎没有很多的交往，但一件事把我推向计算机与网络法律问题研究的前台。2000 年初夏，上海市政府为《上海电子商务管理办法》的立法调研一事实施招标，系主任作为复旦民商法的领头人受邀投标。在通常的逻辑上，这样的好事，一般都会带着自己的研究生（即民商法专业的研究生）进行竞标，我作为法理学研究生是难有此缘的。但是，系主任毫无门户之见，他邀请我参加他领导下的竞标课题组，一起进行电子商务立法的课题研究。更出乎意料的是，在最后竞标大会上，系主任竟委任我为复旦大学课题组的代表进行发言。通过这次竞标活动，我在上海市信息化办公室"挂上了号"，以至于在此后正式成立课题组时，我也被邀请参加，进而参与了《上海电子商务管理办法》的立法调研活动。

在我取得计算机与网络法律研究成果的诸多因素中，法学知识的积累固然是重要的因素，但是由我的导师、系主任和其他老师热情提供的种种机会也有举足轻重的作用。他们的帮助就像火焰一样光热无穷，他们不仅充实了我的力量，也提供了我展现力量的舞台。

有道是：

孔圣授业逾三千，
颜回路贡何等闲。
本有雄志法学路，
蒙恩良师复旦园。
传道授业尽心责，
纵横阡陌觅良缘。
呕心沥血为师者，
光热无私似火焰。

三、虹：缤纷的光辉

雨后蒙蒙的天空中，一条彩虹闪着缤纷的奇光；她那七彩的光芒，受到万人的赞赏。人们歌颂虹的缤纷，夸耀虹的光辉，人们也不曾忘记那缤纷的光辉背后是太阳的光芒。人们感叹太阳的神圣，颂扬太阳的伟大，虹就成为太阳漂亮的勋章。

复旦，这是个多么响亮的名字。多少人为它拼搏，多少人为它奋斗，多少人对它敬仰。复旦造就了一批批复旦人，他们用他们的辉煌闪亮了复旦的名字；一批批复旦人云集在复旦名下，享受着复旦巨大名望的恩露。复旦是博大的星云、是太阳的火焰，复旦的名号则是天空中闪着缤纷光辉的彩虹。

我沐浴着复旦的闪亮名字。在我的计算机与网络法律研究历程中也屡屡受惠于它。当我说我是复旦人时，政府官员会产生一些亲和，学者专家会增添一份信任，各校学生会略带羡慕。于是，我的研究活动就更能得到政府机构的支持、学者专家的指点、各校同学的鼓励。

2000 年开始，计算机网络产业蓬勃发展，各种各样的研讨会也层出不穷。参加一些级别高、内容广的研讨会能使我得到最新的有关计算机网络产业的信息资料、了解业界的需求和关心焦点以及分享同行的研究成果，这些对我的研究工作不无裨益。这些研讨会一般并不对社会公众开放，那么我如何才能参加这些研讨会呢？

以 2000 年在国际会展中心举办的电子商务研讨会为例。当时我非常希望能参加这个研讨会，于是就通过两条途径去获得入场券。一是联络上海理工大学电子商务研究所的教授，这位教授在电子商务领域颇有名望。或是出于对复旦人的好感，或是出于在平日交往中对我计算机与网络法律研究的赏识，他毫不犹豫地答应帮我。第二个途径是直接向研讨会的主办方申请,在申请中言明:我是复旦大学的研究生,正在开展计算机与网络法律的研究。我相信一定是复旦名号的魅力所在,从两个途径我都得到了入场券。

事实证明,这场研讨会使我受益匪浅。虽然法律问题不是研讨会的主题,但是大量的电子商务的理论与实践让我大开眼界。我第一次了解到计算机网络化管理和零库存交易的互动关系,第一次接触了计算机网络环境下的企业流程再造,也第一次体会了计算机网络给商业生活带来的巨大价值。

脱离经济社会生活的纯粹法学研究是无源之水、无本之木;法律本来就为社会经济生活而生,而不是仅仅追求其自身在概念上的完善。那次研讨会推进了我的电子商务法律的研究,我更加注重电子商务的本体价值,更加关注电子商务的现实需要。在此基础上,我完成并发表了《电子商务及其法律体系的构建》一文,这篇论文并没有像当时众多的其他论文那样呼吁全面立法,而是主张充分利用现有法律体系。这一观点部分地源于我在研讨会上了解到的电子商务活动需要稳定的法律环境的信息。

在我参与《上海电子商务管理办法》的立法调研的过程中,正如前文所述,我代表复旦参与的立法调研课题的竞标,竞标的最后的结果是组成了一支"联队"。而我也有幸参加了这支联队,有关政府官员对我十分信任,其中既有对我本人的认可,但也少不了对复旦的肯定。虽然,我只是以个人身份参加《上海电子商务管理办法》的立法调研,但无论如何,我是一个复旦人。

我的计算机与网络法律的研究也并非一帆风顺。在研究处于低谷的时候,来自一位朋友的声音又激励了我。在2001年春夏之交,随着互联网产业的持续走低,法学界的注意点也似乎开始远离计算机与网络法律问题,我两篇关于互联网税收征管和P2P传输中的著作权问题的论文都未能被发表。这在我的研究历程中算是一次挫折。

在受到挫折的时候,心情就特别沮丧,法学研究的力量也会削弱。

这封远方的来信唤起了我继续研究之路的斗志。那封信来自我不曾谋面的山东大学的本科学生。她给我来信是源于在《法学》和《复旦学报》上看到我的文章,在作者介绍中得知我是复旦大学的研究生。她在信中说,她欣赏我论文中表现出来的睿智和理性,欣赏我论文的文风,也对复旦大学表达了她的憧憬。读到那位远方朋友的来信,我心中火热。她对我研究成果的肯定使我充满自信,她对复旦大学的向往也令我充满自豪。我有什么理由不对计算机与网络法律的研究之路树立坚定的斗志? 我想,我可以。于是,我满怀信心地继续我的研究之旅,将大量的精力投入《网络法学》的撰写中去了。

研究生毕业以后,我在一家美国律师事务所工作。繁忙的工作之余,我仍然继续着我对计算机网络法律的研究。无论我是参加研讨会,还是在诸如并购、贸易等实务中与他人交流,只要我提到我是复旦人,每每就会得到几缕赞许或尊重的目光。这样的目光不仅给我些许自豪,也给我自信和前进的力量。

我为我是复旦人而骄傲。复旦是知识的宝库、智慧的银河,在这里,学无止境;复旦有着真挚的朋友、热情的老师,在这里,充满着炙热的关怀;复旦拥有灿烂的历史、光辉的未来,在这里,复旦人分享荣誉的花环。

无以为献,赠之以歌:

> 百年校史竞辉煌,
> 英才辈出各逞强。
> 荫得复旦名誉在,
> 纵横捭阖世无疆。
> 博取名流得信任,
> 显赫学友获赞扬。
> 实务学术齐头进,
> 不负母校成栋梁。

　　附:作者曾经在国内外学术刊物上发表多篇论文并有数部专著:其中,《高科技社会中知识产权法的经济与法理分析》一文被誉为填补国内研究的空白;《网络法学》一书作出我国第一次系统建立网络法律体系的尝试;此外还在香港的《China Law and Practice》上发表的Updating the Madrid System 等多篇论文。

　　在实践方面,除参与《上海市电子商务管理办法立法调研》等课题外,在律师实务中主要从事知识产权战略、技术贸易、跨国并购与投资、税务等项目的法律工作。

复旦、化学与我

田博之

　　1980年生于西安，1998年被保送入复旦化学系。2001年直升本系硕士研究生，师从赵东元教授，现在哈佛攻读博士学位，进行纳米材料方面的研究。

　　一段缘，始于高中时的化学竞赛，相知相惜，在那些共同于"化学"之路前行的日子里，他和她，一起自修，一起进实验室，一起直研，一起被哈佛大学录取，成就了一段"神雕侠侣"的"神话"。在复旦生活的点点滴滴，都被小心翼翼的珍藏，成为他们生命历程中不可或缺的一部分。

到美国顶尖的高校读书是我从大一就有的愿望,现在,它实现了,我成了北美留学生大军中的一员。于是,一切从头开始——人生就是由一段一段的历程组成的——我正经历着自己的又一段人生历程,并继续努力着。

一直相信:在人的生命历程中,只要为了自己的目标(或长期的,或短期的)认认真真地奋斗过,无愧于心,生活肯定是精彩的。在复旦度过的六年时光,我不断努力着,虽然有过迷茫、苦痛和挣扎,但也有过快乐、幸福和满足。六年里,我学到了很多,收获了很多。可以说,在复旦的经历将是我的人生历程中极为重要的一段经历。复旦是一个大课堂,让我成长,并让我逐渐成熟起来。复旦,以其博大的胸怀,兼容并蓄的文化气息,以及自由开放的学术氛围,为莘莘学子创造了一个成长的摇篮。我想,这就是每个复旦人都对她有着浓厚的感情的原因吧。

目 标 的 确 定

初入复旦,懵懵懂懂,生活的空间一下子变得那么大,自己要一个人面对的事情一下子变得那么多,一向习惯了按"老师和父母的话"生活的我,顿时感到无所适从。可以说,这也是大多数新生要经历的一个阶段。尤其是对于自己的生活方式,似乎我们突然"自由"了,大学为我们提供了更多的选择——如果你对别的专业更加感兴趣,可以转系;如果你钟爱社会工作,复旦五花八门的社团完全可以满足你的要求;当然,如果你沉浸于自己的专业,那更好办了……我属于第三种人,这得感谢我高中的化学老师兼班主任王老师。在高中的时候,大家都为了高考拼命,很多人并不清楚自己到底喜欢学什么,我就是其中的一员。那时,我陆陆续续地参加了物理、数学、生物等一些省内的竞赛活动,结果成绩都平平,一向自命清高的我备受打击;后来在王老师的鼓励之下参加了省内的化学奥林匹克竞赛选拔赛,居然被选进了省队。自此,我逐渐走进化学,发现这里真是一个妙不可言的世界,自此便和化学结下了不解之缘。

言归正传,从踏入复旦的校门起,我就暗暗告诉自己:要把化学学好。加之当时出国之风逐渐盛行,在高年级同学的言传身教之下,我朦胧中觉得到外面学习一番将是比较适合我的一条道路。目标,就是这样形成的。在大学期间,我一直将自己定位为一个"学生",自然应该将学习放在第一位,希望自己把每一门课都学好。说实话,作为新生的我,感到周围的牛人实在太多了,同学们各个身怀绝技,聪明绝顶,因此我对自己极其没有信心,不知道在这个新的环境中自己的学习成绩将会怎样。所以上课之余,我将其他时间也大部分用在复习、预习以及看参考书上,心无旁骛,慢慢地生活有了新的规律,也就很快地安顿下来。我课余经常出现的两个地方是图书馆和自修教室,那时候给班里同学的印象:眼睛经常是红肿的,100% 是一个勤奋学习的书生。其实,虽然生活比较累但我很有成就感,我觉得自己过得很充实。第一学期的期末考试结果出来了,还算比较理想,使得我对自己有了充分的信心,为我其后几年的大学生活奠定了良好的基础。现在看来,大学阶段,越早认清自己的目标(不管你的目标是什么),你就可以越早地投入到为目标努力的过程中,你的收获也就越多。

BBS 上某君:老田的刻苦是出了名的,举个例子,一次在食堂碰到他,才发觉已经好久没见到他了,"老田,你现在每天学习多少小时啊?"老田想了半天,很不好意思地说,"最近身体不太好,每天只能学习大概十个小时,以前每天要十三到十四个小时。"我当场喷饭。

知识的积累："渊"与"博"

对个人而言,学到的知识越多越好。但是人的精力总是有限的,一个人一生所学知识充其量只是人类知识总量的一个很小很小的子集。知识的"渊"(深度)与"博"(广度)永远是一对矛盾,因此,如何最有效率地利用大学的这段时间和资源来提高自己的知识休养就变得十分重要。对此我的观点是这样的:"渊"是"博"的基础,"博"必须建立在"渊"的基础之上。也就是说,专业知识是首要的。古人说"术业有专攻",只有将专业知识扎扎实实地学好,拥有一技之长,人自然有信心,其他知识才有可依附的根基;反之,"每样东西都似乎懂一点,又不是特别懂"的状态是非常可怕的,它甚至意味着精力和时间的无谓浪费。

高中时期的化学竞赛使我对化学这个奇妙的世界产生了浓厚的兴趣,而复旦的资源:循循善诱的老师、藏书丰富的图书馆以及各种各样的网上数据库使我如鱼得水。我会经常借阅跟上课知识有关的参考书,力求对专业课中的每一个知识点都有一个总体的认识和精确的把握。大学时期知识的积累对我的科学思维习惯的形成,进而对于我在研究生阶段的科研都是大有裨益的。反之,我个人不是很赞成那种"临时报佛脚"应付考试的做法。试想,如果对知识的学习只是停留在短期的记忆而非真正的理解的话,考试之后,它们又被如数"归还老师",那这些知识根本没有被掌握,进而,一个比较完整的专业知识体系便很难形成,运用知识时的自如度便会大打折扣。

刚刚谈了专业知识的"渊",与此同时,如果个人精力许可,去学一些本专业以外的知识是百益而无一害的。例如,学一些人文历史方面的东西可以扩大知识面,提高自己的整体涵养;适当接触一些社会工作,可以丰富自己的阅历,为自己提供新的思维方式……其中尤其值得一提的是跟自己专业相近或相关专业知识的学习。大家可能已经感受到了,近年来,在科学研究领域中,不同学科间相互交叉以及边缘学科形成的趋势越来越明显。就我个人而言,我在硕士研究生阶段从事的介孔材料的合成研究同时需要我们具备化学、高分子、材料科学等方面的知识;现在进行的纳米材料相关的研究工作则更强调物理、化学、材料以及生物等学科知识的有效结合。因此,在大学期间,如果能够未雨绸缪,有意识地补充一下跟自身专业相关学科的知识,必然会为以后的研究工作奠定非常坚实的基础。其实,我到最近才深刻地认识到这一点,而在大学期间我的视野基本上还是集中在"化学"上,现在发现自己需要恶补的东西实在太多,深感后悔莫及。在这一点上,我觉得哈佛的做法还是值得借鉴的:在这里,本科生大多穿梭在不同的系之间,对于理工科学生,同时上三四个系的课很稀松平常。另外,"旁听"似乎约定俗成,老师第一节课通常要做的事情就是做一个简单的问卷调查,其中有个问题就是问"你上这门课是要学分还是旁听",从一个侧面反映了其自由开放的学术氛围。有一次跟一个和我上一门课、专业为化学物理(Chemical Physics)的本科生谈起期末考试,才知道他除了要应付化学系的一门考试,还要参加应用物理系、计算机系、物理系的三门考试。我想,这种做法对于培养具有综合素质的学生是非常有益的。

理论与实践相结合:社会实践与实验室研究

作为一名理工科的学生,如何将所学课本知识与实践相结合,进而使自己的知识得到升华是非常重要的。系里开设的四大化学实验课(普化、分析、有机、物化)在这方面功不可没,除此之外的实践工作更显得新奇和有趣。我的实践之路是从大一暑假开始的。当时,98化学的班委在辅导员李老师的带领和指导下,开展了一次名为"蓝天碧水环保行"的暑期社会实践活动。我觉得活动相当有趣并且有意义,就参加了,并在活动中的采水样和水质测试方面做了一些事情。水样的预处理、pH 测试、离子浓度测试……这些东西不再是课本上抽象的知识或者实验课上前人已经重复多遍的实验,它们通过我们的双手转化成了一页页实实在在的数据,成为水质分析的重要依据。其后我们还分析过蔬菜、茶叶……我很喜欢这种自己去创造的感觉,因而这些社会实践活动都给我留下了很深刻的印象。而这种对自我创造的追求也使得我最终选择了科研这条道路。

大二的暑假,我因入选"箸政学者"加入了赵老师的实验室,开始从最基本的合成原理和技巧出发,逐渐了解"介孔材料"(孔径介于2—50 纳米之间的一类固体材料),并在课题组老师的指导下开展一些小项目的研究。这是我实验室生活的开始。后来在硕士研究生阶段,我开始独立承担一些课题,到现在,我还在实验室忙碌着。在此期间,我开始理解了什么是系统性的科研工作,什么是科研工作者应具有的品质。做科研最重要的是要善于创新,其次是要沉得住气。"创新"其实并不难,倘若你阅读了大量的文献,仔细对比、分析各种实验数据,很多想法(不管是正确的还是错误的)会自然涌上来。我通常的做法是将这些想法(实验方案)逐个记录下来,再反复推敲,选出最可能成功或可能性较小但新颖性很强的实验方案,然后展开大量的实验去一一验证。"沉得住气"其实是件很难的事情。首先,实验室生活有乐趣,但更多的是坎坷。说它"坎坷"是因为在完成一个课题的过程中会遇到很多困难,很多不能短时间内就能解决的难题,这种时候我们容易急躁,甚至愁眉苦脸。我在开展科研的初期并不知道如何克服这种急躁不安的情绪,结果往往大大影响了我的科研质量。更糟糕的是,暂时的"坎坷"有时会让我中止一个原本很有希望的课题方向,这其中也有不少教训。现在,每当我遇到这类"坎坷",我一定首先静下心来仔细分析可能的问题所在,找出原先的设计与当前实验结果的本质差异。然后再通过大量的实验将各种可能的原因逐个验证和排除。其次，"沉得住气"体现在要有系统性研究的耐心，而不是蜻蜓点水。有时这种系统研究非常枯燥，而且很难在短时间内看到成果。记得在大三时，我曾经花了近四个月的时间对表面活性剂和嵌段共聚物在无机盐体系中的相图做了深入的研究，结合大量的系统性实验数据，我发现利用某些无机盐对表面活性剂和嵌段共聚物的去水化效应，可以高效地得到一系列不同结构的介孔材料（尤其是三维立方孔道结构的材料）。通过这一系统性研究，我发现了很多有用的合成规律，对我后来的工作，尤其是非水体系中介孔材料设计合成奠定了很好的基础。

他们——感谢我的良师益友

回想起在复旦的六年时光，我觉得非常庆幸的是自己认识了很多优秀的老师和同学，从他们身上，我学到了许多东西。

寝室的兄弟：尤记得那些深夜卧谈、为了应付传达室老伯的卫生检查而一起整理卫生、一起开生日 Party 的日子……如今我们六个人或读研、或工作，但我们之间的情谊将是我一生受用不尽的财富。

9822：九八化学是一个充满生机和活力的集体，集中了几乎各行各业的人才，每个人身上都有让你为之赞叹的闪光点。相信"9822"将是我们之间永远的纽带，不论我们走到哪里。

恩师：赵东元教授是我在化学科研道路上的指路人。他严谨的治学态度和忘我的研究精神让我受益匪浅；对我无微不至的关怀更是让我终生难忘。即使是现在，每每跟赵老师联系，听着他的慈爱的话语，都有如沐春风之感。

实验室的老师和同学：实验室这个大家庭给我留下了深刻的印象，多么怀念那些一起出游、一起开组会、一起吃东西的日子！

我的"另一半"：在复旦的四年实验室生活不仅教会了我如何从

事科研,还赐予了我人生的"另一半"。我和她是在高中化学竞赛的时候认识的。她就是那样安静地坐着,微笑着,给我留下了深刻的印象。后来,我们居然同时被保送复旦,有时候觉得真是上天的安排。大一大二我们所在的两个寝室在我的大力鼓动之下结成联谊寝室,使得我对她有了进一步的了解。我深深地被她的聪慧、温柔、善良、善解人意和对生活的热情所吸引和感染。后来我常约她一起自修,闲暇时我们会一起谈谈自己对生活的感受,两颗心慢慢靠近,最终成为一对幸福的恋人。我们一起在复旦度过了六年。在那些我们一起学习、做实验的日子里,我们共同分享成功的喜悦,在遇到困难的时候互相鼓励、互相支持,度过了值得回忆的时光。回想起那些一起参加"寄托考试"、一起熬夜准备出国申请材料的日子,如果没有她,我真不知道自己是不是能很好地应付过来。

BBS 上某君:田的另一半小刘,家境不怎么好,所以要经常做做家教补贴一下家用。小刘是"穷人的孩子早当家"的典型,心灵手巧。虽然要忙于赚生活费,但丝毫不影响学习,成绩从来都是年级前五名(我们 98 级一百二十七个人),大三那年小刘的奖学金大概 12K 加上老田的奖学金一共 20K,直接进入小康。最值得称道的就是她的实验动手能力,化学很大一部分要依靠实验,而她的动手能力,连我们系一个极富有传奇色彩的老教授都称道。由于两人成绩出色,他们在我们大二开始的时候就进入了同一间实验室,爱情就是这样开始的……大三那年的圣诞节晚会,他们把自己的爱情排演成小品,给大家看,当时作为主持人的我,一直在他们旁边看他们本色的表演,真情的流露,这样的感情真令人羡慕。小品中老田向小刘表白的情形我记忆犹新。当时两个人都对对方很有感觉,但是一直没有捅破这层窗户纸,一天晚上,两人在实验室忙着实验,小刘低着头弄着什么,叫老田把量筒递过来,老田把事先准备好的红色玫瑰放在量筒里，递了过去。小刘接了过去，玫瑰仿佛映红了她的脸。

表演的时候，她依然红着脸接过老田的玫瑰，全场沸腾……

结 束 语

也许有人认为搞学术研究很枯燥，没有什么乐趣，其实并非如此，搞研究的人的快乐也许并不是那么外露。在化学研究中，我感受到的更多是在看似平淡和简单背后的那些吸引人的奥秘和未知。人们通过探索，可以使某些未知变为已知，从而不断扩充着人类的知识总量。这一过程充满了挑战，有时甚至要去冒险，正是如此，那种战胜挑战之后的快乐就显得那么的动人心弦。我想，这或许就是古今中外许多人穷毕生之精力致力于科学研究的原因吧。"化学"之于我，不仅仅是一种"爱好"，或者一份"工作"，它切切实实地融入了我的生活、我的生命。其实，经历研究过程中的失败与成功，痛苦与喜悦，也就是在经历生命的种种境况和滋味。

那时青春未成烟

张昕叶

1978 年生于浙江杭州，
1997 年进入复旦大学法律系学习，
2001 年考取复旦大学法学院法理学专业硕士研究生。
2004 年毕业后进入中国保险监督管理委员会上海监管局工作。

　　八年前，我跨进复旦的时候，除了作为一个傻乎乎的被满足了部分虚荣心的高中毕业生的身份外，我什么都不是。八年后，我也没有什么显赫的头衔和可以被称作辉煌的成就，可我人生跋涉的行囊里已经装载了师恩、友情和爱情——这些足以让我在庸常的生活中，时时思及而喜上眉梢。

五六年前还是七八年前,某本杂志刊了个中国大学特稿,给复旦的名头是"最小资的大学"。这个不知所云的定义,从此成为了最常被人引用来形容复旦的词。可是我,作为在复旦的肚子里游荡了七年的一条小虫,不会如此敷衍地来形容让我在精神上破茧成蝶的母校。

我的母校不是蜜糖罐头,也不是造星工厂。她没有给过我哪怕一场一夜成名的运气,却给了我无数个领受经典的教化的机会;她没有给过我哪怕一次致命伤痛的打击,却给了我很多次体会成长的烦恼与尝试解决烦恼的经历;她没有给过我哪怕一秒若痴若狂的惊喜,却给了我长长七年的细细品尝校园滋味的愉悦。本科读的是法律学,硕士读的是法理学,终于走出学校时,曾经的那些律师梦法官梦学者梦,统统烟消云散——我成了一名普通的公务员。但是,我非常非常的满意,因为,复旦不但传授给了我专业知识,而且馈赠了我一种开朗的永远向前看的心态。

在复旦读书、生活的时候,我一直想触摸她最真切的脉搏、总结她最本质的特点,却在离开她又念及她时,才发现,对于像她这样有了一定年纪的综合性大学的特点,只能演绎,无法归纳。

初识校园社团文化

为什么会将一段岁月久久铭刻在内心? 因为那里面有着许多共度的同龄人。

大学生活就是这样一段岁月。一群十七八岁的思潮奔放、激情荡漾的学生仔,在某年的秋天忽然聚集到这个叫复旦大学的地方,准备渡过整整四年甚至更多的时光。家长们送别自己的孩子的时候,

233

多半会叮嘱：好好读书啊。然而在"好好读书"之外，学生们还有更多的事情可以做，比如谈一场恋爱，比如玩几个社团。前者让人体验到亲密的两性交往，后者给人灌输融入社交圈的归属感，这两者，都是一个孩子升级为社会的成年一员的铺垫。

课堂、食堂、寝室，这些充斥着各种各样人际交往演练的场所，却终究不如形形色色的学生社团来得吸引人。尤其是复旦这种综合性大学的土壤里，从来就不乏地衣般密密麻麻的才子在生长，也就从来不缺组成自由广博的校园文化圈的人。每年秋天新生入学的时候，复旦内的各种社团也开始各展身手、吸引新人。那真是比赶庙会还热闹的场景。花花绿绿的条幅挂在树权上、电线杆上、海报栏上，条幅下是堆满了宣传资料的破旧的桌子凳子甚至木板。背着书包匆匆而过的学生，端着饭盒边吃边看的学生，分发资料殷勤介绍的学生，那些或者稚嫩或者老成的面孔，那些或者好奇或者喜悦的神态，那些终于找到同道中人的一见如故，那些醉翁之意在乎小师妹的懵懂少年心，这所有的风情组成了复旦的最具特色的校园文化活动：社团招新。

不过，我最初触碰到复旦的社团文化，不是通过参加某个社团，而是因为看了一场话剧。那是燕园剧社在相辉堂公演《指马》。它像是历史戏，却似非正剧，秦二世时代的角色们穿着很嬉皮的文化衫，德国来的留学生用激情的摇滚给这个中国古人的故事配乐。场面是时冷时热的，但每逢那演太监的学生捏起嗓门说话，观众总要鼓掌，笑声不断。后来有人问我戏好看么，我只会说有个演太监的挺逗。他们笑我其实没看懂，肯定是在不该笑的地方笑了，我一想，还真是这样呢。我的确看不懂这神神叨叨的实验话剧，但面对舞台上的悲欢离合，我这种刚进大学的小毛孩竟也能隐隐约约地感到珍惜。舞台剧是不可逆的艺术，不能像影视剧那样喊停重来，当然舞台剧仍有排练的过程，可是一旦拿到观众面前，就是一气呵成的了。这种现场感和紧迫感，特别像时间和年华的流过，一去永不回。

那剧社的成员身上浸染了独特的气息。站在舞台上,他们又偏又自我,叫人即使看不清他们的面容也仍然能辨识出他们火一样的激情;而混在去食堂打饭的队伍里,他们又是一副无所谓的表情,虽然他们或许并不知道应该对什么无所谓。他们中也有不太爱出风头的,可心里总免不了认定自己的特别,举手投足间便要流露出张狂的味道。那是年轻的张狂,是可以让前辈一笑了之而不去计较的。

这个剧社的演出没有让我迷恋上戏剧,却让我迷恋上一种校园生活方式:参加社团。经历过与文山题海为伴的中学时代后,那种孤独的寡淡无味的生活终于可以被大学校园屏蔽在大门之外了,而此时正好看到燕园剧社的那样一群年轻人,看到他们怀着共同的兴趣全力投入做一件事的生活方式,我被这种方式吸引了,或者说感染了。

参加演讲与口才协会

在看了那出影响我视角的话剧后,出于偶然机会,我参加了复旦的演讲与口才协会——一个在复旦拥有众多会员的社团。我入会(听起来真有仪式般的庄严感,呵呵)的第一次活动,是跟着那些同样稚气未脱的大一新生会员去表演模拟商业谈判。

表演放在复旦著名的 3108 教室。这个教室有举行名人讲座的传统,门边窗前挤满学子的场面历来就不少见。不过那天我们的表演实在失败。想想吧,两拨连小买卖都没有做过的大一学生,煞有介事地穿上西装系上领带、扮作白领人士去模拟大型商业谈判,内容是关于如何在复旦的某块土地上投资建造酒店,谈判中充满了生硬做作的讨价还价,这是多么滑稽的场面呐。在复旦,任何校园活动的观众都不是傻瓜。因此,当我们表演到一半时,原来挤得满满的看热闹的观众就跑掉了四分之三——剩下的那四分之一是协会会员。

活动结束，我们垂头丧气地聚在草地上，觉得颜面尽失。当时的会长小 L 也才大二，却已有兄长风范，劈里啪啦自责了一通，又信心满满地说笑了。我们到底还是孩子，愁云来得快也散得快，一伙人涌到学校边门的夜宵胜地吃了几十根新鲜热辣的羊肉串儿，回去睡一大觉，就把那天晚上的难堪给忘了。

当然，不对失败耿耿于怀并不意味着我们是一伙对协会的发展没有责任心的乌合之众。协会组建的基础虽然是我们共同的兴趣爱好，可是既然她生存于学校中，就不能没有会员以外的同学的认可和支持。另外，学校对于学生们自治的社团倒也不是任其自生自灭，而是通过团学联之类的组织来对诸多社团进行统一管理、评比、奖励。非常现实的一个问题是，每个社团都不能忽略学校对自己的态度，因为在年度社团评比以及日常评估中博取学校的好感，不仅可以使这个社团进行公开活动时获得教室借用、橱窗宣传等方面的便利，更可以多出一笔学校的拨款。七八年后的今天，当已经工作的我回头看看学校当时的拨款，再体味一下那几百元钱对于一个个不可能有任何收入的学生民间社团的意义时，不能不生出些复杂的感慨："兴趣"与"生计"，"小圈子"与"大校园"，"原则"与"妥协"，对于这些概念的理解，都是在参加协会后，才逐渐丰满起来的呵。

小 L 自然比我们更明白上述关系。他从一些失败的活动中摸出了症结，并且对两百来个会员作了民意调查，发起了新一轮的校园活动。我至今仍衷心地认为，小 L 是个市场营销方面的天才，他总是能清楚地认识到自己手头的资源并敏锐地把握到身边的人的需要。小 L 总结出的协会活动的最好模式是：要热闹。道理很简单，这个协会以展示人的口才或论辩能力为主，论辩能力这个东西，出处就是古希腊的公共场合的语言交锋，因此，"公众的环境"是这个协会活动的必然的前提背景，而"公众的环境"要靠吸引大量的学生的关注才能营造出来——可是活动如果不热闹不好看，又怎么能吸引到学生呢，所以，还是要热闹。更何况，活动一旦开展得热热闹闹有声有色，也容易为协会的形象造势，更多的学生会员和更多的学校支持也就源源而来了。这段听起来很有些唐僧意味的思考，在被付之于实践后显示出了实实在在的效果。小 L 搞了一系列赛会，传统的如辩论比赛、演讲比赛，新潮的如校园主持人大赛、脱口秀式讲座。这些赛会就是纯粹的学生腔调的活动，摆给社会上的老江湖看也许就是一幼稚游戏，但在青涩的大学校园里却仿佛有着永恒的魅力。协会于是慢慢得到了同学和老师的青睐，成为学校的 A 类一级社团。

电影《天下无贼》里有句台词，叫做："这次出来，一是锻炼队伍，二是发现新人"。如果套用这句台词的话，那么小 L 任会长期间做的一系列努力"一是提升协会，二是团结同志"。小 L 是个具有领袖气质的人物——讲义气和脑子快，足够让他在我们这帮小屁孩中做老大了。在这个老大的带领下，我们逐渐于开展协会活动中形成了一个十个人左右的小团体。一起挨白眼和一起领受喝彩的经历，让我们彼此无比看重相识、共事的缘分。这个小团体的意义，不仅仅是在七八年前作为一个大学民间协会的核心成员班子存在，最关键的是，这个小团体成为我们此后的校园生活乃至毕业后的精神归属的重要所在。友谊，特别是青春岁月一点点磨出来的友谊，是多么值得拥有它的人欣喜呐！如今，我们这伙人不管工作多忙，都没有断过联系。这个小团体里的朋友，是那种不用天天嘘寒问暖但一有难事儿准保给你帮上忙的朋友，是那种在你的婚礼上闹得最凶但在关键时刻知道戛然而止乖乖离去的朋友，是那种值得一辈子去珍惜的朋友。

组建爱乐者协会

大一第二学期，某个 4 月的早晨，我睡眼惺忪地起来，去相辉堂敲体锻章。正是春深时节，欧洲李和晚樱的花瓣四处飘散，给满目青翠的校园增添了一些粉色的柔暖的色彩。经过曦园的时候，我忽然听到亭子里传出舒缓轻悦的长笛声。那是比夜莺的歌唱更为动人的声音,木管乐器特有的颤音灵巧地包裹住我的耳膜,徐徐地渗入我的内心,使我仿佛身处极乐天堂,生发出一种几欲飞翔的幻觉……我怔怔地站在那里,听得入了神。

此后,我又在校园里邂逅了几次随性的器乐演奏,有管乐,也有弦乐。复旦每年招收的学生那么多,其中不乏有器乐专长的孩子,可是在当时,学校却没有一个官方或者民间的机构把大家组织起来。另外,学校里还有人数庞大的古典音乐爱好者队伍,可能个体的力量不足以为这种爱好谋些福利,但如果集中大家的力量,形成规模,诸如古典音乐讲座、票务、音像制品推广等活动就极有希望发展起来。

现在想想,我也不知道当时的自己怎么会有如此的动力,在没有任何经验的状态下,就兴致勃勃地要在学校里组建一个以古典音乐爱好为基础的社团。我已经参加的演讲与口才协会的朋友们教我向校方申请成立学生社团的全套程序,可一个难题是:成立社团必须要一定数量的发起者,学校这么大,怎么找到和我有一样想法的同学呢?

1998 年的时候,复旦的校园电子网络还不像今天这么发达,班级与班级、年级与年级以及院系与院系之间的联络,大都靠设在零号楼的内部信箱——有什么事儿了,就写个纸条,塞到信箱里,等着各个班级的"邮递员"去送讯息,我们称此作"投条"。投条是我认为比去食堂门口贴海报要稳妥且直接的做法,于是,我把寻找爱乐者、组建古典音乐社团的想法工工整整地写成几十封信(那时没有电脑、打印机等设备),塞进了各个院系的班级信箱。

接下来就是漫长的等待。每次我们班的"邮递员"出现在寝室门口时,我就充满期待地看着她。终于有一次,她咚地撞开我们寝室的门,笑眯眯地塞给我几个小纸条:"看看,是你要的回音吗?"这 6 个皱巴巴的小纸条,是我投出那么多信后的所有反馈,而且无一例外地来自大一年级的学生(也许只有新生才有这种热情的回应吧)。我的惊喜是溢于言表的,那是一种初次体会到偌大校园中有尚未谋面的同龄知音的惊喜。

我于是一个个地去寝室找他们,由于彼此的陌生,有一次我冒冒失失地敲门进去,还被对方当作了推销袜子的小贩。不过到底都是学生,彼此很容易打交道,我最后联络到了二十几个学生,就真的凑了个协会起来,其中大部分有器乐专长,但也有不会的,不过没关系,对于音乐的爱好都是真诚的。1998 年的 5 月,我们这个协会有了正式登记在学校社团工作委员会的名字:复旦大学爱乐者协会。

有了协会这个平台,就要有文化活动。我们爱乐者协会的第一个活动,是和演讲与口才协会合办的演奏与朗诵会,露天的,主题是"童年·母亲",模式是钢琴、小提琴、其他乐器与人声的合作。这是一场不可能有任何商业赞助和豪华场面的、完全依靠学生自己筹备起来的演出。除了自带小提琴、长笛、黑管等,我们居然还从复旦大学附属幼儿园借来了一架旧钢琴,摆在学校中央食堂旁边的草地上。那是黄昏的时候,学生们来来往往,打饭的、灌水瓶的。他们纷纷好奇地停下来,围住我们,不知道我们这些看上去背着乐器、捧着诗稿的人要干吗。一旁还有 9 号楼和 12 号楼的男生寝室,窗户正对着我们演出所在的草坪。有个男生端着饭盆儿坐在窗台上,一边往嘴里扒饭,一边饶有兴趣地看着我们,不小心将一块珍贵的大排掉落在楼下经过的行人头上。就在这样一种略带滑稽的闹哄哄的场景中,我们的演出开始了。

丁丁东东泉水样的琴声响起,饱含激情的朗诵声响起,围观的同学骤然间安静下来。初夏那还算壮美的夕阳正在落山,给了我们一个很优雅的自然背景。无论是演出的还是观看的,都醉了,在这种虽然那么简陋但没有嘈杂的尘嚣的交流中醉了,沉浸在回归内心的纯净的宁谧中。形式的寒碜与里子的丰富,形成了鲜明的对比,这才往往是校园文化活动的特点——我们是连脚指头的血管里都充满了理想因子的学生,贫寒只不过是虚浮的沙尘,怎么可能挡得住我们骨子里的真诚。

这次演出的成功给了我们鼓舞,可是要真正为复旦的爱乐者们服务,还需要更多的常规性的活动。我们刚起步,没有任何经费,唯一可以依赖的,只有彼此的团结和热忱。我们尝试着与上海音乐厅联系,希望以我们协会在学校里为其组织票务来换取音乐厅给复旦的学生购票者以折扣或优惠。费劲口舌后,音乐厅那边答应了。于是,我们定期在学校海报栏贴出票务信息和折扣信息,并利用课余时间为同学们拿票、送票。这在我们是没有任何报酬的劳务,在复旦的爱乐者们则是实实在在的福利。我们这样做,是为了让大家离古典音乐更近一些,更是为了协会能够受到更大范围的认同以利于长期发展。

在运作这样一个社团的过程中,我们所遇到的艰辛也是家常便饭式的。在学校里开展一个活动,其实并不比在社会上开一个公司简单,因为我们是手头没有资源可控制的穷学生,而不管是怎样的校园活动,场地、经费、人员安排、活动器具、宣传资料等等,都是不能缺的。学校在场地方面倒比较宽松,教室、剧场等,是免费出借给各个社团的,可是其他方面,就得学生自己找出路。为了省钱,我们爱乐者协会的海报板是从学校一旁的废弃工地上捡回来的,为了怕人偷去,我们上会儿课,就要趁课间去看一看;器乐辅导班等活动的桌椅,是我们像民工一样踩着三轮车从别处拉来的;至于在校园内举办各类比赛、经典碟片欣赏会、古典音乐讲座等所支出的费用,就只好由我们这些会员从各自的生活费里凑了。

一年后,我们的协会已经从新生社团一跃成为复旦的五星级社团。这时我遇到了刚进复旦的小S,一个小提琴拉得极棒的古典音乐发烧友。她对于音乐的热爱,比我们有过之而无不及,而难得的是,她也不是那种计较个人得失且不怎么惧怕困难的孩子。她成了爱乐者协会的第二任会长,也成了我在复旦结下的最亲密的朋友。如今我们说起往事时,免不了感慨,学生时代的我们是多么淳朴倔强啊,自己喜欢的事情,总是那么尽心全力地在做,充满了闯劲,坚持"事在人为"四个字。也许很多年后,当我们为稻粱谋而精疲力竭的时候,虽有成年人的功名,却无少年人的激情了。

这就是为什么大学生活在我们的人生道路中显得弥足珍贵的原因。

结 语

"天下没有不散的筵席。"其实这句话并不是人们通常想象的那样伤感无奈。比如我们这些曾经在一方天地下共历甘苦的学生,总有毕业的时候,但毕业不意味着结束,而只是新的开始。我们从钟爱的校园社团里退了出来,社团却不乏新鲜的血液补充进去,并也许因此更上一层楼;同时,我们也并不是什么都没有带走,而是收获了钵满盆满的友情和回忆,从此人生路上又多不少温情。

对于我在复旦度过的学生时代,要找那些表达感谢的文字,我只能说四个字:青春无悔。

林　森

1978 年出生于武汉，
1996 年保送至复旦大学外文系（现外语学院）英美语言文学专业，
2000 年毕业至今一直在复旦大学出版社从事英语编辑工作，现正在以
同等学力攻读复旦大学中文系比较文学专业研究生课程。

You Are My Sunshine
——复旦断片

　　前段时间看到一本写复旦的书，叫《三年记忆，四年忘却》，是一位叫"大刘"的复旦的师兄写的，一时间感触良多。也许每一代人都有着每一代人自己的青春、故事和承载，就像我们或许永远无法真的完全体味和理解 80 年代在复旦的师兄师姐们那白衣飘飘的年代一样，90 年代有幸在这里生活过、经历过、体会过的我们也无法期待如今这些哼着我从未听明白过歌词的周杰伦的歌，会在大街上带着头盔跳"Hip-hop"的新新人类会真的懂得我们在此所说的一切。然而我想，在不同年代成长起来的我们，却必定会因为"复旦"这个名字而发生某种联系，产生某种传承。正因为此，希望我们这些有限的总结能以享来者，给他们一些启发，让他们少走一些不必要的弯路。

命运的"捉弄"

依稀记得好像是汪国真先生说过:"喜欢文而终学理,或喜欢理而终学文,只是命运最初的捉弄,却非命运最终的捉弄。"同样,我想说的是,喜欢中文而终学外文,或喜欢外文而终学中文,也只是命运最初的捉弄,却非命运最终的捉弄。

和许多怀抱梦想,立志要考入复旦的莘莘学子不同的是,我进入复旦或许更多的是几分机缘,几分侥幸。

说来好笑,在复旦来我就读的中学招保送生之前,我甚至都不知道复旦是在上海,对复旦唯一的直接印象还是来自于"狮城舌战"中的那几位辩手。可能是当时古龙的书看多了的缘故,总觉得所谓"江南第一学府"就应该像书中所写的某某山庄,在"烟雨江南"的某个小镇,某条乌衣巷中有一座锈迹斑斑的青铜质大门半虚掩地朝南开着……

由于我所就读的中学武汉外国语学校比较特殊,因此我们学校的学生被保送的机会很多,尤其是一些对口的外语学院,比如北外、上外和广外。然而,或许是我从高中开始就比较偏好文学尤其当时比较痴迷于"五四"文学的缘故吧,我记得我当时有两个梦,一个是我高中时的偶像诗人徐志摩《再别康桥》诗中所写的英国剑桥大学,另一个就是对于我来说很带有些神秘传奇色彩的北大中文系。但前者对于我来说,真的实在只是一个遥不可及的梦吧,而后者,对我来说也不大现实,因为一旦选择保送,我们保送生就不能选择自己的专业,而只能就读所规定的外语专业。也正因为此,当复旦来我们中学招保送生,我的班主任推荐了我时,我似乎并不是那么兴奋,只是抱着试一试的心理报名参加了笔试和面试。其实我当时的成绩也不怎么拔尖,也就中等偏上的样子,然而面试和笔试却都出乎意料地顺利通过了,我也就这样拿到了复旦的录取通知书。

1996 年 9 月,我和父母一起带着"烟花三月下扬州"一样的心情,像旅行团一样乘着"江申 6 号"轮船,花了整整两天两夜来到了这个现在我再熟悉不过,当时却充满了陌生的城市——上海。

记得轮船刚刚快驶进"十六铺"码头我第一次看到外滩的时候,我的第一感觉不是上海多么多么繁华,而是"黄浦江怎么这么脏这么臭啊"!

来到复旦后,看着那不大起眼的砖红色大门,我的心里总觉得它和"江南第一学府"的头衔不大相称,甚至后来还在给高中同学的信中戏称它"就像个农村公社的大门,甚至还有点像个公共厕所"。当然,这或许只是因为我当时的肤浅和对复旦的不了解所致吧,而在我已经在复旦学习、工作、生活过将近十年的今天,我却觉得正是这样的大门代表了复旦的那份不求虚奢、专注求实的精神,然而当时的那份失望却也是很真实的。

这些不太好的第一印象似乎已经暗示出了我对新的大学生活的种种不适应的开始。首先便是学习上的,虽然我是由外语学校保送到复旦外文系英语专业的,但来到复旦后我却发现自己在英语方面毫无优势可言,因为上海和沿海地区的同学学英语的起点比较早,大多从小学三年级就已经开始学了,而在武汉却是初一才开始学的。而且更糟糕的是,由于我中学时多是使用的原版教材,教学体系与方法与复旦的颇为不同,我从一开始就感到很不适应。然而,能进入复旦的学生谁没有一点觉得自己是根葱的盲目骄傲呢,叛逆的心理使得自以为是的我坚持认为自己高中的教学方法比较"先进",而复旦的则比较"落后",由此产生了强烈的抵触情绪。加之我当时盲目地自认为自己就是学中文的料子,学外文绝对只是一种命运的"捉弄",因此还时常逃课去旁听中文系和其他文科院系的课程,结果第一次期中考试我居然拿到了平生第一个英语不及格。

这对当时的我来说无疑是一个很大的打击,我甚至都准备接受自己沦为"差生"的事实,就这么混四年了事了。而学习上的巨大落差对生活也造成了很大的影响,由于成绩不好,我似乎把更多的时间花在了缅怀过去的辉煌上,似乎只有通过过去高中同学们信中对我的称赞和鼓励,才能稍稍寻找到一些安慰和平衡。这样的结果便是我始终无法将生活的重心往大学里偏移,融入复旦的生活中,而更多的只是停留在对往昔高中生活的追忆上,继而形成了一种恶性循环。我开始碰到在异地求学时的一个最大的问题——"孤独"。这种孤独不是说我没有朋友,没处说话和交流,而是一种始终无法克服的不适应,尤其当周末寝室里上海的同学都回家了以后,这种孤独感更是如影随形,让人不由得烦躁。我甚至开始产生了能否让家里人让我转学回家的念头。

然而,就在这时,当时我的英语任课老师姜琴老师无疑意识到了我的问题。她主动跑来找我谈话,告诉我不管我个人对复旦的教学体系有何种感觉和意见,但作为一套行之有效的方法,它被沿用至今肯定是自有其道理在的,这道理不论我是否真的能理解和体会,我都应该尝试着忘掉自己的从前去接受它适应它。而所谓"术业有专攻",如果我觉得自己对中文有兴趣,利用业余时间去旁听一些课程或讲座是可以的,而且学习中文本来也会对学习外语有帮助,但是不能舍本逐末,影响自己专业课的学习。

老师的一番话开导了我,在老师的鼓励和帮助下,我开始试着端正自己的学习态度,按部就班地按照复旦的教学体系学习自己的专业课,四年下来,虽说也没有取得特别优秀的成绩,但自己感觉和以往相比在英语方面确实还是不知不觉地脱胎换骨了一般,无疑更上了一个台阶，我想这或许正是复旦作为名校让我体会最深刻的地方吧。更重要的是，这让我深刻地懂得了"态度决定一切"的道理。其实命运永远不会轻易地"捉弄"谁，能做好自己喜欢做的事情固然也很了不起，但是在某些不能改变事实的情况下，学会接受现实，尝试爱上自己正在做的事情，并从中发掘出乐趣，这才是更有价值的。

学好外国语，做好中国人

"听完你们练唱/我独自走在国年路上/冷风冷雨抽打着我的衣裳/心头却涌起一股热浪/学外语的人不能忘记根本/立身才能方正强刚……"

我不知道还有多少外文系的同学记得这首诗，甚至这首诗的作者陆谷孙教授自己是否还记得这首他在我们为"一二·九"歌会努力排练时临时口占的诗，但是我却是在听过一遍之后从此就把它深深印在了脑海，这也是我第一次最强烈地感受到陆老师"学好外国语，做好中国人"的系训精神。

而到了大四，我们终于可以选修陆老师的英美散文课了。虽然听师兄师姐们说，陆老师的要求特别严格，考试的时候一个"spelling mistake"就会给扣掉五分，而且临近毕业大家的学分也差不多修满了，但是谁也不舍得落下陆老师的课，而到了真正上课的时候，我们才发现还有好多别的院系的同学跑来旁听，害得我们选了课还不得不每次提前去占座。

陆老师上课旁征博引，纵横开阖自是不用我多说，更难得的是，陆老师教了那么多年英美散文，每一次上课都会给我们在讲义中重新补充许多与时俱进的新文章，不光让我们学习和了解英美散文的历史脉络，更让我们能去体会与发现其新的发展与走向。而最让我印象深刻的是陆老师上课时的风趣和幽默，他做系主任时要求外文系每一个任课老师每堂课至少让学生笑三次,而他在自己的课上更是不断地调动我们的情绪,让我们笑声不断,可以毫不夸张地说,来复旦外文系读书如果没有上过陆老师的课简直就等于白来。

其实陆老师给我们上课时身体已经大不如前了,虽然当时他已经辞去了系主任的职务,但是仍然有很多推不掉的社会活动,有时候还得经常出差。有一次去北京出差,陆老师为了不耽误给我们上课,竟搭乘了一大早的飞机赶回来。陆老师心脏不大好,有一次课上到一半,突然显得十分吃力,细密的汗珠已经沁出了额头,我们当时都很紧张,有的同学想上前帮忙,陆老师却只是摆摆手,示意我们坐下先自己默读课文,自己走出了教室。过了一会儿,陆老师回来了,好像什么事都没发生一样,又精神饱满地给我们上起课来,而细心的同学却发现陆老师这堂课没有像往常一样在教室里走动,而是一手撑着讲台,另一只手一直捂在胸前讲完的课。这堂课,有很多同学是偷偷噙着泪水听完的,大师的师德之深重更是让我们终生难忘。

毕业后,由于工作业务上的关系,我得以有更多更亲密的机会接触陆老师,从中我也更懂得了什么叫做"要做文章先要学会做人"的道理。"非淡泊无以明志,非宁静无以致远",这道理在现代社会说来简单,做起来却很难。记得毕业时,陆老师鼓励我们不要一味看重高薪,只想去外企做那看着华丽实际却要以丧失自己的自由为代价的"笼中的金丝雀",而应该坚持自己的人文理想,努力实现自我的价值。他更是半开玩笑半认真地跟我们说,如果谁毕业了是去中学教书的,请和他联系,他要给他一笔奖金,而如果是去西部教书的,他更是要把那笔奖金 double。这些话都深深地印在了我的脑海,对我产生了深远的影响,而前不久拜读了陆老师新出的散文集《余墨集》,更是感觉点点余墨,一纸书香,沁人心脾,让我再次体会到"学好外国语"还只不过是表面,而"做好中国人"才是真的根本!

一百本必读

记得刚入学的时候，复旦正好在搞一个"一百本必读"的活动，分文理科给每个学生都发了一个书目，里面详细列出了建议我们阅读的一百本图书，并在图书馆阅览室里辟出了专门区域陈列这些书籍。我当时觉得这真是一件再好不过的事情，虽然我最后没能按照该书目所列读完所有那些书，但是我却受到启发，按照这一构思和自己的兴趣每学期给自己列出十五本必读书目。我先从自己喜欢的文史哲方面各挑一本经典的"史"来读，大致地来个全方位的了解，然后再根据自己的兴趣去找具体的作品来读，这样对各部作品就既能做宏观的把握，又能做微观的分析，而且两者相辅相成，效果斐然。而且阅读文学作品时，我也不喜欢因为专业的限制而只读英美作品，而是做到英美的作品尽量读原版，同时也不排斥翻译的其他各国的文学作品。另外读书时为了克服疲劳，我常常七八本不同类型的书在同一时间段进行阅读，这样可以时常换换脑子，用阅读来代替休息，节省了不少时间。就这样四年下来，我也终于读完了我自己的"一百本必读"，而时至今日，我仍然觉得这一百多本书所带给我的要远远胜过那些很多我没有拿到的证书。比如读巴尔扎克的《幻灭》和司汤达的《红与黑》，让我虽没有经历那么多的人生起落，却仍然可以看清许多人生的真实；读《傅雷译文集》中的传记五种，让我从伟人和平凡人的生命历程中，悟到了许多人生真谛；读托尔斯泰的《复活》，让我真的感觉到灵魂受到洗涤，也仿佛经历了一次复活的历程；读君特·格拉斯的《铁皮鼓》，让我体会到真正的历史不是拥有话语权力者的记述，而是真正时间流里的一些不起眼的点滴变迁；而读卡夫卡、加缪、米兰·昆德拉、马尔克斯等人的作品，则让我对现代人的存在产生了种种思考，印证自己的生活……而这些都是让我终身受益无穷的。

Cabbage and Kings（白菜与国王）

也许是出于一种幸运吧，在我就读外文系的 1996 年，正好碰上了陆老师就任外文系系主任。虽然当时还不能选修陆老师的课，但一系列新的活动却仍然让我们受益良多，而其中最著名的或许就要属"白菜与国王"系列讲座了。时至今日，我毕业已经差不多快整整五年了，但是看到外文学院要举办外文节的海报上，"白菜与国王"讲座的安排仍然历历在目，一种亲切感总是油然而生。

还记得我进复旦后听的第一场"白菜与国王"讲座就让我有缘见到了上高中时特别欣赏的余秋雨先生。《文化苦旅》是我高中时难忘的文化启蒙读物，而有幸在当时亲眼见到书的作者，听他讲解，向他提问，与他交流，更是让我一下子爱上了复旦的这种浓厚的文化氛围，当时我便下定决心，决不漏过之后的每一场"白菜与国王"讲座。

当然"白菜与国王"绝不仅仅只是限定在文化这个小范围内，之后陈钢、俞丽拿、沈柔坚、黄蜀芹来过、叶扬、董鼎山、董乐山、冯亦代来过，复旦著名的"葛铁嘴"葛剑雄教授也来过……所请的这些主讲人既有音乐家、艺术家，又有诗人、作家、学者，涉猎范围之广，内容之博当真是切合了"从白菜到国王无所不包"的寓意。而这也正是和陆谷孙老师一贯的学外语的人不能只懂外语的理念一致的，如今，"白菜与国王"讲座已作为外文系的一大优良传统被保留了下来，相信一代又一代外文人、复旦人都将从中获得养分，受益终身。

当然，除了"白菜与国王"系列讲座，复旦园里不容错过的讲座和学术活动还有很多很多，比如哲学系张汝伦教授的讲座，中文系骆玉明、陈思和教授的讲座都是不容错过的经典。当然，我所推荐的讲座基本上偏文，这或许是因为我是个典型的文科生吧，其实不论文科的、理科的、专业性很强的还是普及性的，只要你多留心海报栏里的海报，肯定能找到符合你兴趣、适合你自己的讲座，而有时候能听到某位教授、高人、大师的一席话，当真是胜读十年书的。

Twenty Something（《二十年华》）

记得系刊《二十年华》也是在陆老师的大力支持下创办的，甚至连经费都是陆老师自掏的腰包，目的当然是为了给我们外文系的学生提供更多的练笔机会，而且中外文不限，因为在陆老师看来，多锻炼外文写作固然对提高外语学习能力很有好处，但巩固我们的中文基础也是不能偏废的。看看曾经的和如今的一些翻译大家，除了都十分精通外文外，他们哪一个不是中文也十分优秀，有的如钱钟书先生更是国学大师。

而我今天之所以能比较得心应手地从事编辑工作，很大程度上也许就得益于当时我能有幸担任《二十年华》的编委和主笔吧，至少它为培养我对文字的敏感性打下了很好的基础，同时也教会了我如何在实际工作中克服困难。虽然当时编的是这样一份连刊号也没有的系刊，但也绝不是看上去那么简单的。有的时候同学们交上来的稿件不符合要求，你就得花时间去和作者交流，告诉他你的想法和要求，启发他的思想，直至拿到你想要的稿件；有些时候稿件实在不够，我和其他编委便还得自己包办；当时由于经费有限，有时候排版工作也得我们身体力行，而在联系印刷、讨价还价的过程中，我们也接触了社会，懂得了如何在这个商品社会里"据理力争"，不能让商家因为我们是学生就狠"宰"我们。

麦田里的守望者

　　说起麦田剧社，上世纪 90 年代末在复旦里读过书的人不知道的恐怕还不多。其实在它之前，复旦里已经有两个剧社——复旦剧社和燕园剧社了。由于复旦剧社属于"官方"性质的，所以当时排的戏也不多；而燕园剧社虽然也人才济济，但是一直"固执"地走着所谓"现代路线"，总是排一些不大让人"看得懂"的戏，所以也在校园里引起了一些争议。当时我们外文系的许多人其实也直接或间接地参加了燕园剧社，但由于一些理念上的分歧，加上正好当时系里要办外文节，希望大家自排自演一些中英文戏剧，于是在系里的大力支持下，我们外文人自己的麦田剧社便应运而生了。

　　但是或许剧社不同于许多社团的地方就在于它的分工合作性太强，成立之初社内便对到底排演什么风格的戏产生了分歧。然而，或许正是陆老师一贯强调包容、兼收并蓄的思想影响了我们，我们决定自由尝试不同风格的戏剧。

　　有了这样明确的大方向，剩下来的就是齐心协力的排戏、演出了。为了显得不是那么排外，我们也并没有拘泥于所有的戏都在系内挑选演员，而是大胆地在全校张贴海报，征召导演、演员，同时也成立了不同的小组分头负责宣传、剧务、舞美、灯光等。记得那时的演出一直是免费的，我们的经费很紧，为了不给系里造成太大负担，我们经常需要发动同学四处跑赞助，而在做道具、服装时也是能省就省，尽量节约。记得有一次需要一些木料，我们就到周围的家具生产店门口去捡别人不要的边角料；还有一次做服装，是到一个工地上捡的一些大的包装袋，再拿回来洗干净；而给我印象最深刻的，是有一次要给一个男生做胡子，一位女生竟毅然剪下了自己留了几年的心爱的长发。像这样的点点滴滴简直举不胜举，在不断碰到各种困难又不断地想办法解决的过程中,我们充分地体会到了"想象力"所带给我们的喜悦,与人合作的快乐,更重要的,是 TEAM SPIRIT 的可贵。

之所以写上面这两段,其实是想告诉后来的学弟学妹们,其实在复旦里面,类似《二十年华》这样的刊物和麦田剧社这样的社团还有很多。不要老是把自己锁在书本里,找一些自己感兴趣的适合自己的参加,多参与一些社团的组织工作,多接触一下外面的世界,不但可以丰富自己的业余生活,多交到一些志同道合的朋友,而且还能锻炼自己的实践能力,所谓一分耕耘一分收获,表面上被占用的一些时间和精力却能在日后的求职、工作、人生中带给你许多意想不到的益处。

提笔至此,已经洋洋洒洒几千言了。如果要对复旦的生活作一全面的介绍,想想哪怕几万言、几十万言也不一定能够真的做到,毕竟是整整四年的青春,怎么写也写不尽的,不如搁笔吧,只当作是给后来人作一点窥豹一斑的介绍。

如果硬要对复旦生活作一总结的话,我觉得有一句话甚好,叫"'疯狂'地学,'疯狂'地玩,'疯狂'地谈恋爱!"已经记不清这句话到底是出自哪里了,好像是从一位中文系的朋友那里听来的,据说是骆玉明教授和他们一起吃饭喝酒时的"聊发少年狂",又模模糊糊有印象似乎是在听哲学系张汝伦教授的一次讲座时张先生的慷慨陈词,具体是谁,或许两位先生自己也只是一时的灵感,事后都不大记得了,但对于我,却变成了我大学生活的坐标,也是对我大学生活的一种经典归纳吧。

光阴荏苒,岁月如梭,一眨眼我来上海已经快十年了,而这在上海的十年也就是在复旦的十年。记得毕业时我本来是可以去《广州日报》报业集团的,但最终经过艰难的抉择我还是放弃了相对较高的收入,而选择了留在复旦。到底是什么促使我做出这样的选择,我一直只觉得能感受得很清楚,但却总有些说不明白。时至今日,在母校百年华诞之际,我终于敢说或许正是"复旦人"这个骄傲的名字使然,毕竟,这里有我的青春,也有我的成长,更有我的梦想与未来!

旋灭旋亮的阿拉丁神灯

张力群

1975 年生于上海，
1994 年就读于复旦大学历史系，
2001 年获历史学硕士后离开复旦，
去出版社担任编辑，
一年后又回到复旦。

从来没拿过什么奖，也没有考出过什么有分量的证书，学的是一个被大多数人目为"鸡肋"的专业——历史，从来都不是一个优秀的学生，与精英云集的复旦不太相称。在考证、出国的浪潮中动过心，却始终没有付诸行动。对自己的职业生涯曾有规划，却发现计划跟不上现实。所以还是把空白留给未来，有计划、按步骤地做事，可是不想这样来设计人生。信步所至，哪里有好风景就停下来看看。旅行也好，生活也罢，喜欢在不经意的时候碰上灿烂的东西，这样，旅行才有意思，生活才会继续……曾经怀有"读万卷书"的壮志，破灭之后，转而萌生出"行万里路"的雄心，目前才刚开了一个头……

我从小就是一个偏科的孩子，数理化一直学得很吃力，物理课从来也没大听懂过。对文科却有着天然的爱好，对文字之美，体会的也比别人深些，而且我从父亲身上遗传了一种所谓的"嗜古"癖。这种趋势在考大学之前愈加明显了。

高考在即，我对填报什么大学什么志愿没有任何方向。那时候还不时兴讲什么个人职场规划，父母对我也没有任何要求和限定。我只有一个相对宽泛的意愿，就是要读一个文科的专业，至于具体学什么没有概念。

高考前的三个月，我在读的中学有几位同学拿到了名牌大学的保送表，他们可以直接进入大学读书，令全班同学艳羡。几天后，北大也有保送名额下放，据说是考古系。老师自然想到了我，因为当时我的语文成绩和历史成绩一直在全班领先，而数学成绩却是平平。老师觉得我是最佳人选。到中国最好的学府去念书，我被这天上掉下来的幸福冲昏了头。

然而幸福只有三天时间。在入学资格审查时，因为会考成绩的一分之差我被北大拒之门外，失之交臂，擦肩而过。当北大那位招生专员冷冷地对我说，这次面试之后，是年北大将不再在上海通过高考录取学生。我心中刚刚萌生出来的考入北大的想法即刻泯灭。北大成为我心头的伤痛，这种伤痛直到读研时才逐渐消失，但从那时起她就成为我心中一个亦真亦幻的梦想，好像到现在还是如此。

这对于当时稚嫩的我来说，真的是有一些残酷。我生平第一次尝到了挫折的滋味，体会到了万般努力徒劳无功的失落。最致命的是，志气和信心被摧毁，我得了高考恐惧症。

后来在亲人的万般鼓励下，重拾旧河山，我重又投身题海。年幼的我还为自己背负了一种忍辱负重的感觉。好在除了北大还有复旦。因为当初保送的专业是北大的考古系，我在志愿书上相应地填了历史系。

高考发榜，用父亲的话来说，我还算是争气，成绩高过录取分数线不少，亲戚同学们都觉得我进历史系太亏了。但是我却觉得似乎是向北大证明了一些什么，心里说不出的高兴，我兴冲冲地跑到复旦报到，睡在复旦东区的木板床上的第一个晚上，我兴奋得无法入睡，隐隐觉得，人生的画卷即将展开……

正式上课后，老师们对我也很关注。1994年，那个商品意识逐渐苏醒并日益强烈的年代里，选择基础学科与大众的趋向太过背道而驰，不过历史系的老师们当然以有学生愿意学历史而感到欣慰，以至于七年之后我离开之时，历史系的某些教师对我还是印象深刻。一些行政人员会对着我的背影小声地说："她就是那个非要读历史的女生。"这种语气也正反映出大众的价值取向，我的选择是如此的"与众不同"。

我们这个班有些特殊，一直弥漫着一种低迷悲观的氛围，这当然是与社会大环境有关。同学们都是被"调剂"进来的，同学们既觉得历史无用也就对它没有任何兴趣。四年来，还要面对学校里其他院系同学的疑问，诸如"你们为什么要学历史？""你们将来去哪里就业？"头顶着"复旦学子"的头衔，曾令大家无比荣耀，但面对这样的疑问在校园里又产生了一种被边缘化的感觉。天差地远，截然相反，历史系的学生往往就在这两种心态的夹缝中走过大学四年。我们班上同学走两个极端。一种整天唉声叹气，为进入历史系而扼腕，几年来几乎在浑浑噩噩中度过；还有一种转而发愤努力，特别致力于学英语，乃至于学法语、德语、日语，用他们的话来说，多学一样是一样，以备他日不时之需。

学历史是我的选择，当然这个选择比较偶然。那时候，工作、谋生还不是我考虑的东西。我满脑子都是，如何度过这四年的光阴，至于四年以后，再说吧。何况，历史是那么有意思，形形色色，引人入胜；历史又是应有尽有，包罗万象。四年，一定会因它而精彩。我几乎是踌躇满志、摩拳擦掌地进入了历史系。现在想起来，是年少轻狂，是胆大肆意，但那时我是那么幸福，生活中似乎有什么东西要喷涌而出。

可是我并未如老师们的期许，也未如自己的初衷，在历史学的园地里开出奇葩。第一学期下来，我的成绩只能说是平平，公选课的成绩更是差强人意。那时我对历史学作为一门学科的价值产生了怀疑。当时的辅导员常常向我们班标榜，系里的某某老师是研究汪精卫的专家，某某老师是研究宋子文的专家。难道学习历史学就是为了搞清这些人的生平吗？历史就是故事，帝王将相，才子佳人，曾令高中时代的我入迷，到了大学我已经积累了一肚子的历史故事，可是知道了这些有什么用？是自娱自乐，还是在和朋友高谈阔论时知人之所不知时产生一些自豪感？怀疑之余，我也开始恐慌起来。如果四年的时光是这样度过，想起来真有些害怕。

第二个学期开始，我成了逃课专业户，历史故事我可以自己读，不必大清早爬起来听老师讲。我把时间放到了图书馆，放到了3108教室，像个没头苍蝇一样，毫无目的地找书看，听讲座。有一天下午，我在图书馆里乱翻书，偶尔看到一本已经被人翻得破破烂烂的《万历十五年》，作者黄仁宇。这是什么书？据书名揣测，是把这一年的大事按编年体罗列一遍吗？不会这么幼稚吧？谁知我粗粗浏览了几页就不忍释手，在图书馆一直坐到晚上，一口气读完了它。万历十五年即1587年，黄仁宇对这一年的考察牵扯出了一个色彩斑斓的晚明帝国。我的心中豁然开朗，考察汪精卫不正是熟悉了整个民国政府吗？考察宋子文也就是研究民国的财政和金融状况。《万历十五年》的文字有力度而张弛有道，描绘了晚明帝国中勾心斗角跌宕起伏的权力之争。它吸引我的远远不止这些，但我当时也说不清楚，只是觉得有什么东西似乎是开启了。读好书如饮醇酒。记得读完这本书后，我按捺不住兴奋，又连连向同寝室的同学推荐，当即向他们复述了一遍。时光匆匆流去，我也已经离开了历史系，可能永远也不会再回去涉猎这个学科，但我仍然记得那个午后，积压多日的疑窦悄然解开，那种释怀的感受却让人难忘。研究历史上的一人一事宛若滴一滴水在纸上，水会渗开，渗到何处，你对那个大时代的了解就到何处。又宛若蜘蛛织网，越织越密。后来回想起来，自己很幸运，在这条道路上，比别人要早些摸到门道，少走了许多弯路。

刚进历史系的第一个星期，有一个人的名字便进入了我的脑海，在之后的七年里成为我生活中挥之不去的记忆。那就是朱维铮先生。至今还记得初进大学时，学姐来串门，八卦着系里的各位我们尚未谋面的老师，她讲的最多的就是朱先生。学姐那时的兴奋起劲样、那种由内而外的崇拜劲和眼睛里闪烁着的神采至今还是历历在目，就像是少年时的我们谈起偶像时的模样。她用的形容词也是言犹在耳。系里的年轻教师偶尔和我们闲聊时会提起当年读书时先生对他们的称赞，那神情，仿佛比得了什么奖都高兴。还有人说，"朱先生有贵族气。"这些细节都让我对这位老师由衷地感到好奇。而后我就开始留意先生的课和讲座，还有他写的书。我不想用博古通今、学贯中西诸如此类的语辞来形容朱先生，但是我也想不到合适的词儿……

三年级的时候，系里安排他给我们讲授《中国史学史》。我每次上课都坐在第一排，深怕错漏先生的微言大义。先生常于平常的史料之外阐发出深刻的道理，我们从小就耳熟能详的历史故事，经他三言两语一讲，便是别样风光。更难得的是，他讲课极少用讲义，对史料、掌故、诗词歌赋的征引全凭记忆，信手拈来，如数家珍，当真有山高水长之风。当时我尚未选定思想史作为读研的专业方向，但已能体会到思想史的至深至美，先生的课令我于宫城九仞之外，窥见了朝堂宗庙之美。上朱先生的课，我们班同学的反应有些不一样，我是特别入迷；有的同学则很沮丧，感到有先生这样的前辈把学问做的那么好了，我们一辈子都难以望其项背了，听来也颇有几分道理。

学兄学姐们早就向我们宣扬过先生的考试。他是历史系乃至复旦唯一一位坚持面试学生的老师。我们写完论文必须当面向先生陈述文章的大意和论点,并接受他长达十几分钟的询问。全班同学都是如临大敌、如烤炙火。我记得当时选的题目是"康有为《新学伪经考》书名释义"。那时的网络远没有现在这么神通广大,参考书全靠自己根据相关文章提供的注解去寻找,为了搞懂这个书名,我在图书馆里泡了整整两个星期。相应地,也有收获,对经学史的脉络有了一个大致的了解,在考场上,先生的提问虽令我战战兢兢,如履薄冰,却也帮助我把这方面的知识梳理清楚了。做这篇两千字的课程论文,让我感受到如何站在一个相对较大的知识背景上来做一个小小的题目。让我产生成就感的是,我觉得自己似乎悄悄地不自觉地在运用《万历十五年》中体会到的东西。

当时,系里又新来了一位姚大力先生,后来在复旦也颇为知名。如果说,朱先生对历史有一种冷静缜密的思考,并将个人的切身之感融入历史学的诠释之中,那姚先生则对历史学充满了热烈的激情。他给我们讲的是《内陆亚洲的历史与文化》,冷僻的一段区域史被他讲得精彩非凡。在一教的小教室上课的时候,姚先生常常手舞足蹈,脱去外套,捋起袖子,意兴遄飞,往往到下课时只剩下一件衬衫,即使在寒冷的冬日里也不例外。我们全都为他对学科的热情所感染。

还有许多老师,在各自的领域里默默耕耘,我知道,他们有些寂寞,却是沉默而坚定的。

如果光是这些老师,我大概也不会再多学三年历史。那时,我读到了一本书,就是当时在学术界畅销的《陈寅恪的最后二十年》。从进复旦的那一天起,我就听说过寅恪先生的大名,他是复旦的校友,常在校史报告上被人宣扬。但我直到读完这本书,才真正地了解这个人,第一次明白了什么叫做学术精神。那是我有生以来对学问的敬意最甚的时候,以至于想要全身心地与之融合。1997 年夏天的某一天,我在偌大的清华园里苦苦寻觅王国维的纪念碑,碑上有陈寅恪为他写的一篇祭文,同时寅恪先生也在其中阐明了对做学问的理解,是王、陈二位先生一生风骨的真实写照。这篇祭文对无数皓首穷经而执著不悔的学者来说，称得上是一盏明灯。我问了许多来来往往的清华学子，他们都摇头表示不知。正当我快失望离去的时候，一位扫地的工人说，他只知道附近有一块"海宁王静安先生纪念碑"。我的失态让他有些吃惊。原来那个下午我无数次经过那里，但这块碑却因四周浓密的绿阴而不为人所见。当我站在它的面前的时候，我知道，我和历史学的缘分仍将继续。人说做学问是大浪淘沙，投身其中的人只有极少数能脱颖而出，而我并不介意做一朵小小的浪花。

1997 年的秋天，我向系里递交了直升研究生的申请书，因我的好学给朱先生留下了好印象，他很爽快地收下了我。先生就是这样，对于愿意读书的孩子，从来不吝指导，尽自己所能提供帮助，并且还不让当事人知道。有一次，那已经是成为研究生以后的事，同门聚会，先生说，他一生最引以为傲的事不是做出的精深学问，也不是在学术界的名望地位，他自认为，他为中国留下了几颗读书的种子。我想，当时先生是想把我们当成一颗颗读书的种子好好培养的。可惜那时我对先生的苦心孤诣却毫不知晓。得以拜在大学者门下，我多少有些飘飘然了，做学问，多清高的职业呀！同学们都用"意气风发"这个词来形容当时的我。

我对做学问的悠然神往很快被严格的训练粉碎了。读研究生的第一年，先生开列了一个书单，要求我们每星期读一本古籍，从《论》、《孟》、《老》、《庄》一直读到前四史，再到宋明理学，一直读到黄宗羲《明夷待访录》。每次读完之后要递交一份读书报告，周四晚上，先生的助手带领我们几个研究生聚在一起讨论。有些书比较深奥，自己粗粗读一遍也不太懂，但和同学讨论却能触类旁通，看过书之后无论是讨论还是听课都事半功倍。第一年先生很少指导我们，更是绝口不谈做论文的事，只是要求我们闷头读书。每个星期一本接一本，一年来没有一天喘息的时间，我们也曾怀疑过这样子读书的有效性，也曾担心过论文是不是还来得及做。但是这些薄薄的典籍已经把我们压得直不起腰来。不停地看、不停地读、不停地写、不停地思考，还要不断讨论。就这样过了一年几乎是与世隔绝的日子。我一直到几年之后才体会到先生的良苦用心，他不仅是要为我们打好读文献的基本功，培养我们提出问题的眼光，更是为了帮助我们养成读书的习惯。在这个节奏越来越快，生活的压力越来越大、各种各样的诱惑和新奇之物纷至沓来的城市里，能真正沉静下来读书是一项难得的本事。两年级时，先生开始和我们讨论论文，却启发我们自己找题目，

那时，中国汉学界翻译了哈佛大学的汉学家孔飞力教授的一本书——《叫魂》。孔教授在清代的江南找到了一个叫魂的案例，考察清帝国对这个案子的处理，进而考察清帝国的政治状况和统治者的文化心态，条分缕析，层层剖解，有元气淋漓之象。如果用一个比喻的话，孔教授已经把历史著作做成了一件艺术品。从中你可以感受到逻辑的力量和严密，用它来呈现历史竟是如此的天衣无缝。在这里，历史学仿佛已经彻底远离了中国史家"秉笔直书"的传统，而蜕变为一种"智慧的游戏"。

这本书对我有莫大的启发。邯郸学步，我选了张之洞的《劝学篇》为切入点，考察晚清政府改革的心态。论文做得不是太理想，却做得很辛苦，对自己也是一次难得的尝试。

研二的时候，我开始为将来筹划了，是继续攻博，做一个历史学女博士，还是放弃专业，转而工作。读研使我最近距离地接触到学术界的生活。那时我才意识到，原来自己对这一切的理解太过理想化，在学者光鲜的背后，是比别人艰辛、寂寞得多的日常生活。不用坐班就意味着没有上下班之分，脑子一刻不停地在运作。读书本身充满了乐趣，但是将所读之书融会贯通，变成一件完整的东西却需要莫大的智慧。学思想史比起其他来，对知识储备量的要求更高。想到自己伏案读书，敲骨吸髓地写文章，直到两鬓斑白的样子，我有点退缩了。我觉得自己并不具备足够的天分和智慧。那时的我比起两年前要成熟一些，尽管以现在的我看起来，还是幼稚的。那时，我开始懂得根据实际情况来做综合的权衡，不再是那个毅然决然、义无反顾的

女孩了。我想，做学问的需求量不是太大，即使我读完博士也未必能谋得一个称心的教职，更何况自己不是做得很出色，如果到读完博士时再转型就更难了。

我的家庭很普通，父母对我读研虽然没有异议，但是我明白，这对他们来说是不小的压力，已过半百之年的父母本应该开始好好地享受生活，为了我却还要经常去加班。我想我是应该为这个家承担一些东西的。父母也觉察到我心理的变化。父亲对我说，如果我想继续读书，他们无论如何会支持。他让我不要有心理负担，尽管放手去做。父母的宽容和理解让我的心头更加沉甸甸了。随着年龄的渐长，我越来越意识到我对家庭所负有的责任，父母养育我的岁月已经有二十六年了，我想接下来应该由我来照顾他们了。

从理性的角度来思考，无论是从智力还是从财力方面来讲，我都没有理由再继续读博。但是，做学问是我的理想啊，读硕攻博做研究是我为自己设计好的一条路，这些年我不就是在为此不懈努力，为之奋斗吗？就这样放弃？我有些不甘心，也觉得自己没出息。离开历史系，我从前从未思考过这个问题，但是现在却冒了出来，想到离开我敬爱的教授们、离开我晨昏必去的图书馆……我竟是如此的依依不舍。

选择是艰难的。第一次选择是在考大学时，是一个偶然；第二次选择读研，是一次满心愉快的选择；这一次……我前所未有地迷茫，站在人生的十字路口，我失去了方向……

那年冬天，我一个人跑到了北京，离开我熟悉的城市，在一个陌生的地方，我要好好想一想……有一天傍晚，我去王府井，结果坐错了车，走过紫禁城的后门，朱红的大门已经紧闭，高高的城墙无声地兀立，天地间只有一个我，我突然觉得自己的渺小和无助。在浩瀚博大的学问面前，我是多么的微不足道。我坐在护城河边上，当太阳缓缓落下，如血的残阳，映得天边红彤彤的，美丽得到了极点。我的心却沉下去了。也许你觉得有些荒谬，对着夕阳，可以做一个这么重要的决定。然而确确实实是这样的,从那一刻起,我彻彻底底地放弃了自己,再也没有力气去抓住什么……

选择之后的事反倒好办。我一边做论文,一边找工作,顺利答辩,如期毕业,在一个出版社找到了一份工作,编辑一些文化方面的材料,专业还算对口。生活很悠闲,内心很平静,再也没有做论文时的焦灼,心里也不再怀有对父母的负疚感。每天朝九晚五,按时上下班。我有了一份稳定的收入,父母很满意,对他们来说,仿佛看到人生的阶段性成果。在别人眼里看来,我大概可以算是一个白领,看看戏,和朋友喝喝茶,打球,旅游……我也曾以此为乐。但是有一天,我突然发现,我过着平静安宁的生活,却没有了理想。我开始怀念读研的日子,虽然辛苦,心中却总有暗流涌动,虽然青灯古卷,却对未来充满了憧憬。无数个夜晚,我从图书馆和同学们一起走回宿舍,疲倦得睁不开双眼,却一路争论不休,面红耳赤,却又惺惺相惜。

有一天,我偶然看到一个招聘广告,是复旦的一个二级学院,需要招聘一个搞文字工作的人。我毫不犹豫地投了简历,毫不犹豫地回来了。我的复旦……有万般委屈,回到复旦再说。

对复旦的这种感觉我很难向别人言传,也无法用文字来向你描述。可是,当你和我一样,曾经在这里生活过,每天早上迈着轻快的步子去教室自修,树上偶尔的鸟鸣夹杂在学子们的朗朗读书声中;晚上经过草坪,有人围坐在一起弹着吉他,嗓音或沙哑或清亮;黑漆漆的树林中有人在轻声聊天;秋天的时候,一路的桂花香伴随你走到寝室;春天,绵绵如织的春雨让你的心有些忧伤又有些快乐,空气里却弥漫着温润的气息。如果你也有过相同的经历,你就会明白我对复旦的感情。那时的青春叫现在的我惊讶,大清早爬起来晨练,连上十节课一直到晚上八点,毫无倦容,晚上还可以继续自修。一周中总有一至两个下午没课,可以找个教室随便看书,也可以找一块如茵的草坪或坐或躺,或聊或睡,拿一本书盖住脸,拿个书包当枕头,直到晚霞满天。那时可以肆意地笑,率性地哭,称得上是真性情。大学一年级的暑假，我们在校园里认识了一群留学生，起先怀着学英语的企图与他们来往，苏杭两次旅行后，却成了莫逆之交，再也不是为了学语言，再也没有任何功利的目的。当两个月后，他们学习期满，回国在即，我们竟与他们相拥而泣，在国际交流学院门口人人都是泪流满面。1995年，出国是多么的不容易，分别也许就是不再相见，真如生离死别。没想到，2001年，美国发生"9·11"，这些美国朋友纷纷到亚洲寻找机会，七年之后，我们居然又有机会见面。大家都是套装套裙在身，公文包在手，但是一抬手，一拍肩膀，一个微笑，时光仿佛又倒流了……如果你已经踏上社会，如果你曾经不得已对着某些人违心地笑过、违心地说过一些话，你一定会明白，这样的经历在生活中是多么的珍贵。而我的这些珍贵记忆总是与"复旦"连在一起。

我们也有聚在一起对复旦说长道短的时候，说得最厉害的一位同学毕业后在老家工作了只有两个月，就跑回了复旦。"不如意了，迷惘了，第一个想到的就是复旦。"当我毕业之后踏上社会工作，周末总是忍不住会回到复旦看看，有时还恨不得住上一个晚上。所以当某一天，偶然在报纸上看到复旦的一个招聘广告，很自然地就回来了。后来慢慢发现，在大学里认识的同学朋友有很大一部分还在这里，有的和我一样，离开了又回来工作；有的在附近买了房子，还买不起房子的就在附近租房子；有的从来就没有离开过，一直在复旦读书，工作。所以，尽管心情再也回不到从前，可是相聚还是非常容易，呼朋唤友顷刻间就能成一桌。想到这些，不禁哑然，复旦就是这么一个地方，让你迷恋不已，让你缱绻难忘，让你离开了还是忍不住要回来。

校园里没有什么变化，花落花开一如1994，有时候我也会跑去听听课，重过一把当学生的瘾，可是教室里坐着的都是很年轻的小朋友，图书馆里也是。我徒然地努力，却再也回不去了。想起毕业之际，全班到火车站送一位同学回老家，他在站台上和同学们一一拥抱，无论男女，只说一句，"这是一个时代的结束。"当时只觉得这句话有些悲壮,似乎也很容易被滥用。它的含义到我重新回到复旦才体会到。即使我身在复旦,却再也回不到从前那种状态。那个时代留给我的唯有对学者、对学问的敬意。即便是现在,我已经远离了历史学,远离了读书的生活,并且可能永远也不会再回去,但是,我对那种充满书香、与世无争的生活状态依然怀着向往之情:看到复旦无数幢在入夜时分有灯光亮起的小楼时心中是暖暖的;在校园里碰到认识的教授要行个注目礼;偶尔到复旦图书馆仰望一排排高高在上的书架,忍不住还要抽出几本来翻翻;对于那些仍在学问这条路上努力着、钻研着的和我同龄的朋友们,我由衷地感到羡慕。

　　毕业后的有一年秋天,我去了一趟西藏。站在群山之巅,远处的大山连绵不绝,湛蓝的天空与你近在咫尺。我忍不住高呼:"世—界—就—是—我—的。"那一刹那,我又回到从前,我突然意识到自己身上失落的东西——是我少年时代对生活对未来怀有的美好的向往,一种我一直想要实现却没有实现、而且永远都不可能实现的憧憬,一种曾经在我心灵深处热烈地燃烧过的天真烂漫的东西,烂漫得犹如四月的樱花,我在西藏又重新找到了它,短短一刻,甜蜜与忧愁却是无数次地涌上心头,然而它只是像电流一样经过我的身体,稍纵即逝。而后我就迷恋上了西藏,算一算,毕业四年,去了四次,平均一年一次。

认识你自己

1978年生于上海，
1995年进入复旦大学文科基地班，
1999年复旦大学哲学专业读博，
现为复旦大学哲学系现代西方哲学教研室讲师。

在复旦读的大本、硕士与博士，现在复旦哲学系教西方哲学，正宗地道的老复旦。不太爱说『将毕生精力奉献给学术事业』之类的豪言，因为觉得玩学术只是众多生命乐趣中的一种。本以为在1984年开始读小学的自己更容易与年轻人沟通，后来才发觉：年轻人还是更愿意视我为长辈，而在长辈眼里，我还算后生。于是乎，每每困惑于年轻人为何如此隔膜于经典，同时困惑于长辈为何如此不能够宽容周杰伦。

引　言

　　"认识你自己"本是铭刻在古希腊德尔斐神庙墙壁上的一句箴言,后因为大哲学家苏格拉底的大力宣扬而变得妇孺皆知。讲得通俗一点,这句话说的大致就是"人贵有自知之明"的意思。这层涵义表述出来虽有些波澜不惊,但真要做到却异常艰难。让我们先来想想这样一个问题:大学四年,归根结底是为了学什么? 有人说是学知识,不错,但像是废话。大家苦哈哈地挤过了高考独木桥、交了学费进复旦,不来求知来干吗? 有人说是为了学做人,看似有理,但好像也没有说到点子上。只要你在社会中活一天,你就得做一天人,难道你在进大学之前就不做人了? 而我对这个问题的答案则要明了得多:在大学四年中,最重要的就是认识你自己到底是谁。大学时代再不明白这一点,恐怕就晚了。但遗憾的是,在与身边不少同学的交往中,我却发现很多人都缺乏对于自身的这种反思能力。这种反思具体包括:自己究竟有什么才能,有什么弱点(其中哪些弱点可以改正,哪些弱点因为过于"顽固"而只好回避),自己为什么要报考这个专业,为什么要考研(是真为了钻研学问还是为了逃避就业压力),为什么要出国,等等。这些问题若想不透,就说明你对自己了解不够,而对自己了解不够,你就很难对自己的人生有一个理性的规划。

　　就作者本人而言,虽然很难说我已经对自己有了一个彻底清楚的认识,但至少对于我这个人能够做什么,不能做什么,大致的把握还是有的。这也就是我现在之所以选择以哲学教师为业,而不去做机关公务员或公司白领的根本原因。但需要指出的是,这种自我认识的形成并不是一蹴而就的,而是在渐进的经验积累与反复的自我

273

反省后逐步形成的。至于这篇短文所记录的,也正是本人进入复旦八九年来认识自我的一番坎坷的心路历程。若各位看官阅后能有心得一二,则在下幸甚!

一、进入文基班

我的整个中学时代都在上海市市北中学度过的。高三分班的时候我非常反潮流地选择了历史作为我的"3+1"考试的加试科目,引起了同学们的一些议论。也许在很多人看来,选历史是一个疯狂的决定,因为历史科目的"背量"是最大的。我却觉得自己的选择很符合逻辑,也符合当时我对于自身的认识。第一,我这时候已经很清楚我是读文科的料。我虽然不乏自然科学的兴趣,但并不是做理科考卷的高手(不幸的是,中学理科教育的主要目的却恰恰是扼杀大家探索自然的兴趣,并努力培养大家做理科试卷的技巧);第二,我从老师那里打听到,加试历史与加试政治所能报考的专业基本上是一样的。但我不想考政治。那时候我已经隐约发现了一个很有趣的规律:同样是考"背"功,政治课要背的东西几乎每年都在变,历史课要背的东西则要稳定得多。我的想法是:背了政治后,过几年后这些知识就完全失效了,没意思。不如背历史,还可以增加一些文化涵养(不过,进了大学后才知道原来中学的历史教科书也是讹误颇多。哈哈,这已是后话);第三,更何况我也一点不怕背历史。小学三年级的时候我就已经熟读了五卷本的历史开蒙读物《世界五千年》,初二的时候参加上海市"美优"杯两史一情竞赛,还得了一等奖。说来别人恐怕还不相信,在繁忙的高中学习生活中,我最大的课余乐趣就是在灯下细细翻阅复旦大学历史系金重远教授主编的《第二次世界大战百科词典》! 我有这底子。

但即使确定了加试科目,我仍然感到前途迷茫,因为我还是不知道将来在大学里我应该学什么专业。拿着厚厚一本高校报考专业指南,看似专业琳琅满目,我却找不到自己的位置。我觉得现在的考试制度与专业分类已经把我变成了一个"多余的人":也许我能够强迫自己纳入这个世俗的轨道,并强迫自己按照世俗的"成功"标准来"成功"——但我仍然深深怀疑:即使如此,我依然不会感到幸福,因为我自视珍贵的某种潜质似乎无法按照这种方式而得到挖掘。是的,我确信自己有这潜质,我在中学生活数年中所获得的一大叠"旁门左道"的获奖证书(什么环保比赛啊,生物比赛啊,历史比赛啊)都在证明这一点。但这些东西对于高考有用吗? 若没有用,它们到底证明了我具有什么样的潜质呢? ——我很困惑。

　　大约是在高三上半学期快临近终点的时候,一个从此改变我人生轨迹的机会悄然而至。我得到了一个消息:复旦大学正在上海的各重点高中的高三学生中招收首届文科基地班的学员。据说复旦开创此班的目的就是为国家的人文基础学科的研究储备相关的后备人才,若被其选入,则可享受保送生待遇。我听后喜出望外。凭良心说,若由我自由报考高考专业,我恐怕是不会选择文、史、哲等人文基础学科专业的——我虽然酷爱历史,但也得为毕业后的出路考虑啊。但文科基地班却不同:既然这是在文、史、哲专业之外单独招收的班级,在师资力量配备上必定可以享受"精英"待遇,毕业后直研与留校的机会自然也会大得多。另外,可以逃避可恼的高考也算得上一大诱惑。于是我便欣然报名去应考了。

　　复旦大学的文科"选秀"考试的初试只分语、数、外三科。外语的考卷基本上相当于大学英语一级的水平,数学和理科基地班的"选秀考"同做一张考卷,但文科考生不必答最后几道附加题。语文最有意思,一张考卷就三题:一道是文言文的阅读理解题、一道是小作文(题目忘记了),一道是大作文(题目是"追求卓越",这是复旦前校长杨福家先生最爱说的一句话)。谢天谢地,那次考试的数学不难,连一道解析几何的题目也没有,因此没有怎么拉我总分的后腿。试后稍等一段时日,我便顺利地拿到了复试通知书。复试当然是口试,考生先抽题目,准备几分钟以后再进考场回答问题。我抽到的题目是与苏东坡的诗《题西林壁》有关的,但因为有一点紧张,竟然忘记了这首名诗是他老人家写的,非常惭愧。不过,后来我及时地向各位考官大人抖落了一下所有我所知道的关于唐宋八大家与宋代历史的知识,扳回了不少印象分(这也是我参加口试的一个小经验:万一你因为紧张在哪一个小知识点上被卡住了,别发愣,你得迅速向考官展示你的另一面!)。但尽管如此,我仍然觉得答得很糟,考完后一直忐忑不安。

一直等到复旦大学正式的录取通知书送达我手中之时,我悬着的心才放到了肚子里。离到复旦报到还有几日,但我还是坚持每天到母校上课。当然啦,更精确地说我是来混完高中生涯的最后几天的:老师在上面上课,我就在下面十分快意地乱涂乱画教科书,知情的老师也懒得搭理我。这可是我在高中生涯中过得最放肆的几天了,因为已经没有人可以以高考为理由来对我横加指责了!!

1996年2月,我正式进入复旦大学95级文科基地班(哲学系代管)学习,其间暂时保留中学学籍一学期。走在复旦校园的林阴道上,我感到自己仿佛正走在一条能够实现自我价值的金光大道上。永别了,折磨了我整个青春期的应试教育!我已经踏上了载着我躲避洪水的诺亚方舟。

二、 从史学到哲学

我是抱着学历史的念头进文基班的,而我在入学前的口试中也是这样向作为考官之一的历史系樊树志教授表白的。樊教授则笑眯眯地回答我说:"先别急着定专业方向"。这里需要向读者说明的是,文科基地班前两年的学习实行的乃是打通文、史、哲三个专业的基础教育,到高年级时学员才自行决定专业方向,因此樊教授的话显然是有所指的。但是根据当时我对于自己兴趣与相关专业的认识,我还是决定学历史。我的选择来自于排除法:首先,我决定不选哲学。在当时的我看来,哲学这玩意最空洞,说得都是不着边际、不合常识的废话(比如,把明明不是的东西颠倒过来非说是,最后还说这是什么"辩证法",非常荒唐)。我觉得我这个人性格比较务实,讨厌说废话;又比较崇尚理性,讨厌说荒唐话。另外我也不想去中文系,因为我觉得男生去中文系不是很有面子,大老爷们就应当搞些带有理性色彩的研究。所以剩下的选择项就只有历史了。历史研究既长经验知识,又重逻辑推理,合我的胃口。

——但好笑的是,现在写下这些文字的我却已经是一个地道的哲学博士兼哲学教师了,而我本来最不喜欢的却正是哲学。这到底是怎么回事呢?

平心而论,对于历史系与中文系为文基班开设的不少课程,我个人都是非常喜欢的。最有印象的是两门。一门是中文系开的"中国文学史"课程,骆玉明教授主讲。好酒的骆先生很有魏晋才子风度,上课的时候宛若神游。这课本来是说中国文学的,但他开头几节课说的却都是对于中国历史与文化的宏观思考,听得酷爱历史的我陶醉极了。当时骆先生经常向我们布置写读书心得的作业,我动辄一次就写十几页,弄得班上的同学都很迁怒于我(因为我的行为客观上在班内挑起了一场互相攀比写作长度的"军备竞赛")。我后来将这本厚厚的读书心得寄给一个我暗恋很久的女孩看了,不过此本现在已不知所终,留待后人考证去吧。在历史系开设的课程中,吴景平先生讲授的"中国近现代历史变迁"对我帮助最大。吴先生经常在课堂上拿着一本官方的近现代国史教本,用充足的史料证据逐页批驳里面的那些已经成为公众"常识"的论点,每每让作为听众的我深感震撼。记得在他一次布置论文写作任务后,我曾私下里问他:"学生对甲午战争感兴趣,但时间比较紧,是否可以看一些二手资料写一篇东西?"他的回答虽听似温和，可分量却极重："若尔等欲敷衍一文，请随意"。一向心高气傲的我听了，立即觉得脸如火烧。在好胜心的驱使下，我随后就将历史系资料室中所收藏的"人大复印资料"中所有与甲午战争有关的论文全都翻寻出来，并按照这些论文背后的文献索引来寻找相关的一手文献。以后的一个月里，我几乎夜夜苦读一本人民出版社出版的《李鸿章电稿》与一本黑封面的《中国近代史丛刊·中日战争》，终于磨出了一篇两万多字的论文《再论"保船制敌"——对于甲午战争中李鸿章海军指挥方略的讨论》。此文后来在全校本科生的论文竞赛中获得了好评，亦使得我切身体会到了通过揣摩一手资料来从事学术研究的艰辛与甘苦。

至于我转而对哲学发生兴趣的过程，则显得比较曲折。我一开始并不觉得自己有什么哲学天分。王德峰先生的"哲学导论"是我在大学上的第一个哲学课程，但我最后得到的分数却只是"A－"，并不是最好的一类。后来上了吴晓明先生的"马克思早期哲学原著导读"，我得到了"A"，自信稍微增加了一些。大二的时候我因为参与辩论赛的缘故，半个学期都没有好好学习，期末考试前狂补前面落下的课程。最后在莫伟民先生主讲的"西方哲学史"考试中，我竟然得了全班最高的分数（九十八分），让我自己也感到很诧异。我忽然觉得在历史之外，自己其实也可以学点什么别的东西。

真正促使我下决心改弦更张的乃是如下两个因素。第一，通过我对于历史学科的了解，我逐步发现：历史研究成果的价值在很大程度上是取决于材料的扎实程度的。但材料的搜集有时候却是非常困难的，比如中国人在治西洋史时，在获取材料的先天条件方面一定不如外国同行；而在研究中国近现代历史时，我们往往又会遭遇到无法阅读与课题相关的国家秘密档案的苦恼。这也就是说，在材料获取条件上的彼此不平等，实际上便使得历史研究者们在竞争的起跑线上就已经处在彼此不公平的状态中了。相比较而言，哲学研究所依赖的材料（即使是外文材料）一般都可以在公开的图书市场上购得，因此,只要研究者有一定的耐心与财力支持,材料的搜集是不会成为致命的研究瓶颈的(换言之,在此情况下,研究成果的质量基本上就取决于研究者自己的才情了)。我一向是主张"公平竞争"的,在这个问题上哲学无疑已得了一分;第二,通过我对于哲学的了解,我渐渐发现研究哲学其实也很有意思。过去中学的哲学教育着实是在败坏哲学的名声,所教的那堆可笑腐朽的哲学教条(比如"唯心"与"唯物"的对立,辩证法与形而上学的对立)其实在马克思本人的文献中也很难找到根据。而且我还发现,马克思的那些早年手稿实际上只有受过非常系统的西方哲学训练的人才可能真正理解,因此西方哲学功底不好,几乎就是"哲学功底不好"的另一种说法。那么,西方哲学训练的主旨又是什么呢? 一言以蔽之,就是通过对于西方哲学史的学习来训练我们从事论证的能力——换言之,问题的关键并不在于你持什么哲学论点,而在于你如何通过讲道理来支持或反驳某个论点(由此反观中学的哲学教学,中学教师只负责灌输教条而压抑学生的反思精神,实为真正的哲学精神之敌)。而我这个人在骨子里就是一个很喜欢怀疑与反思权威的思想活跃分子,因此对于这番"论证"的程序自然是双手欢迎的。毫不夸张地说,直到目前为止,我打心眼里依旧固执地认同近代启蒙主义者的如下信念(尽管我并不是不知道后现代主义者对于这一信念的冷嘲热讽):任何教条,无论出自任何权威,都必须经过理性法庭的严格审查才能获得其效用。

在我本科时代所读过的哲学读物中,真正对我的思想产生深远影响的乃是两本博士论文。第一本是叔本华的博士论文《论充足理由律的四重根》,另一本则是谢遐龄先生的博士论文《康德对于本体论的扬弃》。我读这两本书主要是为了解读康德哲学服务的,因为怕直接阅读康德的《纯粹理性批判》过于困难,于是就决定先阅读一些外围材料(叔本华的书里面有很多对于康德思想的继承性的阐发,也算是相关外围材料之一)。这两本书有一个共性,就是都比较重视逻辑论证,写作环环相扣,因此也都是博士论文写作的范本(不过谢著行文晦涩，对初学者来说难度不小）。我在读这两本书时就已暗暗下了决心：以后我自己也要写出一本有分量的哲学博士论文来！

三、 走进分析哲学

我在读本科高年级的时候经常慕名去旁听哲学系名教授俞吾金先生的"西方哲学史"课程（之所以是旁听，乃是因为这门课程我其实已经修过了），获益颇多。因为下课时经常向他请教问题，因此他也注意起我来。后来我很荣幸地成为了他的硕士研究生与博士研究生。

相熟以后，由于系里已经确定了我今后会直升攻读西方哲学专业的硕士研究生，俞老师自然得过问我日后的专业研究方向问题（西方哲学实际上是一个覆盖面非常宽广的二级学科，下辖的具体研究方向很多）。俞老师向我推荐了一个研究方向，就是对于当代英美分析哲学的研究。我听了以后吓了一跳，并没有马上答应，而只是允诺试着看一些这方面的书。没想到一读之后，竟一发而不可收拾。

那么，为什么导师的建议一开始会使我感到有些诧异呢？这里还得向读者简单介绍一下相关的背景知识。现在我国的西方哲学研究，从时段上可以分为哲学史研究（从古希腊到黑格尔）与现代西方哲学研究（从黑格尔死后到当代）两个板块，其中的现代西方哲学研究按照牵涉到的国别语言来分，则可细分为德语哲学、法语哲学与英语哲学三类。有意思的是，尽管英语是我国官方外语教学体系中的第一外语，但是大多数中国的哲学研究者都是"哈德一族"。其背后的道理则是：大家都觉得德国是真正的哲学之家，德语哲学深邃、思辨味浓，而流行于英语国家的分析哲学过于注重形式分析，反而忽略了对于大道的反思。因此中国哲学界多"康德派"、"黑格尔派"、"胡塞尔派"、"海德格尔派"——这些哲学家可都是说德语的呀。至于我嘛,在读大三的时候也自以为是一个地道的"哈德族"——说得更具体一点,就是一个"康德派",因为我觉得康德他老人家的先验哲学其实就已经为一切哲学争论的解决指明了方向。但既然答应了导师看一些分析哲学方面的书,我就决定试一下。

从什么书看起呢?当时我已大约地知道,20世纪的分析哲学运动肇始于德国逻辑学家弗雷格掀起的"逻辑学革命",尔后英国的罗素则利用弗雷格发明的新逻辑工具推导出了很多崭新的哲学结论。因此,学习分析哲学必先读弗雷格与罗素,同时也必须懂一些数理逻辑方面的基础知识(想来这些技术方面的障碍恐怕就是中国学者普遍畏惧分析哲学研究的原因吧!)。但问题是:难道对于这些技术工具的掌握,真的对哲学研究如此必要吗?

阅读罗素,使得我改变了这一成见。罗素写的销路很广的《西方哲学史》我在更早的时间就已经拜读过了,但觉得写得太浅,没有读黑格尔的《哲学史讲演录》过瘾。后来才晓得,这本书是罗素为了赚稿费而急就的应景作,不能代表他的真实水平。至于他的代表作——三卷本的《数学原理》(与怀特海合写)——则厚得让读者望而生畏,翻开一看,满页的逻辑符号与时下逻辑学界的通用符号大相径庭,宛若一本天书!于是我选择了篇幅小得多的《数理哲学导论》(即《数学原理》的缩写本)与罗素的另一本论文集《逻辑与知识》作为了解其哲学以及数理逻辑基础知识的入门。看了以后我不禁立即着了迷:罗素用幽默生动的文笔条分缕析地解剖复杂问题的功力着实令我佩服!就拿摹状词理论来说吧,听老师上课讲总觉得枯燥晦涩、不得要领,但看了罗素本人在《数理哲学导论》中的解说,一下子就有豁然开朗的感觉!要知道,摹状词理论的提出,本是为了借助数理逻辑中的命题函项理论来分析日常语言中非常不起眼的定冠词现象,可罗素却从中引出了反对自巴门尼德以来西方哲学传统对于"存在"的种种思辨的宏大结论,足可见其用心之缜密、野心之庞大。我至今都为他在《数理哲学导论》之《摹状词》一章开头写下的那一句话而感奋不已："用两章的篇幅讨论一个词（即定冠词'the'——引者注），或许让人觉得过分，但该词对于研究数理哲学的人来说实在重要。就像勃朗宁诗中的文法家研究希腊文词尾'δε'一样，即使笔者身陷囹圄且下肢瘫痪，也要固守这一不苟且的精神，对于这字眼作一番严格的探讨"①。

罗素是引我走入分析哲学世界的向导，我心中自然对这个英国人心存感激。但我也决不会忘了我的指路人俞吾金老师。现在回想起来，他当年之所以考虑让我以后专攻分析哲学，可谓用心良苦。他在很多场合都表露过对于当下的中国哲学界不重视语言反思与逻辑论证训练的浮躁学风的不满，而去从事分析哲学的研究，则无疑可在一定程度上为之纠偏。另外我系的分析哲学研究的人才储备也严重不足，他建议我用力于此，定是有着全盘的战略考量的。至今我的学术研究仍深深受惠于当年他的这番指点。

在罗素之后进入我的学术视野的乃是路德维希·维特根斯坦。此君乃是罗素的奥地利弟子，在祖国被纳粹吞并后转入了英国籍。其早年著作《逻辑哲学论》与晚年著作《哲学研究》都可称得上二十世纪西方哲学最伟大的经典之一。我的硕士论文研究的就是《逻辑哲学论》中的"颜色不相容"问题，但由于我直升了博士研究生，硕士论文答辩的环节就被取消了。后来这篇两万多字的论文发表于北大哲学系主编的哲学刊物《哲学门》上。

四、游学意大利

2002 年 5 月，刚做了一个学期都不到的博士研究生的我从俞老

---

① 语出《数理哲学导论》中文版（晏成书译，商务印书馆 1982 年第一版）157 页。罗素在撰写该书时正因为参加反战运动而在监狱服刑，故此才有"身陷囹圄"之说。

师那里得到一个消息:和我系有着友好关系的意大利罗马慈幼大学申请到了一笔奖学金,可以资助中国学生若干赴意学习。这事情在我系的联络人是黄颂杰教授,他与俞老师商量后决定将我的名字也列入选送名单。我听到这个消息以后,既兴奋又吃惊。兴奋自然不用解释,因为地球人都知道意大利是古罗马文明与文艺复兴运动的所在地,任何一个向往西方古典文化的人都会珍惜这个机会的;而之所以吃惊,则是因为当时的我对于赴意学习几乎是毫无思想准备的。对于当代意大利哲学界的情况,我了解得实在很少,我真不晓得这次出国对于我撰写关于维特根斯坦的博士论文会有什么直接帮助。当然,能够去古都罗马的巨大诱惑还是马上战胜了我的这点小小担心——2002 年 6 月,东航拥挤狭小的"空客"飞机将我载到了意大利。

此后的三个月,我都在一个叫佩鲁贾的小城市突击学习意大利语(其实这座小山城乃是翁布里亚大区的堂堂首府,只是按照中国的标准才算小城。熟悉意甲联赛的朋友当知其名)。搞笑的是,意大利居民中的大多数都不会说英语(尽管英语的确是他们的第一外语),因此一个中国人若不会说一点意大利语,在那里几乎就寸步难行。我学习意大利语的热情多少有一点虎头蛇尾,刚学到足够应付日常生活的水平,就又想去研究哲学了。原因也很简单:意大利语不是学术强势语言,现在学得好将来也没有用,还不如留着点力气去搜集些对作博士论文有用的材料。

但小城佩鲁贾哪里有什么关于维特根斯坦的学术材料啊? 好不容易挨到了去了首都罗马,可到了国家图书馆一看,惊讶地发现那里关于维特根斯坦的藏书竟然和上海图书馆的可怜馆藏是一个水平的! 我当时真是沮丧极了。

俞老师与黄老师知道了我的困难以后,都鼓励我不要灰心,并建议我去罗马各个大学的图书馆去看看。他们的建议启发了我。我忽然想起在我出国前,北大哲学系的韩林合先生曾告诉我:《逻辑哲学论》的英译者之一麦克吉尼斯先生现已从英国移民到了意大利的小城锡耶纳，若有困难不妨去找他。但问题是：我与他素昧平生，我本人也不在锡耶纳，又当如何与他联系呢？情急中的我便壮着胆子，按照从网络上查来的锡耶纳大学的办公室电话号码，直接问那里的工作人员是否知道有一个叫"麦克吉尼斯"的前牛津大学教授在此任职。那接电话的女士用很动听的意大利语说"没有啊"，我的心一下子就凉了。但就在我马上要挂电话的时候，电话那头突然有另一个声音说："是有一个叫这名字的退休教授"，一阵翻寻之声后，终于有人告诉了我麦克吉尼斯先生在锡耶纳的宅电号码。我便立即按照这号码按了手机号码。当我终于听到麦克吉尼斯的声音后，心激动得怦怦直跳，一时间竟不知道应当用英语还是意大利语和他说话。在彼此交换了通讯地址以后，我几天以后就从他那里收到了一个寄自锡耶纳的大邮包，里面都是他撰写的关于维特根斯坦的研究论文。那天，我郁闷多时的心情突然放晴。

　　但我与麦克吉尼斯本人只见了一面。2002 年 10 月的一天，他到罗马第三大学开了一个新书发布会，在会上他将我引荐给了他的该校哲学系的朋友艾姬蒂·罗撒丽娅教授。艾姬蒂教授是一个非常和蔼、打扮又十分时髦的老太太，也是意大利国内研究维特根斯坦哲学数一数二的专家。此后几个月我一直在她的指导下学习。在她的帮助下，我很顺利地找到了海外最新出版的关于维特根斯坦哲学的大量一手材料，原先的博士论文写作构想也随着新材料在视野中的大量涌现而不得不大作修改。在 2003 年春天，我还申请到了一个去那不勒斯去作学术报告的专职学术评论员的机会，而报告的主讲人正是艾姬蒂教授本人（因此我还顺便捞到了一个去意大利的第一美港公费旅游四天的机会）。回想起来，那几个月的罗马生活真是忙碌而充实啊：每天早上一起床就赶着去挤市内火车（其作用类似于上海的轻轨，但还是在地上开的），乘几站后再换乘地铁 B 线，运气好的话还能在地铁站抢到几份免费派送的地铁晨报，关心一下伊拉克战局与国内的"非典"疫情。到罗马第三大学那一站下车后，要么就一头扎入图书馆啃英文与德文材料，要么就去旁听一些与分析哲学相关的课程。期间结识了很多意大利好朋友，其乐融融。从总体上看来，罗马三大哲学系的博士研究生人数虽少，但很精干，男的帅女的靓，平均学术水平也要明显高于国内同学。他们的年纪一般都在二十五六左右，独立科研能力强、思维敏捷，而且几乎都是真心实意来学习哲学的——不像国内某些同学，来考研的目的非常不纯。能够和这些优秀的意大利同学在一起学习，的确是理智上的一种巨大快乐。而在参加了他们的几次讨论课后，我也明显感到了我国大陆哲学专业的研究生教育与海外先进水平之间的巨大差距！

　　2003 年 6 月，在以胡锦涛总书记为核心的党中央的果断领导下，国内的"非典"疫情终于得到了有力的控制，我也安安心心地坐着新加坡航空公司宽敞舒适的"波音 777"客机飞回了上海。可以说，在意大利的一年乃是我人生中的一个重要转折点。不难想见，大多数人去意大利，所得到的收获无非就是在威尼斯泛舟、在佛罗伦萨看博物馆的回忆——这当然是必要的，我自己在罗马、威尼斯、佛罗伦萨、佩鲁贾、阿西西、都灵、米兰、那不勒斯等地留下的照片也有上千张，否则就太对不起亚平宁半岛这片阳光灿烂、文化悠久的风水宝地了。但反过来说，在国外呆上了快一年，若只知道游山玩水的话，则又有一点对不起自己的前途了。而我自己在意大利的一年中，搜集到了海外研究维特根斯坦哲学的最新情报，开拓了学术眼界，结交了一些海外优秀学者，学业进展超过国内数年之功，真可谓"学习、游乐两不误"，不虚此行啊。乘着这股东风，回国后我立即就展开了博士论文《维特根斯坦哲学转型期中的"现象学"之谜》的写作工作。期间虽突遭一向疼爱我的外公因病辞世的重大精神打击，但由于案头准备充分，近二十万字的全文还是在 2004 年 5 月前按时"杀青"了。在同年 6 月顺利通过答辩之后，这篇论文还通过了异常严格的专家评审，得到了第七批上海市博士文库的资助，即将于 2005 年年底出版。大约在 2004 年 7 月，我又经过系里的业务考核，光荣地成为了目前复旦大学哲学系教学队伍中最年轻的成员。

<h1>五、经验总结</h1>

从入复旦首届文科基地班到戴上博士帽，我一共花了大约八年的时间。在这篇短文的结尾，我想将我反思这八年经历后所获的心得归纳、提炼为以下七条经验法则，或许对各位看官有所启发：

第一（该条乃是统辖以下几条的总则），认识自己的过程，其实并不是一种关在房间里冥思苦想的思维游戏，而需要切实的实验。人生旅途中的实验无非就是成功与失败两种结果。若没有失败，你就不会知道这个世界原来有这么复杂，不会知道你本来所特别看重的某种能力其实也不过如此；但若没有成功，你又不会培养出应有的自信，并以此来寻觅生命的支点（就我本人而言，无论是在读高三时去报考文基班，还是在罗马时去主动联系麦克吉尼斯，都是抱着这种"试试看"的实验态度的。若不试，我怎么知道自己行或不行呢？）。从这个意义上说，认识自己的过程，同时也就是认识自己与周遭世界之间关系的过程——因为所谓"能力"，其实指的就是自己应付外部环境挑战的一套已被实践证明为行之有效的技巧。

第二，在认识自己能力的过程中，请不要太看重你当下的兴趣。这是因为：首先，你有兴趣的事情未必就是你擅长的事情（比如，马克思青年时代就对做诗很有兴趣，但给燕妮写了一麻袋的劣质情诗以后，终于发现自己并无海涅之才）；其次，你对于某些不熟悉事物的兴趣也许是可以被后天开发的（比如我对于哲学的兴趣——或进而言之，对于分析哲学的兴趣——的后天开发）；再次，即使这是一个你既有兴趣而自己又不乏才能的领域，它也未必是最适合你发展的一个领域——因为我们尚不能排除你将来还能找到一个更能发挥你才能的新领域的可能(我本人对于史学的"背叛"正是印证了这一点)。

第三,永远不要高估自己,因为自信只能建立在充足的准备的基础上。就拿我的博士论文的写作过程来说吧,看似快速高效,但这种效率是建立在我在意大利求学期间的辛苦准备以及我多年来研读分析哲学经典的基础之上的,绝非一蹴而就之果。而在我的记忆中,因为准备不充分而出丑的事情同样也能列上一大串,教训深刻啊! 直到现在做老师,每次备课时我都战战兢兢,生怕由于准备上的疏懒而在课堂上误人子弟。

第四,要学会分辨你的主要目标与次要目标。这是从上一条中推出的:正因为你不是万能的上帝,所以你就别指望自己能够在规定的时间内将一切都做得完美。我在意大利求学时正是抱着这一信条,才在学习上采用"有所为有所不为"的战略的(具体而言,即去合理控制投入意大利语学习的时间,并将余下的精力全部投入分析哲学的学习)。

第五,别因为受你身边人的影响而改变你自己既定的战略部署,如果你确信你的确比他们看得更准更远——而不是因为你自己刚愎自用——的话。我本人特别笃信这一条经验法则,因为我在很早的时候就看出了我的志向与旁人不同,所以"不人云亦云"亦很早成为了我的行事风格。比如,我自己在高三选择"3 + 1"科目时就没有受到其他人的影响;又比如,在读文基班选择直研方向时,班上很多成绩不错的同学都去选读了中文系的研究生,但本科三年半[1]总绩点列全班第二、专业课绩点列全班第一的我却又一次"我行我素"起来,因为我知道自己的计划是什么;再比如,读了西方哲学后,听闻很多身边的人都说英美分析哲学肤浅。后来我在俞吾金老师的指点下读了一下这方面的书,才发现自己完全被这种舆论所愚弄了。从此以后我就一直坚持走自己的学术道路,苦干数年,终小有收获。

---

[1]　本科本来应该读四年,但由于第一届文科基地班招生时间特殊,学制缩短。

　　第六，不要用单纯的薪资指标来衡量自己人生的满意度，而要学会另一种计算人生利益的方式。这个方式就是看你的工作能够使你获得多少闲暇时间，以及在多大程度上能够让你的个性得到发挥。请别忘记了，一个拥有四五套房产的人，其生命的长度定然不像其固定资产那样是你的四五倍，而拥有房产所带来的稳定感也仅仅构成了我们人生乐趣中的一小部分。如果你学会这种计算方式的话，那么你就会对自己真实的人生企盼有一种更为深入的认知。而笔者本人也正是凭借着这种认知，义无反顾地选择了大学教师这一职业的。

　　最后，别辜负了运气，如果你有运气的话。我并不想否认运气在一个人成功过程中所起到的作用。就拿我自己的经历来说吧：若"文基班之父"——复旦大学教务处的方晶刚老师——拍拍脑袋，决定推迟一年招收文基班的话，若俞吾金老师在上课的时候没有注意到我的话，若黄颂杰老师没有留给我一个赴意大利深造的机会的话，若韩林合先生没有在我出国前告诉我关于麦克吉尼斯行踪的重要情报的话，若我在给锡耶纳大学教务处打电话时那个工作人员没有查到已经退休的麦克吉尼斯先生的家庭电话的话，那么我人生经历中的很多事情就都会被改写。但好在我自己也善待了这些宝贵的机会，没有因为让运气在指缝间白白溜走而在事后懊悔不已。不错，也许在某些情况下我们的确不得不去地屈从命运的无奈——但我在这里所要补充的则是：在此之前，我们必须先尽人力，以无愧于心。

　　啰里啰唆地写了一堆，就此便打住了。末了，留给各位看官的还是那句话：认识你自己，一路走好。

后　记

　　我是领队。

　　比赛长达四个小时,命题八道。地点在孟加拉北南大学唯一一座教学大楼内。三名队员,盛城、沈毅、方彧俊在六楼浴血奋战,教练吴永辉博士和我静坐四楼,通过计算机屏幕屏息观战。这就是ACM/ICPC 亚洲预选赛达卡赛区。

　　二十二分钟,第一个彩色气球升起来了,第二十六分钟第二个彩色气球又升起来了。Aladdin,出现在屏幕榜首。室内开始有些热了,很多人开始走动,谁是 Aladdin。瞬间,Aladdin 的后面出现了注释Fudan,有人开始将目光转向教练和我,我们仍微笑着。

　　Aladdin 提交第三道题,失败! 此刻其他队也开始拥有两个彩色气球。

　　又一个小时,第三道题第二次提交失败!

　　我站起来,给吴教练倒咖啡。

　　第九十四分钟,Aladdin 第三道题提交成功!

　　第一百零六分钟,Aladdin 第四道题提交成功!

　　第一百一十七分钟,新加坡国立大学队也获得第三个气球。

　　第一百六十七分钟,新加坡国立大学队继续获得第四个气球。

　　第一百九十三分钟,孟加拉理工大学第四个彩色气球才升起,室内就有很多人欢呼雀跃。

　　眼睛没离开过屏幕,我和吴都沉默着。

　　第两百一十五分钟,Aladdin 第五道题提交成功!

　　第两百二十三分钟,Aladdin 第六道题提交成功! 远超过别队两题,我和吴都跳了起来。

比赛一结束，赛区主席 Dr. Abul L. Haque，一个大胡子教授满脸笑容地向我们伸出手，Congratulations！兄弟院校向我们传递崇敬之意。

胜利终于属于我们了！

Aladdin 队已经是二十九届 ACM/ICPC 亚洲预选赛达卡赛区冠军队。

我直冲六楼，面对微笑的队员们，问："什么感觉?""超级 happy！"。

……

我们的确 happy，赛后步行两小时去孟加拉中国大使馆，站在国旗下留住 Happy。

我们的确 happy，孟加拉司法部部长参加颁奖典礼（我们也纳闷为什么不是教育部部长?）。

我们的确 happy，孟加拉中国大使馆文化参赞请我们赏脸去赴庆功宴。

Aladdin 的队员只是复旦信息学院的一年级学生，一回到学校，他们立即又投入平静的校园生活中。我与他们少有交流，但经常忆起传说中阿拉丁神灯被点亮时的那份惊奇和快乐。

百年复旦，正像蕴藏有无穷无尽宝藏的悠悠城堡。有太多充满好奇的莘莘学子，用睿智在神秘并布满荆棘的校园里寻找着能够使他们实现人生理想的阿拉丁神灯，有更多的神话故事在校园里就这样一次又一次地被演绎着。

想起顾晓鸣先生的那句话：让我们去复旦看海吧！

于是，我寻觅复旦学友们的芳踪，试图将他们的故事汇聚成复旦的一捧海水。我将这捧海水赠给那些相识相知的复旦人，呈献给百年复旦。

特别感谢邵毅平老师、吴锦宇、吴爱玉、汤鹭红、王桦、李忠军、齐胜利等复旦人对本书提供的帮助。

徐红

2005 年 4 月 5 日

图书在版编目(CIP)数据

我的阿拉丁神灯,在复旦/郑方贤等主编. —上海:
复旦大学出版社,2005.6
ISBN 7-309-04521-1

Ⅰ. 我… Ⅱ. 郑… Ⅲ. 复旦大学-校友-生平事迹
Ⅳ. G649.285.1

中国版本图书馆 CIP 数据核字(2005)第 039359 号

我的阿拉丁神灯,在复旦

郑方贤 徐 红 主编

出版发行 *復旦大學*出版社

上海市国权路 579 号 邮编 200433

86-21-65118853(发行部) 86-21-65109143(邮购)

fupnet@fudanpress.com http://www.fudanpress.com

责任编辑 孙 晶
总 编 辑 高若海
出 品 人 贺圣遂

印 刷 同济大学印刷厂
开 本 890×1240 1/32
印 张 9.375 插页 1
字 数 245 千
版 次 2005 年 6 月第一版第一次印刷
印 数 1—5 100

书 号 ISBN 7-309-04521-1/G·588
定 价 18.00 元